OBRAS DA AUTORA PUBLICADAS PELA RECORD

O amor de Penelope
A boa moça
Casamento de conveniência
Fantasmas do passado
A indomável Sofia
Ovelha negra
Venetia e o libertino

GEORGETTE HEYER

O Amor de Penelope

Tradução:
Maria Cecilia Palhares dos Santos

2ª edição

EDITORA RECORD
RIO DE JANEIRO • SÃO PAULO
2023

CIP-BRASIL. CATALOGAÇÃO NA PUBLICAÇÃO
SINDICATO NACIONAL DOS EDITORES DE LIVROS, RJ

H531a   Heyer, Georgette
2. ed.   O amor de Penelope / Georgette Heyer ; tradução Maria Cecilia Palhares dos Santos. – 2. ed. – Rio de Janeiro : Record, 2023.

Tradução de: The Corinthian
ISBN 978-65-5587-474-7

1. Romance inglês. I. Santos, Maria Cecilia Palhares dos. II. Título.

22-79403   CDD: 823
                      CDU: 82-31(410.1)

Meri Gleice Rodrigues de Souza – Bibliotecária – CRB-7/6439

Copyright © Georgette Heyer 1940

Texto revisado segundo o Acordo Ortográfico da Língua Portuguesa de 1990.

Todos os direitos reservados. Proibida a reprodução, no todo ou em parte, através de quaisquer meios. Os direitos morais da autora foram assegurados.

Direitos exclusivos de publicação em língua portuguesa somente para o Brasil adquiridos pela
EDITORA RECORD LTDA.
Rua Argentina, 171 – Rio de Janeiro, RJ – 20921-380 – Tel.: (21) 2585-2000, que se reserva a propriedade literária desta tradução.

Impresso no Brasil

ISBN 978-65-5587-474-7

Seja um leitor preferencial Record.
Cadastre-se no site www.record.com.br
e receba informações sobre nossos
lançamentos e nossas promoções.

Atendimento e venda direta ao leitor:
sac@record.com.br

I

O grupo, introduzido no salão amarelo da casa de Sir Richard Wyndham, em St. James Square, por um mordomo de ares desaprovadores, era composto de duas damas e um cavalheiro. Este, que não passava muito dos trinta anos, mas tristemente propenso a engordar, parecia sentir a reprovação do mordomo, pois quando aquele sujeito emproado informou à mais velha das damas que Sir Richard não estava, ele lançou-lhe um olhar de censura, nem de longe parecia o de um fidalgo para um lacaio, mas o olhar vetusto de um homem desamparado para outro. Então falou, num tom de súplica:

— Bem, a senhora não acha, Lady Wyndham...? Louisa, não é melhor...? Quero dizer, não adianta entrar, meu amor, não acha?

Nem a mulher nem a sogra deram a mínima atenção a esse discurso suplicante.

— Se meu irmão saiu, vamos esperar até que ele volte — disse Louisa bruscamente.

— Seu pobre pai sempre estava ausente quando se precisava dele — queixou-se Lady Wyndham. — Para mim, é muito desagradável ver que a cada dia Richard está ficando mais parecido com ele.

As inflexões oscilantes eram tão lacrimosas que parecia provável que ela fosse se desmanchar em lágrimas à porta da casa do filho.

George, lorde Trevor, mostrava-se inquietamente consciente de um lenço, amarfanhado na mão fina, enluvada, e não ofereceu mais resistência a entrar na casa no rastro das duas damas.

Recusando a oferta de alguma coisa para beber, Lady Trevor acompanhou a mãe ao Salão Amarelo, acomodou-se confortavelmente num sofá de cetim e deixou clara a intenção de ficar em St. James Square o dia inteiro, se preciso fosse. George, com uma ideia muito clara, solidário ao que seriam as emoções do cunhado ao voltar para a residência e encontrar a família ali abancada, disse com ar de infelicidade:

— Vocês sabem, acho que não devíamos, acho mesmo! Não gosto nem um pouco. Queria que vocês tirassem isto da cabeça.

A mulher, que estava ocupada tirando as luvas de pelica cor de alfazema, lançou-lhe um olhar de desprezo indulgente.

— Meu querido George, se *você* está com medo de Richard, posso assegurar-lhe de que *eu* não estou.

— Com medo dele! Não, nem um pouco! Mas gostaria que vocês levassem em consideração que um homem de vinte e nove anos não vai apreciar que se intrometam em seus afazeres. Além do mais, é muito provável que vá imaginar o que eu tenho a ver com isso, e estou certo de que não terei uma resposta! Gostaria de não ter vindo.

Louisa ignorou a observação, considerando inútil respondê-la — o que de fato o era, já que trazia o marido sob rédea curta. Era uma mulher bonita, com uma aparência decidida, e um brilho efervescente de humor. Talvez não se vestisse no rigor da moda, que mandava que os vestidos de verão revelassem todo o encanto do corpo das damas, mas o fazia com muita elegância e propriedade. A moda corrente de vestidos de cintura alta, com corpetes de decotes baixos, e manguinhas pequenas e bufantes, caía-lhe muito bem: muito melhor, na verdade, do que as calças justíssimas e as casacas de abas compridas em seu marido.

A moda não favorecia George. Ele ficava melhor de culotes de couro e botas altas, mas infelizmente era dado à elegância exagerada, e aborrecia os amigos e parentes adotando toda a extravagância no vestir, dedicando muito tempo à arrumação da gravata, como o próprio Sr. Brummell, e apertando a cintura com cintas justas que sempre rangiam quando se mexia descuidadamente.

O terceiro integrante do grupo, reclinado com moleza no sofá de cetim, era uma dama com tanta determinação quanto a filha, e meios muito mais sutis de conseguir satisfazer suas vontades. Viúva havia dez anos, Lady Wyndham tinha saúde frágil demais. O menor indício de oposição era suficiente para abalar o seu delicado estado de nervos; e qualquer um que observasse o lenço, os sais e o amoníaco que em geral carregava teria de ser realmente idiota se não lhes compreendesse a mensagem sinistra. Na juventude, fora bela; na meia-idade, tudo nela parecia ter esmaecido; cabelo, face, olhos e até a voz, que se mostrava lamentosa e tão suave que era de admirar que conseguisse se fazer ouvir. Assim como a filha, Lady Wyndham vestia-se com extremo bom gosto, e como era bastante afortunada por possuir avultados bens de viúva, era capaz de fazer concessões ao seu gosto pelos trajes dispendiosos do último grito da moda sem diminuir de modo nenhum as outras despesas. Isso não evitava que considerasse estar em uma situação desfavorável, e assim ela satisfazia-se discorrendo sobre sua delicada condição sem ter a mínima noção do que é ser pobre, conquistando a solidariedade de seus conhecidos repisando tristemente a injustiça do testamento do falecido marido, que colocou toda a imensa fortuna nas mãos do único filho. Os bens de viúva, deduziam apressadamente seus amigos, eram a mais verdadeira miséria.

Lady Wyndham, que morava numa casa encantadora em Clarges Street, não conseguia entrar na mansão de St. James Square sem sentir um aperto no peito. Não era — como se podia supor pelo olhar de dor que sempre lançava — um lar de família, mas fora adquirido pelo filho havia apenas dois anos. Enquanto Sir Edward estava vivo, a família residia numa casa muito maior e mais inconveniente em Grosvenor Square. Quando Sir Richard comunicou que ia morar sozinho, a residência foi posta de lado e Lady Wyndham pôde, desde então, lamentar a perda sem ser obrigada a continuar sofrendo os inconvenientes. Mas, por mais que gostasse da própria casa em Clarges Street, não era de imaginar que pudesse suportar com isenção o fato de o filho morar numa casa muito maior em St. James Square; e, quando não tinha mais nenhuma fonte de lamentação, sempre voltava a essa e dizia, como estava fazendo agora, numa voz dorida:

— Não consigo compreender o que ele quer com uma casa assim!

Louisa, que possuía uma casa muito boa, além de uma propriedade em Berkshire, não guardava rancor algum em relação a Sir Richard por causa da mansão. Replicou:

— Isso não tem importância, mamãe. É de esperar que ele estivesse pensando em se casar quando a comprou. Você não acha, George?

George sentia-se lisonjeado por ser chamado a opinar, mas era uma pessoa honesta, cuidadosa, e não podia ser forçado a dizer que achava que Richard tivesse qualquer ideia de casamento na cabeça, quer quando comprou casa, ou em qualquer outra época.

Louisa ficou aborrecida.

— Bem... — disse ela, parecendo resoluta. — Ele deve ter se forçado a pensar em casamento!

Lady Wyndham baixou os sais aromáticos para acrescentar:

— Deus sabe que eu jamais insistiria com meu filho para que fizesse alguma coisa desagradável, mas há anos é coisa tida como certa que ele e Melissa Brandon haviam de selar a longa amizade entre nossas famílias pelos laços do matrimônio!

George arregalou os olhos, desejando estar noutro lugar.

— Se ele não quiser se casar com Melissa, estou certa de que eu seria a última pessoa a pressioná-lo a fazer o pedido — falou Louisa. — Mas já é mais do que tempo de se casar com alguém e, se não tiver outra jovem adequada em vista, esse alguém tem de ser Melissa.

— Não sei como encarar lorde Saar — lamentou-se Lady Wyndham, levando novamente o amoníaco ao nariz. — Ou a pobre e querida Emily, com três filhas além de Melissa para desencalhar, e nenhuma delas mais do que tolerável. Sophia tem sardas, também.

— Não considero Augusta um caso perdido — observou Louisa, com justiça. — Amélia também pode melhorar.

— Vesga — disse George.

— Um ligeiro desvio num dos olhos — corrigiu Louisa. — Contudo, não estamos preocupados com isso. Melissa é uma pessoa extremamente vistosa. Ninguém pode negar *isso*!

— É uma união bem desejável! — suspirou Lady Wyndham. — Uma das melhores famílias!

— Disseram-me que, do jeito que está indo agora, Saar não aguenta mais cinco anos — observou George. — Tudo hipotecado até o último bem, e Saar bebendo desbragadamente! Dizem que o pai fez a mesma coisa.

As duas damas o encararam com desaprovação.

— Espero, George, que você não esteja querendo insinuar que Melissa é viciada em álcool — falou a esposa.

— Ah não, não! Por Deus, não, jamais haveria de pensar uma coisa dessas! Tenho certeza de que é uma jovem excelente. Mas asseguro, Louisa, não reprovo Richard por não a querer! — disse George desafiadoramente. — Eu mesmo preferiria me casar com uma estátua!

— Confesso — concordou Louisa — que ela é um tanto fria, talvez. Mas está em uma posição muito delicada, você há de convir. Desde que eles eram crianças que ficou entendido que ela e Richard iam se tornar marido e mulher, e *ela* sabe disso tão bem quanto *nós*. E eis Richard comportando-se da maneira mais odiosa! Já perdi a paciência com ele!

George gostava bastante do cunhado, mas sabia que seria imprudente defendê-lo, por isso ficou calado. Lady Wyndham retomou a história do lamento.

— Deus me livre de eu ter de forçar meu único filho a um casamento desagradável, mas vivo permanentemente temendo que traga nos braços, para casa, alguma criatura horrível, inferior, e espere que eu a aceite de bom grado!

Uma imagem do cunhado atravessou a imaginação de George. Falou de modo duvidoso:

— Realmente, não creio que ele faça isso, minha senhora.

— George está muito certo — proclamou Louisa. — Se fizesse, eu teria Richard em melhor conceito. Deixa-me bastante chocada vê-lo tão inacessível a todo encanto feminino! É muita falta de juízo da parte dele não gostar do sexo oposto, mas uma coisa é certa: ele pode não gostar de mulheres, mas deve uma obrigação ao nome, e tem de se casar! Podem ter certeza de que tenho andado atarefada apresentando-o a todas as jovens aceitáveis da cidade, porque não estou de modo algum decidida a casá-lo com Melissa Brandon. Ele não olha duas vezes para nenhuma delas. Assim, se é isso que ele tem na cabeça, Melissa vai servir muito bem.

— Richard acha que todas o desejam por causa do seu dinheiro — arriscou George.

— Ouso dizer que é possível. O que tem uma coisa a ver com outra? Calculo que você não está querendo dizer que Richard é romântico!

— Não. — George foi forçado a admitir que Richard não era romântico.

— Se eu viver para vê-lo convenientemente casado, posso morrer feliz! — observou Lady Wyndham, que tinha toda a esperança de viver mais trinta anos. — A vida que está levando no momento enche meu pobre coração de mãe de pressentimentos!

A lealdade forçou George a protestar:

— Não, mesmo, minha senhora! Não, mesmo, eu digo. Não há maldade em Richard, a menor maldade do mundo, palavra de honra!

— Ele me fez perder toda a paciência! — exclamou Louisa. — Eu o adoro, mas o desprezo de todo o coração! É, desprezo, e não me importo com quem ouça o que eu digo! Ele não se interessa por coisa alguma a não ser a maneira de dar nó na gravata, engraxar as botas e misturar o rapé!

— Os cavalos! — suplicou George, com ar de infelicidade.

— Ah, os cavalos! Muito bem! Vamos admitir que ele seja um cavaleiro famoso! Ele venceu Sir John Lade nas corridas para Brighton! Uma realização excelente, na realidade!

— Muito hábil com os dados! — arfou George, empatando o jogo.

— *Você* pode admirar um homem por frequentar o Salão de Jackson, e o Salão de Cribb! *Eu* não!

— Não, meu amor — replicou George. — Não mesmo, meu amor!

— E não tenho dúvida de que você não vê nada represensível na sua fixação numa mesa de jogo! Mas sei de fonte segura que ele perdeu três mil libras numa rodada no Almack's.

Lady Wyndham gemeu e secou os olhos.

— Ah, não diga isso!

— É, mas ele é tão diabolicamente rico que isso não tem a menor importância! — observou George.

— O casamento — retrucou Louisa — vai pôr um ponto-final nessas bagatelas.

A imagem deprimente que essas palavras fizeram surgir reduziu George ao silêncio. Lady Wyndham disse, numa voz soturna de mistério:

— Só as mães podem avaliar minha ansiedade. Ele está numa idade perigosa, e eu vivo dia após dia temendo o que ele possa fazer!

George abriu a boca, encontrou o olhar da mulher, fechou-a novamente e, infeliz, ajeitou a gravata.

A porta foi aberta; um dândi ficou parado à entrada, observando cinicamente os parentes.

— Mil desculpas — disse o janota, aborrecido, mas atencioso. — Seu criado muito obediente, minha senhora. Louisa, minha irmã! Meu pobre George! Hã... eu estava esperando vocês?

— Evidente que não! — retorquiu Louisa, enraivecendo.

— Não, não estava. Quero dizer, elas meteram na cabeça... não consegui impedi-las! — explicou George com audácia.

— Achei que não estava — disse o dândi, fechando a porta e entrando na sala. — Mas minha memória, vocês sabem, minha memória é lamentável!

George, ao examinar detidamente o cunhado, sentiu a alma se agitar.

— Por Deus, Richard, gosto disso! É um sobretudo diabolicamente bem cortado, palavra de honra, que é! Quem foi que o fez?

Sir Richard levantou um braço e relanceou o punho.

— Weston, George, ninguém mais do que Weston.

— George! — falou Louisa, em tom reprovador.

Sir Richard sorriu ligeiramente e atravessou a sala para ficar ao lado da mãe. Ela levantou a mão para ele, que se curvou sobre ela com uma graça lânguida, apenas tocando-a com os lábios.

— Mil desculpas, minha senhora! — repetiu ele. — Tenho certeza de que meus criados trataram a senhora bem... hã... a vocês todos? — O relance no olhar preguiçoso passou por toda a sala. — Ora, vejam! — disse ele. — George, você está perto: por favor, meu caro amigo, toque a campainha!

— Não queremos tomar nada, obrigada, Richard — falou Louisa.

O sorriso fugidio, doce, calou-a como nenhuma das observações de seu marido algum dia conseguira.

— Minha cara Louisa, você se enganou... Asseguro-lhe de que se enganou! George precisa com a maior urgência de... hã... um estimulante. Sim, Jeffries, eu toquei a campainha. O madeira... ah, e um licor, Jeffries, por favor!

— Richard, este é o melhor laço que já vi! — exclamou George, com o olhar de admiração fixo no arranjo complicado da gravata do janota.

— Você me lisonjeia, George; temo que você me lisonjeie.

— Arre! — atalhou Louisa.

— Exatamente, minha cara Louisa — concordou Sir Richard amavelmente.

— Não me tente provocar, Richard! — retrucou a irmã, num tom de aviso. — Concordo que sua aparência está como tudo o mais deveria estar... admirável, tenho certeza!

— Faz-se o melhor que pobremente se pode fazer — murmurou Sir Richard.

Ela tomou fôlego.

— Richard, eu poderia bater em você! — declarou.

O sorriso dele ficou mais intenso, permitindo a ela uma visão dos excelentes dentes brancos.

— Acho que não poderia, minha querida.

George, neste ponto, se esqueceu de si e riu. Um olhar de repreensão foi dirigido a ele.

— George, cale a boca! — ordenou Louisa.

— Devo dizer — admitiu Lady Wyndham, cujo orgulho maternal não podia ser reprimido — que não há ninguém exceto o Sr. Brummell, claro, que tenha uma aparência tão boa quanto a sua, Richard.

Ele se curvou, mas não parecia estar excessivamente desvanecido por este elogio. Era possível que o considerasse pertinente. Era um elegante notável. Desde o cabelo à ventania (de todos os estilos o mais difícil de conseguir) às pontas das brilhantes botas hessenas, podia ter posado para um anúncio do "homem mais elegante". Os ombros fortes assentavam com perfeição no sobretudo de tecido superfino; a gravata, que tinha despertado a admiração de George, fora arrumada por mãos de mestre; o colete fora escolhido com olho muito bom; as calças marrom-claras não mostravam uma ruga sequer; e as botas hessenas, com vistosos enfeites de ouro, não apenas tinham sido feitas sob medida por Hoby, mas estavam engraxadas, suspeitava George, com uma mistura de graxa preta e champanha. Um monóculo preso a uma fita preta pendendo do pescoço; uma bolsinha de relógio na cintura; e, numa das mãos, uma caixinha de rapé Sèvres. Seu ar proclamava tédio inexprimível, mas nem a afetação nem o pouco de indiferença estudada podiam esconder os músculos das coxas e a força dos ombros. Acima das pontas engomadas do colarinho da camisa, um rosto bonito, entediado, mostrava a desilusão do seu dono. As pálpebras pesadas caíam sobre os olhos verdes que eram sagazes o suficiente, mas só para observar as vaidades do mundo; o sorriso que acabava de tomar aquela boca voluntariosa parecia zombar das loucuras dos amigos de Sir Richard.

Jeffries voltou à sala com uma bandeja e a colocou na mesa. Louisa recusou a oferta, mas Lady Wyndham aceitou. George, fortalecido pela fraqueza da sogra, pegou um cálice de vinho madeira.

— Ouso afirmar — falou Louisa — que está imaginando o que nos trouxe aqui.

— Nunca perco meu tempo com especulações inúteis — replicou Sir Richard gentilmente. — Tenho certeza de que vocês vão me dizer o que os trouxe aqui.

— Mamãe e eu viemos aqui falar-lhe a respeito de seu casamento — disse Louisa, arriscando-se.

— E a respeito de que — inquiriu Sir Richard — George veio falar comigo?

— A respeito disso também, claro!

— Não, eu não! — negou George apressadamente. — Você sabe que eu disse que não tinha nada com isso! Nunca quis vir, absolutamente!

— Sirva-se de mais madeira — disse Richard, em tom animador.

— Bem, obrigado, aceito. Mas não pense que estou aqui para atormentar você sobre uma coisa que não me diz respeito, porque não estou!

— Richard! — falou Lady Wyndham, com voz grave. — Não me é mais possível ousar olhar o rosto de Saar!

— Ele está assim tão mal? — indagou Sir Richard. — Eu mesmo não o vi nestas últimas semanas, mas não me sinto surpreso, de modo algum. Imagino ter ouvido alguma coisa a esse respeito, de alguém... esqueci quem foi. Abusando do conhaque, não é?

— Às vezes — respondeu Lady Wyndham —, acho que você fica completamente insensível!

— Ele só está tentando provocar a senhora, mamãe. Você sabe perfeitamente a que mamãe se refere, Richard. Quando é que você pretende pedir a mão de Melissa?

Houve uma ligeira pausa. Sir Richard sentou-se com o cálice vazio e sacudiu com um dedo fino as pétalas de uma flor na jarra em cima da mesa.

— Este ano, ano que vem, algum dia... ou nunca, minha cara Louisa.

— Tenho certeza de que ela se considera comprometida com você — replicou Louisa.

Sir Richard estava olhando para a flor sob sua mão, mas diante disso levantou os olhos para o rosto da irmã, num olhar estranhamente atento e rápido.

— É mesmo?

— Como poderia ser de outra maneira? Você sabe muito bem que papai e lorde Saar planejaram isso há anos.

As pálpebras velaram os olhos outra vez.

— Como é que você pode ser tão medieval? — suspirou Sir Richard.

— Por favor, não me entenda mal, Richard! Se você não gosta de Melissa, não se fala mais nisso. Mas você gosta dela... ou, se não gosta, pelo menos eu nunca ouvi você dizer isso! O que mamãe e eu achamos... e George, também... é que já está mais do que em tempo de você assentar na vida.

Um olhar sofrido repreendeu lorde Trevor.

— Até tu, Brutus? — falou Sir Richard.

— Juro que nunca disse isso! — afirmou George, engasgando-se com o madeira. — Tudo isso é coisa de Louisa. Ouso afirmar que concordei com ela. *Você* sabe como é, Richard!

— Eu sei — concordou Sir Richard, suspirando. — A senhora também, mamãe?

— Ah, Richard, só vivo para ver você casado e feliz, com filhos ao seu redor! — disse Lady Wyndham, a voz trêmula.

O almofadinha sentiu um ligeiro e inequívoco arrepio.

— Meus filhos ao meu redor. É. Exatamente, minha senhora. Por favor, continue!

— Você tem essa obrigação com o nome — prosseguiu a mãe. — Você é o último dos Wyndham, porque não é de esperar que seu tio Lucius vá se casar com toda aquela idade. E há Melissa, menina encantadora, a esposa apropriada para você! Tão bonita, de tão distinta família, criação: tudo o que há de mais desejável!

— Ah, perdão, minha senhora, mas a senhora inclui Saar e Cedric, para não falar em Beverley, sob esse título?

— É exatamente isso o que digo! — intrometeu-se George. — "Está tudo muito bem", eu disse, "e se um homem quer se casar com um *iceberg* é problema dele, mas não se pode dizer que Saar seja um sogro desejável, ora bolas, se isso for possível! E quanto aos preciosos irmãos da moça", eu falei, "vão arruinar Richard dentro de um ano!"

— Absurdo! — exclamou Louisa. — Compreende-se, claro, que Richard faça acordos sensatos. Mas quanto a se responsabilizar pelas dívidas de Cedric e Beverley, não vejo razão para isso!

— Você me conforta, Louisa — comentou Sir Richard.

Ela olhou para o irmão, não sem afeição.

— Bem, acho que é hora de ser franca, Richard. As pessoas vão dizer a seguir que você está agindo sem consideração com Melissa, porque deve saber que o acordo entre vocês é um segredo de conhecimento geral. Se você tivesse resolvido se casar com outra pessoa, há cinco ou dez anos, teria sido diferente. Mas até onde sei de seus sentimentos, nem ao menos noivo você ficou, e aqui está você, perto dos trinta, bastante comprometido com Melissa Brandon e nada arranjado!

Lady Wyndham, embora no mais completo acordo com a filha, neste ponto estava disposta a defender o filho, o que fez lembrando a Louisa que Richard tinha apenas 29 anos, afinal de contas.

— Mamãe, Richard vai fazer trinta em menos de seis meses. Porque eu — disse Louisa resolutamente — já fiz trinta e um.

— Louisa, estou comovido! — retrucou Sir Richard. — Só a mais profunda devoção fraternal, estou convencido, poderia ter arrancado de você esta confissão.

Ela não conseguiu reprimir um sorriso, mas falou com muito mais severidade do que conseguia exibir:

— Não é assunto para gracejos. Você já passou da primeira fase da juventude e sabe tão bem quanto eu que é seu dever pensar seriamente em se casar.

— Estranho — refletiu Sir Richard — que os deveres de alguém devam ser invariavelmente tão desagradáveis.

— Eu sei — disse George, soltando um suspiro. — Muito verdadeiro! Muito verdadeiro mesmo!

— Bah! Absurdo! Que confusão vocês fazem de um assunto tão simples! — falou Louisa. — Agora, se eu estivesse pressionando você a se casar com uma senhorita romântica que sempre fizesse questão que fizesse amor com ela, e se desmanchasse em lágrimas toda vez que você preferisse procurar divertimento sem a companhia dela, eu lhe daria razão para se queixar. Mas Melissa... Sim, George, é um *iceberg*, se você diz... mas Richard por acaso é muito diferente dela?... Melissa, eu garanto, nunca vai aborrecer você *dessa* maneira.

Os olhos de Sir Richard ficaram fixos inescrutavelmente no rosto de irmã, por um momento. Depois ele se dirigiu à mesa e serviu-se de outro cálice de vinho madeira.

Na defensiva, Louisa falou:

— Bem, suponho que você não deseje que ela se pendure ao seu pescoço?

— De modo algum.

— E você não está apaixonado por nenhuma outra mulher, está?

— Não.

— Muito bem, então! Para ser sincera, se você tivesse o hábito de se apaixonar e desapaixonar, seria outra história. Mas, para usar de toda a franqueza, você é a criatura viva mais fria, mais indiferente e mais egoísta, Richard, e vai encontrar em Melissa o par admirável.

Sons cacarejantes, inarticulados, de George, indicadores de protesto, fizeram Sir Richard acenar com a mão para o madeira.

— Sirva-se, George, sirva-se!

— Devo dizer que acho muito indelicado de sua parte falar assim com seu irmão — observou Lady Wyndham. — Não que você não *seja* egoísta, caro Richard. Tenho certeza de já ter dito isso inúmeras vezes. Mas a maior parte do mundo é assim! Para qualquer lugar que nos voltemos não encontraremos nada a não ser ingratidão!

— Se eu cometi alguma injustiça com Richard, de boa vontade peço perdão — disse Louisa.

— Que belo gesto, minha cara irmã. Você não foi injusta comigo. Gostaria que você não parecesse tão consternado, George: asseguro que sentir pena de mim é pura perda de tempo. Diga-me uma coisa, Louisa: você tem motivos para supor que Melissa espere que eu... hã... lhe peça a mão?

— Certamente que tenho. Vem esperando que aconteça a qualquer momento, nos últimos cinco anos!

Sir Richard parecia um pouco assustado.

— Pobre moça! — comentou ele. — Devo me ter mostrado notavelmente obtuso.

A mãe e a irmã trocaram olhares.

— Isso quer dizer que você vai pensar seriamente em se casar? — indagou Louisa.

Ele olhou pensativo para ela.

— Suponho que devo fazer isso.

— Bem, de minha parte — intrometeu-se George, desafiando a mulher —, eu iria procurar no meio das minhas amizades alguma outra jovem promissora! Meu Deus, existem dezenas delas enchendo a cidade! Ora, já vi não sei quantas acenando para você! Bonitas, também, mas você nunca as notou, seu cão ingrato!

— Ah, é, eu noto — disse Sir Richard, curvando os lábios.

— Será que George *tem* de ser vulgar? — indagou Lady Wyndham tragicamente.

— Fica quieto, George! E quanto a você, Richard, considero o mais alto grau de insensatez tomar tal atitude. Não há como negar que você seja o mais procurado no mercado de casamentos — é, mamãe, isso também é vulgar, e peço desculpas —, mas você se subestima mais do que eu imagino já que supõe que sua fortuna é a única coisa que o torna um *parti* desejável. Em geral você costuma ser tido como bonito, e ninguém, creio eu, poderia negar que seu tipo é bastante agradável; e quando você decidir se dar ao trabalho de conquistar alguém, não há nada nos seus modos que possa desagradar ao gosto mais exigente.

— Este elogio, Louisa, quase me torna inumano — observou Sir Richard, bastante comovido.

— Estou falando com toda a seriedade. Estava prestes a acrescentar que você muitas vezes estraga tudo com seus humores estranhos. Não sei como deveria esperar atrair a afeição de uma moça quando nunca concede a menor atenção distinta a qualquer mulher! Não digo que você seja indelicado, mas há um desinteresse, uma reserva nas suas maneiras, que devem afastar as mulheres de sensibilidade.

— Na realidade sou um caso perdido — observou Sir Richard.

— Se quiser saber o que eu acho, o que eu suponho que você não deva fazer, não precisa me dizer isso, é que você é mimado, Richard. Tem dinheiro demais, já fez tudo o que desejava fazer antes dos trinta; vem sendo cortejado por mamães casamenteiras, bajulado pelos aduladores e beneficiado por todo mundo. Você acabou ficando entediado até a morte. Aí está! Já falei, e embora não me possa agradecer por isso, vai admitir que tenho razão.

— Muito certo — concordou Sir Richard. — Certíssimo, Louisa! Ela se levantou.

— Bem, aconselho o casamento e o sossego. Vamos, mamãe! Dissemos tudo o que queríamos dizer, e você sabe que ainda vamos fazer uma visita em Brook Street a caminho de casa. George, pretende vir conosco?

— Não — respondeu George. — Para ir fazer visita em Brook Street, não. Acho que vou caminhar até o White's, daqui a pouco.

— Como você quiser, meu amor — disse Louisa, colocando as luvas outra vez.

Quando as damas foram acompanhadas até a caleça que as esperava, George não saiu logo para o clube, mas acompanhou o cunhado de volta à casa. Manteve um silêncio solidário até os dois ficarem longe dos ouvidos dos criados. Então, prendendo os olhos de Sir Richard com um olhar significativo, proferiu a única palavra:

— Mulheres!

— É isso mesmo — concordou Sir Richard.

— Sabe o que eu faria se fosse você, meu rapaz?

— Sim! — respondeu Sir Richard.

George ficou desconcertado.

— Diabo, você não sabe!

— Você faria exatamente o que eu vou fazer.

— O que é?

— Ah... pedir a mão de Melissa Brandon, claro — disse Sir Richard.

— Bem, eu não pediria — declarou George convicto. — Não me casaria com Melissa Brandon nem por cinquenta irmãs! Haveria de encontrar braços mais aconchegantes, por minha alma, haveria de encontrar!

— Os braços mais aconchegantes que eu conheço nunca foram tão aconchegantes quando querem ver os cordões da minha bolsa desatados — observou Sir Richard cinicamente.

George sacudiu a cabeça.

— Mau, muito mau! Devo dizer que é amargura suficiente para qualquer homem. Mas Louisa está certa: você tem de se casar. Não deixe o tempo correr. — Ocorreu-lhe uma ideia. — Você não se importaria que se dissesse por aí que você perdeu todo o dinheiro, se importaria?

— Não — respondeu Sir Richard. — Não me importaria.

— Li não sei onde a história de um camarada que foi para um lugar onde não era conhecido. Era um sujeito e tanto: acho que alguma espécie de conde estrangeiro. Não me lembro com precisão, mas havia uma garota lá que se apaixonou por ele pelo que ele era.

— Haveria — disse Sir Richard.

— Você não gosta disso? — George esfregou o nariz, um tanto adunco. — Ora, bolas, se eu soubesse o que sugerir.

Ainda estava pensando no assunto quando o mordomo anunciou o Sr. Wyndham, e um cavalheiro grande, corpulento e de aparência jovial entrou na sala exclamando alegremente:

— Olá, George! Você aqui? Ricky, meu rapaz, sua mãe andou atrás de mim outra vez. Fez com que eu prometesse que viria aqui visitá-lo, embora o que ela ache que eu possa fazer esteja além das minhas forças!

— Poupe-me! — respondeu Sir Richard, cansado. — Já aguentei a visita de minha mãe, para não falar em Louisa.

— Bem, tenho pena de você, meu rapaz e, se você aceitar meu conselho, se casará com aquela moça Brandon e acabará com isso. O que você tem aí? Madeira? Aceito um cálice.

Sir Richard serviu-lhe. Ele afundou o corpo volumoso numa poltrona grande, esticou as pernas adiante e levantou o cálice.

— Façamos um brinde ao noivo! — falou, com um risinho. — Não se deixe abater, sobrinho! Pense na alegria que vai dar à vida de Saar.

— O diabo que o carregue! — disse Sir Richard. — Se você tivesse um pingo de sentimentos adequados, Lucius, teria se casado há cinquenta anos e tido um bando de filhos à sua imagem. Um pensamento horrível, admito, mas pelo menos não seria agora escolhido para o papel de Sacrifício Familiar.

— Há cinquenta anos — retorquiu o tio, bastante sereno diante desses insultos —, eu tinha apenas começado a usar calções. Este vinho é bastante aceitável, Ricky. Por falar nisso, disseram-me que o jovem Beverley Brandon anda seriamente afundado. Você será o desgraçado benfeitor público se resolver se casar com aquela moça. É melhor deixar seu advogado acompanhar os acordos, aliás. Quero que um raio caia sobre mim se Saar não tentar sangrar você até a última gota. O que você tem, George? Está com dor de dente?

— Não gosto disso — falou George. — Eu disse a Louisa desde o princípio, mas você sabe como são as mulheres! Eu mesmo não haveria de querer Melissa Brandon nem que ela fosse a última mulher solteira.

— O quê? Com certeza, ela não é aquela cheia de manchas, é? — indagou Lucius preocupado.

— Não, aquela é Sofia.

— Ah, bem, então não há nada com que se preocupar! Você se casa com a moça, Ricky: você nunca vai ter paz se não se casar. Encha seu cálice, George, e façamos outro brinde!

— A que desta vez? — inquiriu Sir Richard, enchendo os cálices novamente. — Não me poupem!

— A um bando de filhos à sua imagem, sobrinho: a eles! — riu o tio.

II

Lorde Saar morava na Brook Street com a família, que era composta por sua mulher, seus dois filhos e suas quatro filhas. Sir Richard Wyndham, dirigindo-se à casa do futuro sogro vinte e quatro horas depois do encontro com sua própria mãe, teve bastante sorte de Saar se achar longe de casa e de Lady Saar, segundo o mordomo, estar a caminho de Bath com a honorável Sofia. Em lugar deles caiu-lhe nos braços o honorável Cedric Brandon, jovem cavalheiro devasso de hábitos lamentáveis e de maneiras desastrosamente encantadoras.

— Ricky, meu velho amigo! — gritou o honorável Cedric, arrastando Sir Richard para um salão pequeno nos fundos da casa. — Não me diga que você veio pedir a mão de Melissa! Dizem que boas notícias não matam um homem, mas *eu* nunca dei ouvidos a falatórios! Meu pai diz que estamos às portas da miséria. Empreste-me o dinheiro, caro rapaz, e comprarei para mim uma patente e partirei para a Península, que o diabo me carregue se eu não for! Mas ouça-me, Ricky! Você *está* me ouvindo? — Olhou ansiosamente para Sir Richard, pareceu satisfeito e falou, agitando um dedo solene: — Não faça isso! Não há fortuna suficientemente grande para acertar *nossos* pequenos negócios: acredite! Não tem nada a ver com Beverley! Dizem que Fox perdeu uma fortuna no jogo antes de completar 21 anos. Acredite, ele não era nada comparado a Bev, nada absolutamente. Cá entre nós, Ricky, o velho está se viciando no conhaque. Psiu! Nem uma palavra! Não devo contar histórias sobre meu pai! Mas fuja, Ricky! Meu conselho para você é: *fuja!*

— Você compraria uma patente, se eu te desse o dinheiro? — indagou Sir Richard.

— Estando sóbrio, compraria; embriagado, não! — replicou Cedric, com o sorriso completamente franco. — Agora estou muito sóbrio, mas não vou ficar por muito tempo. Não me dê um tostão, meu velho camarada! Não dê um tostão a Bev! É um homem mau. Agora, quando estou sóbrio sou um homem bom... mas em vinte e quatro horas só fico sóbrio durante seis, portanto você foi avisado! Agora estou de saída. Fiz o que pude por você, porque gosto de você, Ricky, mas se tomar o caminho da perdição apesar dos meus conselhos, eu lavo as minhas mãos. Não, droga, viverei à sua custa o resto da vida! Pense, caro rapaz, pense! Bev e este seu criado estarão à sua porta seis dias por semana... credores importunos... ameaças... os irmãos da mulher sem vintém... bolsos para serem cheios... mulher chorando... nada além de pagar! Não faça isso! A verdade é que nós não valemos isso!

— Espere! — falou Sir Richard, barrando-lhe a passagem. — Se eu pagar suas dívidas, você irá para a Península?

— Ricky, você é que não está sóbrio. Vá embora!

— Pense, Cedric, como terá boa aparência vestindo a farda dos hussardos!

Um sorriso malicioso brotou nos olhos de Cedric.

— Não teria mesmo?! Mas no presente momento eu fico com melhor aparência em Hyde Park. Saia do caminho, caro rapaz! Tenho um encontro importante. Fiz uma aposta para uma corrida de cem metros. Não posso perder! O maior acontecimento esportivo da temporada!

Com essas palavras, foi embora, deixando Sir Richard pronto não para fugir, como foi aconselhado, mas para aguardar o prazer da companhia da honorável Melissa Brandon.

Ela não o deixou esperando por muito tempo. Um criado veio solicitar-lhe que subisse: seguiu o homem pela ampla escada acima até a sala de estar no primeiro andar.

Melissa Brandon era uma jovem linda, de cabelos escuros, passando um pouco dos 25 anos. O perfil era mantido sem falhas mas, de frente, descobria-se que os olhos eram muito duros para serem bonitos. Não lhe tinham faltado pretendentes quando era mais jovem, mas nenhum dos cavalheiros, atraídos por sua inegável boa aparência, como diria o patife do irmão dela, dera para o gasto. Enquanto se curvava até a mão dela, Sir Richard lembrou-se do sorriso gelado de George e imediatamente afastou-o da memória obediente.

— Bem, Richard?

A voz de Melissa era fria, bastante inexpressiva, assim como o sorriso parecia mais delicadeza mecânica do que uma expressão espontânea de prazer.

— Espero que esteja passando bem, Melissa — disse Sir Richard com formalidade.

— Perfeitamente, obrigada. Por favor, sente-se! Acho que você veio a fim de discutir a questão do nosso casamento.

Ele lançou a ela um olhar que saía de baixo de sobrancelhas ligeiramente levantadas.

— Meu Deus! — falou suavemente. — Alguém deve ter falado demais.

Ela se ocupava com um bordado e continuou a se aplicar no trabalho com compostura serena.

— Não vamos perder tempo com preâmbulos! — observou ela. — Já passei da idade de ser afetada, e você, creio, pode ser classificado como homem sensato.

— Algum dia você foi afetada? — inquiriu Sir Richard.

— Tenho certeza de que não. Não tenho paciência para tais bobagens. Nem mesmo sou romântica. A esse respeito, devemos ser considerados o par ideal.

— Devemos? — perguntou Sir Richard, balançando de um lado para o outro o monóculo de cabo de ouro.

Ela parecia estar se divertindo.

— Certamente! Acredito que você não se tenha tornado sentimental, na sua idade atual! Seria bem absurdo!

— A senilidade — observou Sir Richard, pensativo — às vezes traz consigo sentimento. Pelo menos foi o que me informaram.

— Não precisamos nos preocupar com isso. Gosto muito de você, Richard, mas existe algo um pouco de absurdo na sua maneira de ser que faz com que transforme tudo em pilhéria. Eu mesma sou, por natureza, mais séria.

— Então a *esse* respeito não podemos ser considerados o par ideal — sugeriu Sir Richard.

— Não acho que seja uma objeção insuperável. A vida que você decidiu levar até agora não foi do tipo que incentiva reflexões sérias, afinal de contas. Ouso afirmar que vai se tornar mais digno de confiança, porque não quer que se diga mais ajuizado. *Isso*, entretanto, deve ser deixado para o futuro. Em todo caso, não sou tão pouco razoável a ponto de sentir que a diferença de nossas naturezas seja uma barreira intransponível para o casamento.

— Melissa — falou Sir Richard —, diga-me uma coisa...

Ela levantou o olhar.

— Pois não, o que você deseja que eu diga?

— Você já se apaixonou alguma vez? — indagou Sir Richard. Ela corou levemente.

— Não. Segundo o que tenho observado, sou grata por nunca ter me apaixonado. Há algo excessivamente vulgar nas pessoas que estão sob o domínio de emoções fortes. Não digo que seja *errado*, mas creio que sou um tanto mais exigente do que a maioria, e acho tais assuntos extremamente desagradáveis.

— Você não — falou Sir Richard, arrastando as palavras — considera a possibilidade de... hã... se apaixonar em alguma oportunidade futura?

— Meu caro Richard! Por quem, homem de Deus?

— Digamos, por mim?

Ela riu.

— Agora você está sendo ridículo! Se alguém te disse que seria necessário você se aproximar de mim com alguma demonstração de amor, foi muito mal aconselhado. Nosso casamento é só por conveniência. Não consigo vislumbrar nada além disso. Gosto muito de você, mas você não é absolutamente o tipo de homem que desperta essas paixões calorosas no meu peito. Mas não vejo por que *isso* deva preocupar qualquer um de nós. Se *você* fosse romântico, seria um assunto diferente.

— Temo — disse Sir Richard — que eu possa ser muito romântico.

— Suponho que você esteja pilheriando de novo — replicou ela, com um ligeiro balançar dos ombros.

— Absolutamente. Sou tão romântico que me dou o direito de fantasiar a ideia de uma mulher... mítica sem dúvida... que deva desejar se casar comigo, não porque eu seja rico, mas porque... você terá de perdoar a vulgaridade... porque me ame!

Ela deu a impressão de estar bastante desdenhosa.

— Teria imaginado que você já tivesse passado da idade de pretensão, Richard. Não tenho nada contra o amor, mas, francamente, os casamentos por amor me parecem um tanto abaixo de nós. Podia-se dizer que você tem andado de intimidades com a burguesia em Islington, ou algum outro lugar baixo! Eu não esqueço que sou uma Brandon. Ouso afirmar que somos muito orgulhosos; na realidade, espero que você o seja!

— Esse — disse Sir Richard secamente — é um aspecto da situação que, confesso, até agora não me tinha ocorrido.

Ela mostrou-se estarrecida.

— Achava que isso era impossível! Calculei que todos soubessem o que nós, os Brandon, sentimos a respeito do nosso nome, nosso berço, nossa tradição!

— Hesito em magoá-la, Melissa — interveio Sir Richard —, mas o espetáculo de uma mulher com o seu nome, berço e tradição oferecer-se a sangue-frio ao arrematador mais abastado não é calculado para impressionar o mundo como uma ideia muito forte de seu orgulho.

— Na verdade, esta é a linguagem do teatro! — exclamou ela. — Meu dever para com minha família exige que eu me case bem, mas deixe-me assegurar que até *isso* não vai fazer com que me rebaixe a ponto de me aliar a alguém de educação inferior.

— Ah, isso é realmente orgulho! — falou Sir Richard, com um sorriso velado.

— Eu não o compreendo. Você deve saber que os negócios de meu pai estão num tal caso que... para resumir...

— Eu estou ciente — interrompeu Sir Richard, com gentileza. — Compreendo que deve ser um privilégio para mim... hã... desembaraçar os negócios de lorde Saar.

— Mas claro! — replicou ela, surpresa em sua calma de estátua. — Nenhuma outra consideração poderia ter prevalecido para que eu aceitasse seu pedido!

— Isso — disse Sir Richard, pensativo, olhando a ponta de uma das botas hessenas — se torna um tanto delicado. Se a ordem do dia é franqueza, minha cara Melissa, devo destacar que ainda não... hã... fiz o pedido.

Ela ficou impassível diante de tal censura, mas replicou friamente:

— Eu não supunha que você fosse esquecer o que é esperado de nossas posições em detrimento de *me* abordar com um pedido. Nós não pertencemos a *esse* mundo. Sem dúvida você marcará um encontro com meu pai.

— Fico conjeturando se devo — falou Sir Richard.

— Calculo que com toda a certeza você marcará — replicou a dama, cortando a linha. — Suas particularidades são tão bem conhecidas por mim quanto as minhas o são para você. Se posso dizer com tanta franqueza, você devia se sentir feliz por estar numa posição em que pode pedir a mão de uma Brandon.

Ele a olhou pensativo, mas não fez nenhuma observação. Depois de uma pausa, ela continuou:

— Quanto ao futuro, creio que nenhum de nós fará grandes exigências ao outro. Você tem seus divertimentos: não são da minha conta, e não importa quanto minha razão possa lamentar sua dedicação ao pugilismo, corridas de carruagem e aos jogos de cartas...

— Faraó — interrompeu ele.

— Muito bem, faraó: é tudo a mesma coisa. Não importa quanto lamente tais loucuras, digo-lhe que não desejo interferir nos seus gostos.

— Você é muito condescendente — afirmou Sir Richard. — Francamente, Melissa, posso fazer o que quiser se eu te der meu dinheiro.

— Realmente, isso é deixar as coisas bem claras — replicou ela com tranquilidade. Dobrou o bordado e o pôs de lado. — Papai vem esperando sua visita. Ficará sentido ao saber que você veio e ele não estava. Estará conosco novamente amanhã, e você pode ter certeza de encontrá-lo, se se der ao trabalho de vir às... digamos onze horas?

Ele se levantou.

— Obrigado, Melissa. Acho que, embora lorde Saar não estivesse aqui para me receber, não perdi meu tempo.

— Espero que não tenha perdido tempo mesmo — disse ela estendendo a mão. — Venha! Tivemos uma conversa que pode, sinto, ser muito valiosa. Você me acha insensível, ouso afirmar, mas me fará justiça ao admitir que eu não acalento pretensões inúteis. Nossa situação é bem específica, foi por isso que suplantei a relutância em discutir a questão de nosso casamento com você. Nos últimos cinco anos, ou mais, nós dois nos comportamos como se estivéssemos comprometidos.

Ele tomou-lhe a mão.

— Você se considerava comprometida comigo durante estes cinco anos? — indagou.

Pela primeira vez no encontro os olhos dela não desafiaram os de Sir Richard.

— Certamente — replicou.

— Entendo — disse Sir Richard, e afastou-se dela.

Fez uma aparição tardia no Almack's naquela noite. Ninguém, admirando a aparição *point-de-vice*, ou ouvindo a conversa arrastada, preguiçosa, podia ter imaginado que estivesse às vésperas de tomar a decisão mais importante de sua vida. Apenas o tio, entrando no clube pouco depois da meia-noite e observando o moribundo a seu lado, calculou que os dados tinham sido lançados. Disse a George Trevor, que encontrou quando levantou da mesa de faraó, que Ricky estava bebendo muito, uma afirmação que atormentou George e fez com que dissesse:

— Não troquei duas palavras com ele. Você está me dizendo que ele realmente pediu a mão de Melissa Brandon?

— Não estou dizendo nada a você — falou Lucius. — Tudo o que eu disse é que ele está bebendo muito e se enterrando.

Com muita preocupação, George agarrou a primeira oportunidade que apareceu de chamar a atenção do cunhado. Não aconteceu antes das três horas, quando Sir Richard finalmente levantou-se da mesa de faraó. Naquele momento, ele não estava com disposição para conversas particulares. Perdera uma grande soma e bebera grande quantidade de conhaque, mas nenhuma destas circunstâncias o perturbava.

— Sem sorte, Ricky? — perguntou o tio.

Um olhar um pouco nebuloso mas perfeitamente lúcido zombou dele.

— Não nas cartas, Lucius. Mas pense no ditado!

George sabia que Sir Richard podia beber muito sem problemas como qualquer homem de seu conhecimento, mas certo tom inconsequente na voz o assustou. Agarrou-lhe a manga e disse num tom baixo:

— Gostaria de ter uma palavrinha com você!

— Caro George... meu muito caro George! — falou Sir Richard, sorrindo amistosamente. — Você deve ter notado que eu não estou... lá muito... sóbrio. Nenhuma palavrinha hoje.

— Vou passar na sua casa pela manhã, então — comunicou George, esquecendo que já era de manhã.

— Estarei com a cabeça em pedaços — falou Sir Richard.

Abriu caminho para sair do clube, o chapéu de abas curvas pendendo na cabeça, a bengala de ébano enfiada debaixo do braço. Recusou o oferecimento do porteiro para chamar uma liteira, observando suavemente:

— Estou bêbado demais, preciso andar.

O porteiro sorriu. Já tinha visto muitos cavalheiros em todos os estágios de embriaguez e não achava que Sir Richard, que falava apenas arrastando levemente as palavras e que caminhava equilibrando-se de modo admirável, estivesse num estado desesperador. Se não conhecesse Sir Richard muito bem, acharia que não teria visto nada de mau nele, além de tomar a direção completamente errada para a St. James Square. Sentiu-se constrangido de chamar a atenção para isto, mas pediu desculpas quando Sir Richard falou:

— Eu sei. Contudo a madrugada me chama. Vou dar um passeio muito demorado.

— Muito bem, senhor — disse o porteiro, e deu um passo atrás.

Sir Richard, a cabeça oscilando um pouco por causa do contato repentino com o ar fresco, caminhou sem rumo na direção norte.

Pouco depois, a mente clareou. Sem interesse, refletiu que era provável que em pouco tempo a cabeça começasse a doer e ia se sentir extremamente mal, e nem um pouco com pena de si mesmo. Naquele momento, contudo, enquanto os vapores do conhaque ainda lhe circulavam a cabeça, uma irresponsabilidade curiosa tomou conta dele. Sentia-se inconsequente, distante, destacado do passado e do futuro. A madrugada estava espalhando uma luz cinzenta pelas ruas calmas, e a brisa que lhe acariciava o rosto era fresca o suficiente para que se sentisse satisfeito por ter o manto leve de noite. Vagueou por Brook Street e riu para as janelas fechadas da casa de Saar.

— Minha doce noiva! — disse ele, e com os dedos jogou um beijo na direção da casa. — Deus, que idiota desgraçado eu sou!

Repetiu a frase, vagamente satisfeito com a observação, e seguiu pela rua comprida. Ocorreu-lhe que a doce noiva praticamente não ficaria lisonjeada se pudesse vê-lo agora, e ao pensar nisso riu novamente. O guarda-noturno, que encontrou na extremidade norte da Grosvenor Square, olhava-o dubiamente e conservou-se a boa distância. Cavalheiros nas condições em que se achava Sir Richard frequentemente se divertiam com um passatempo alegre conhecido como "Acertar o Guarda", e este integrante daquela força louvável não estava ansioso para enfrentar problemas.

Sir Richard não notou o guarda, e, para se fazer justiça a ele, também não teria se sentido nem um pouco tentado a molestá-lo se o tivesse notado. Em alguma parte, no seu íntimo, Sir Richard estava consciente de que era o mais infeliz dos viventes. Sentia grande amargura por causa disso, como se todo o mundo estivesse aliado contra ele; e, enquanto errava por uma tranquila rua transversal, sentia cinicamente pena de si mesmo, porque, depois de frequentar durante dez anos os melhores círculos, não tinha tido a boa sorte comum de encontrar uma jovem cujos encantos lhe custassem uma única hora de sono. Não parecia provável que fosse mais feliz no futuro.

— O que, suponho — observou Sir Richard para uma das novas lâmpadas a gás —, seja uma consumação que se deve desejar dedicadamente, já que estou prestes a pedir a mão de Melissa Brandon.

Foi neste momento que tomou consciência de um acontecimento peculiar. Alguém estava descendo de uma janela no segundo andar de uma das casas alambicadas do lado oposto da rua.

Sir Richard ficou imóvel e piscou diante da visão inesperada. O alheamento divino ainda tomava conta dele; estava interessado no que via, mas de modo algum preocupado com aquilo.

— Sem dúvida, um ladrão — falou, e apoiou-se descuidadamente na bengala para assistir ao fim da aventura. O olhar levemente sonolento descobriu que, fosse lá quem estivesse fugindo da casa alambicada, propunha-se a fazê-lo por meio de lençóis amarrados, que estavam pendurados desastrosamente longe do chão. — *Não é um ladrão* — concluiu Sir Richard e atravessou a rua.

Quando atingiu o meio-fio do lado oposto, o misterioso fugitivo chegara, de certa forma fortuita, ao fim da corda improvisada, e pendia precariamente acima da área vazia, tentando de modo desesperado com um dos pés encontrar um lugar na parede onde pudesse firmar-se. Sir Richard viu que era um jovem bem franzino, apenas um garoto, na verdade, e a título de lazer foi resgatá-lo.

O fugitivo viu-o quando descia os degraus da área e arfou numa mistura de medo e agradecimento:

— Ah! Pode me ajudar, por favor? Não sabia que era tão distante. Achei que seria capaz de saltar, só que acho que não posso.

— Meu jovem atraente — disse Sir Richard, levantando a cabeça para o rosto corado que o espiava. — O que, ainda que mal pergunte, você está fazendo no fim desta corda?

— Shhh! — suplicou o fugitivo. — Você acha que me pode pegar se eu saltar?

— Vou fazer tudo o que estiver ao meu fraco alcance — prometeu Sir Richard.

Os pés do fugitivo estavam logo acima de seu alcance, e dali a mais cinco segundos o jovem desceu-lhe nos braços com uma pressa que o fez cambalear e quase perder o equilíbrio. Sustentou-o por milagre, agarrando com força junto ao peito o corpo inesperadamente leve.

Sir Richard não estava sóbrio, mas embora os vapores do conhaque tivessem produzido no cérebro uma sensação agradável de irresponsabilidade, de modo algum lhe tinham embotado o intelecto. Sir Richard, com cócegas no queixo por causa dos cachos, e os braços cheios com o fugitivo, fez uma descoberta surpreendente. Colocou-o no chão, dizendo num tom informal:

— É, mas eu acho que você não é um jovem afinal de contas.

— Não, sou uma moça — replicou a fugitiva, aparentemente sem se chocar com o fato de ele ter descoberto. — Mas, por favor, vá embora antes que eles acordem, sim?

— Quem? — indagou Sir Richard.

— Minha tia... todos eles! — sussurrou a fugitiva. — Estou profundamente agradecida a você por me ter ajudado... e você acha que pode desatar este nó, por gentileza? Entende, tive de amarrar minha trouxa e agora não consigo desatar. E onde está o meu chapéu?

— Caiu — informou Sir Richard, pegando-o e sacudindo a poeira na manga do paletó. — Não estou muito sóbrio, sabe... na verdade, eu estou bêbado... mas não posso deixar de dizer que tudo isso é um tanto... digamos... fora do comum.

— É, mas não havia mais nada a fazer — explicou a moça tentando olhar por sobre o ombro o que Sir Richard estava fazendo com o nó impertinente.

— Faça-me o favor de ficar quieta! — solicitou Sir Richard.

— Ah, desculpa! Não posso imaginar como tenha dado certo. Obrigada! Estou realmente agradecida a você.

Sir Richard examinava a trouxa através do monóculo.

— Você é ladra? — indagou ele.

Uma risadinha, apressadamente engolida, apresentou o seguinte:

— Não, claro que não sou. Não tive como arranjar uma caixa de chapéu, por isso precisei amarrar todas as minhas coisas num xale. E agora acho que devo ir embora, se o senhor me der licença.

— Não há dúvidas de que estou embriagado — disse Sir Richard —, mas ainda me resta um pouco de lucidez. Você não pode, minha boa menina, vagar pelas ruas de Londres a esta hora da noite, e vestida deste modo. Creio que devo tocar aquela campainha e entregá-la a sua... tia, foi o que você disse?

Duas mãos agitadas agarraram-lhe o braço.

— Ah, *não faça isso*! — suplicou a fugitiva. — *Por favor*, não faça isso!

— Bem, então o que eu devo fazer com você? — perguntou Sir Richard.

— Nada. Diga-me apenas qual o caminho para Holborn!

— Por que Holborn?

— Tenho de ir para a Estalagem do Cavalo Branco, para pegar a diligência para Bristol.

— Isso resolve tudo — disse Sir Richard. — Não vou deixar você sair a pé por aí até que eu saiba de toda a sua história. Acredito que você seja uma criminosa perigosa.

— Eu não sou! — replicou indignadamente a fugitiva. — Qualquer um com o menor vestígio de sensibilidade haveria de se compadecer do meu apuro! Estou fugindo da mais odiosa perseguição.

— Criança de sorte! — falou Sir Richard, tirando-lhe a trouxa. — Gostaria de poder fazer a mesma coisa. Vamos sair daqui. Nunca vi uma rua mais deprimente. Não consigo imaginar como é que você veio parar aqui. Acha que nosso encontro poderia melhorar se nos apresentássemos, ou você está viajando incógnita?

— É, eu preciso forjar um nome para mim. Não tinha pensado nisso. Meu nome verdadeiro é Penelope Creed. E você, quem é?

— Eu — disse Sir Richard — sou Richard Wyndham, inteiramente a seu dispor.

— O Belo Wyndham? — perguntou a Srta. Creed com ares de conhecimento.

— O Belo Wyndham — curvou-se Sir Richard. — É possível que nos tenhamos conhecido antes?

— Ah, não, mas claro que já ouvi falar de você. Meu primo tenta dar na gravata um laço Wyndham. Pelo menos é isso que ele diz, mas para mim, parece uma confusão.

— Então *não* é um laço Wyndham — afirmou Sir Richard com segurança.

— Não é, foi o que eu pensei. Meu primo tenta ser um janota, mas o rosto dele parece o de um peixe. Eles querem que eu me case com ele.

— Que ideia horrível! — comentou Sir Richard, tremendo.

— Eu disse que você ia se condoer do meu apuro! — replicou a Srta. Creed. — Então, vai me mostrar o caminho para Holborn?

— Não — retrucou Sir Richard.

— Mas tem de me mostrar! — declarou a Srta. Creed, num tom de pânico. — Para onde o senhor vai?

— Eu não posso andar pelas ruas a noite inteira. É melhor irmos para a minha casa a fim de discutir o assunto.

— Não! — objetou a Srta. Creed, ficando imóvel no meio da calçada.

Sir Richard suspirou.

— Tire da cabeça a ideia de que eu estou arquitetando qualquer plano vil com relação a você — disse ele. — Calculo que podia muito bem ser seu pai. Quantos anos tem?

— Acabei de fazer dezessete.

— Bem, estou com quase trinta — falou Sir Richard.

A senhorita Creed saiu-se com esta:

— Possivelmente você não podia ser meu pai!

— Por enquanto, estou muito embriagado para resolver problemas de aritmética. Que seja suficiente que eu não tenho a mais leve intenção de fazer amor com você.

— Bem, então, não me importo de acompanhá-lo — disse a Srta. Creed encantadoramente. — Você está mesmo embriagado?

— Desprezivelmente — afirmou Sir Richard.

— Posso lhe assegurar que ninguém acreditaria. Você sabe beber muito bem.

— Você fala como se tivesse experiência nestes assuntos — observou Sir Richard.

— Meu pai costumava dizer que o mais importante é ver como um homem se comporta depois de abusar do copo. Meu primo fica excessivamente idiota.

— Sabe — declarou Sir Richard, franzindo as sobrancelhas —, quanto mais ouço falar nesse seu primo, mais certo fico de que não deveriam permitir que você se casasse com ele. Onde é que estamos agora?

— Piccadily, eu acho — replicou a Srta. Creed.

— Ótimo! Moro em St. James Square. Por que querem que você se case com o primo?

— Porque — respondeu a Srta. Creed com voz lamentosa — fui amaldiçoada com uma grande fortuna!

Sir Richard parou inesperadamente no meio da rua.

— Amaldiçoada com uma grande fortuna? — repetiu.

— Na verdade, é. Olha, meu pai não teve outros filhos, e creio que sou fabulosamente rica, além de ter uma casa em Somerset, na qual não me deixam morar. Quando ele morreu, tive de vir morar com tia Almeria. Tinha só doze anos, entende? E agora ela está me perseguindo a fim de me casar com meu primo Frederick. Por isso eu fugi.

— O homem com cara de peixe?

— É.

— Você fez muito bem — disse Sir Richard.

— Bem, eu acho que fiz.

— Sem dúvida. Por que Holborn?

— Eu já te disse — replicou a Srta. Creed pacientemente. — Estou indo pegar a diligência para Bristol.

— Ah! Por que Bristol?

— Bem, não estou indo exatamente para Bristol, mas minha casa fica em Somerset, e eu tenho um grande amigo lá. Não o vejo há quase cinco anos, mas costumávamos brincar juntos e furamos nossos dedos... misturando o sangue, sabe?... e fizemos um pacto de casamento para quando estivéssemos crescidos.

— Tudo isso é muito romântico — comentou Sir Richard.

— É mesmo, não é? — falou a Srta. Creed, com entusiasmo. — Você não é casado, é?

— Não. Ah, meu Deus!

— Por que, o que está acontecendo?

— Acabei de me lembrar de que vou me casar.

— Você não quer se casar?

— Não.

— Mas ninguém pode ser forçado a se casar!

— Minha boa menina, você não conhece meus parentes — informou Sir Richard, com amargura.

— Eles ficam falando, falando, *falando* com você? E dizem que é sua obrigação? E tornam sua vida um inferno? E gritam com você? — indagou a Srta. Creed.

— É, é mais ou menos assim — admitiu Sir Richard. — É isso que seus parentes fazem com você?

— É. Por isso roubei o segundo melhor terno de Geoffrey e pulei pela janela.

— Quem é Geoffrey?

— Ah, é meu outro primo. Ele está em Harrow, e as roupas dele cabem perfeitamente em mim. É aqui a sua casa?

— É, sim.

— Mas espere! — falou a Srta. Creed. — O porteiro não estará acordado para abrir-lhe a porta?

— Eu não incentivo as pessoas a ficarem acordadas para me esperar — disse Sir Richard, tirando do bolso uma chave e enfiando-a na fechadura.

— Mas espero que você tenha um criado pessoal — sugeriu a Srta. Creed, recuando. — Ele vai estar esperando para ajudá-lo a ir para a cama.

— É verdade — falou Sir Richard. — Porém ele não vem ao meu quarto antes que eu toque a campainha. Não precisa ter medo.

— Ah, nesse caso...! — replicou a Srta. Creed, aliviada e seguindo-o alegremente para dentro da casa.

Uma lamparina estava acesa no vestíbulo, e uma vela, disposta numa mesa de tampo de mármore, pronta para Sir Richard. Ele a acendeu, enfiando-a na lamparina, e conduziu a hóspede à biblioteca. Ali havia mais velas, em candelabros presos à parede. Sir Richard acendeu quantas achou necessário e virou-se para examinar a Srta. Creed.

Ela tirara o chapéu e estava em pé no meio da sala, olhando com interesse à sua volta. O cabelo, que se amontoava em cachos macios ao alto da cabeça e estava cortado irregularmente às costas, era ouro puro; os olhos eram de um azul intenso, muito grandes e confiantes, prontos a brilhar de alegria a qualquer momento. Tinha um nariz achatado e pequeno, ligeiramente sardento, queixo dos mais resolutos e um par de covinhas.

Sir Richard, observando-a criticamente, não estava impressionado por estes encantos. Falou:

— Você parece o mais completo garoto, na verdade!

Ela deu a impressão de receber isso como um tributo. Ergueu o olhar inocente para ele e falou:

— Pareço? De verdade?

O olhar dele passou lentamente pelo traje emprestado.

— Horrível! — disse. — Você está pensando que atou essa... essa imitação de gravata num laço Wyndham?

— Não, eu nunca dei nó numa gravata antes — explicou ela.

— Isso — observou Sir Richard — é óbvio. Venha cá!

Ela se aproximou obedientemente e ficou imóvel enquanto os dedos peritos dele trabalhavam nas dobras amassadas em torno de seu pescoço.

— Não, está além até da minha habilidade — falou finalmente. — Tenho de te emprestar uma das minhas. Não tem importância; sente-se, e vamos conversar sobre o assunto. Minhas lembranças não estão lá muito claras, mas tenho a impressão de que você disse que ia para Somerset a fim de se casar com um amigo de infância.

— É, Piers Luttrell — assentiu com a cabeça a Srta. Creed, sentando-se numa poltrona grande.

— Além do mais, você tem apenas dezessete anos.

— Acabei de fazer — corrigiu ela.

— Não fique com evasivas! E se propõe a enfrentar essa viagem como passageira de uma diligência da Accommodation?

— É — concordou a Srta. Creed.

— E, como se isso não fosse suficiente, vai sozinha?

— Claro que vou.

— Minha cara criança — disse Sir Richard —, posso estar embriagado, mas não a ponto de concordar com este plano fantástico, creia-me.

— Eu não acho que você esteja embriagado — falou a Srta. Creed.

— Além disso, você não tem nada com isso! Você não pode interferir nos meus assuntos só porque me ajudou a pular da janela.

— Eu não te ajudei a pular da janela. Alguma coisa me diz que é meu dever devolvê-la ao seio de sua família.

A Srta. Creed ficou bastante pálida, e falou num fio de voz, mas muito claro:

— Se você fizesse isso seria a coisa mais cruel... a coisa mais traiçoeira do mundo!

— Acho que seria — admitiu ele.

Houve uma pausa. Sir Richard tirou do bolsinho do colete a caixa de rapé com um movimento rápido dos dedos habituados e tomou uma pitada. A Srta. Creed engoliu em seco e disse:

— Se você *conhecesse* meu primo, compreenderia.

Ele lançou um olhar de relance para ela, mas não disse nada.

— Ele fala cuspindo — disse a Srta. Creed desesperadamente.

— Estou convencido — falou Sir Richard fechando a caixinha de rapé. — Eu acompanharei você até seu amigo de infância.

A Srta. Creed corou.

— Você? Mas você não pode!

— Por que eu não posso?

— Porque... porque eu não te conheço, e posso muito bem ir sozinha, e... bem, é um grande disparate! Agora eu compreendo você dizer que está embriagado.

— Fique sabendo — falou Sir Richard — que ares melindrosos não ficam bem com estas roupas. Além do mais, eu não gosto. Ou você viaja para Somerset na minha companhia, ou voltará para a sua tia. Faça a escolha!

— Por favor, pense! — suplicou a Srta. Creed. — Você sabe que sou forçada a viajar no mais completo sigilo. Se você for comigo, ninguém iria saber o que houve com você.

— Ninguém iria saber o que houve comigo — repetiu Sir Richard lentamente. — Ninguém... minha menina, você não tem mais qualquer opção: eu vou com você para Somerset!

III

Como nenhum argumento produziu o menor efeito na disposição inquieta de Sir Richard, a Srta. Creed abandonou a tentativa conscienciosa de dissuadi-lo de acompanhá-la na viagem e reconheceu que sua proteção seria bem-vinda.

— Não que eu esteja com medo de ir desacompanhada — explicou ela —, mas, para falar a verdade, não estou muito acostumada a fazer tudo sozinha.

— Eu deveria esperar — disse Sir Richard — que você também não estivesse acostumada a viajar em diligência comum.

— Não, claro que não estou. Vai ser uma aventura e tanto! Você já viajou de diligência comum?

— Nunca. Viajaremos na diligência dos correios.

— Viajar na diligência dos correios? Você tem de estar maluco! — exclamou a Srta. Creed. — Ouso afirmar que o senhor é conhecido em todas as estalagens de posta na estrada de Bath. Seríamos descobertos num minuto. Ora, já tinha pensado em tudo antes mesmo que você se resolvesse a me acompanhar! Meu primo Frederick é idiota demais para pensar em qualquer coisa, mas tia Almeria não é, e não tenho dúvidas de que ela vai deduzir que eu fugi para a minha casa e me seguir. Essa é uma das razões por que resolvi viajar de diligência comum. Ela perguntará por mim nas casas de correio, e ninguém será capaz de lhe dar a menor informação a meu respeito. E imagine só que confusão iria haver se descobrissem que tínhamos viajado juntos numa diligência dos correios pelo campo!

— Você acha que seria menos impróprio viajar de diligência comum? — indagou Sir Richard.

— Seria muito menos impróprio. Na verdade, não vejo como poderia ser impróprio, porque como posso evitar que você compre uma passagem num veículo público, se assim o desejar? Além disso, não tenho dinheiro suficiente para alugar uma carruagem.

— Pensei que você tinha dito que era amaldiçoada por uma grande fortuna?

— Sou, mas não me deixam ficar com coisa nenhuma a não ser uma mesada miserável até que eu complete a maioridade, e este mês já gastei toda a minha mesada.

— Serei seu banqueiro — disse Sir Richard.

A Srta. Creed balançou vigorosamente a cabeça.

— Não, não será mesmo! Deve-se sempre ter cuidado com desconhecidos. Pagarei tudo sozinha. Claro, se você tiver alguma coisa contra viajar de diligência, eu não sei o que se deve fazer. A não ser... — interrompeu-se quando lhe surgiu uma ideia, e disse, com olhos cintilantes: — Tive uma ideia maravilhosa. Você é um cocheiro notável, não é?

— Creio que sou considerado assim — replicou Sir Richard.

— Bem, supondo que pudesse dirigir sua própria carruagem... então eu poderia ir em pé atrás, e fingir que sou seu lacaio, e segurar as varas de aço, cuidar da muda, e...

— Não! — respondeu Sir Richard.

Ela parecia decepcionada.

— Achei que seria emocionante. Contudo, ouso afirmar que você está certo.

— Eu estou certo — falou Sir Richard. — Quanto mais eu penso nisso, mais eu vejo vantagem na diligência. A que horas você disse que é a partida da cidade?

— Às nove horas, na Estalagem do Cavalo Branco, em Fetter Lane. Só que devemos chegar lá bem antes do horário, por causa dos seus criados. Que horas são agora?

Sir Richard consultou o relógio.

— Quase cinco — replicou ele.

— Então não temos um minuto a perder — falou a Srta. Creed. Seus criados estarão se agitando por aí dentro de uma hora. Mas você não pode viajar com essas roupas, pode?

— Não — respondeu ele —, e também não posso viajar com aquela sua gravata, nem com aquela trouxa abominável. E, agora que olhei para você mais atentamente, nunca vi um cabelo com corte pior.

— Você quer dizer na parte detrás, espero — falou a Srta. Creed, sem ressentimento com essas críticas. — Felizmente sempre foi curto na frente. Tive de cortar sozinha a parte detrás, e não dava para enxergar bem o que estava fazendo.

— Espere aí! — ordenou Sir Richard e saiu da sala.

Quando voltou, já havia passado mais de meia hora, tinha trocado as roupas de noite por culotes de couro e botas altas, e um sobretudo azul de tecido finíssimo. A Srta. Creed saudou-o com alívio considerável.

— Estava começando a temer que você se tivesse esquecido de mim ou pegado no sono! — disse-lhe.

— Nada disso! — falou Sir Richard, colocando uma maleta e uma mala grande no chão. — Embriagado ou sóbrio, nunca esqueço minhas obrigações. Levante-se, e vou ver o que posso fazer a fim de tornar você mais apresentável.

Ele tinha pendurada ao braço uma gravata branca como a neve e uma tesoura na mão. Alguns cortes bem calculados melhoraram em muito a aparência da nuca da Srta. Creed e, quando um pente passou impiedosamente pelos cachos, forçando-os mais do que os ajeitando num estilo mais masculino, ela começou a parecer bastante arrumada, embora com olhos bem lacrimejantes. A gravata amassada a seguir foi posta de lado, e uma das de Sir Richard colocada em torno do pescoço. Estava tão ansiosa para ver como ele a arrumava que ficou na ponta dos pés para ter um vislumbre de si no espelho que pendia acima do consolo da lareira e Sir Richard golpeou-lhe as orelhas.

— *Quer* ficar quieta? — falou Sir Richard.

A Srta. Creed fungou e recolheu-se a murmúrios mal-humorados. Contudo, quando ele a soltou, e ela foi capaz de ver o resultado da habilidade, ficou tão encantada que esqueceu as mágoas e exclamou:

— Ah, como está lindo! É um laço Wyndham?

— Claro que não! — replicou Sir Richard. — O laço Wyndham não é para garotos impertinentes!

— Eu não sou um garoto impertinente!

— Mas se parece com um deles. Agora põe o que tem nessa trouxa na maleta, e vamos embora.

— Sinto que eu não deveria ir com você — disse a Srta. Creed, irritadamente.

— Não, não sente nada. Agora você é meu primo jovem, e ambos estamos buscando uma vida de aventuras. Como é que você disse que se chamava?

— Penelope Creed. Quase todos me chamam de Pen, mas eu preciso de um nome masculino agora.

— Pen servirá muito bem. Se ocasionar o menor comentário, direi que se escreve com dois enes. Recebeu este nome por causa daquele camarada quacre.

— Ah, é uma ideia muito boa! Como é que devo lhe chamar?

— Richard.

— Richard de quê?

— Smith... Jones... Brown.

Estava ocupada transferindo seus pertences do xale paisley para a maleta.

— Você não tem cara de nenhum desses. O que devo fazer com este xale?

— Deixe aí — respondeu Sir Richard, juntando alguns pedaços de cachos dourados do tapete e jogando-os ao fundo da lareira. — Sabe, Pen Creed, calculo que você tenha entrado na minha vida sob o disfarce da Providência?

Ela levantou os olhos indagadoramente.

— Foi mesmo? — indagou, cheia de dúvida.

— Isso ou fatalidade — disse Sir Richard. — Saberei quando estiver sóbrio. Mas, para ser sincero, não me importo nem um pouco! *En avant, mon cousin!*

Era mais de meio-dia quando Lady Trevor, acompanhada do marido relutante, chegou à casa do irmão na St. James Square. Foi recebida pelo porteiro, obviamente com grandes novidades, e conduzida por ele ao mordomo.

— Diga a Sir Richard que eu estou aqui — ordenou ela, entrando no Salão Amarelo.

— Sir Richard não está em casa, minha senhora — disse o mordomo, numa voz cheia de mistério.

Louisa, que tinha arrancado do marido a descrição da conduta de Sir Richard no Almack's na noite anterior, resfolegou:

— Você irá dizer-lhe que a irmã deseja vê-lo — falou ela.

— Sir Richard não está sob este teto, minha senhora — retrucou o mordomo, preparando um clímax.

— Sir Richard o preparou muito bem — replicou Louisa secamente. — Mas eu não sou dispensada assim! Vá e diga-lhe que eu quero vê-lo!

— Sir Richard não dormiu na cama dele na noite passada, minha senhora! — anunciou o mordomo.

George ficou surpreso diante do comentário indiscreto.

— O quê? Absurdo! Ele não estava tão embriagado assim quando *eu* o vi!

— Quanto a isso, meu senhor — falou o mordomo com dignidade —, não tenho informações. Em resumo, Sir Richard desapareceu.

— Santo Deus! — exclamou Sir George.

— Disparate! — disse Louisa mordazmente. — Sir Richard, como eu suponho, está na cama!

— Não, minha senhora. Como informei a Vossa Senhoria, a cama de Sir Richard está intacta. — Fez uma pausa, mas Louisa apenas fixava os olhos nele. Satisfeito com a impressão que causara, continuou: — O traje de noite que Sir Richard estava usando ontem foi encontrado pelo camareiro dele, Biddle, no chão do quarto. As segundas melhores botas altas de Sir Richard, os culotes de couro, o sobretudo de lã, o chapéu alto de feltro marrom-claro e o sobretudo de montar azul, tudo desapareceu. Fomos forçados a concluir, minha senhora, que Sir Richard foi chamado a algum lugar inesperadamente.

— Partiu sem o camareiro? — indagou George num tom estupefato.

O mordomo curvou-se.

— Exatamente isso, meu senhor.

— Impossível! — exclamou George com sinceridade.

Louisa, que manteve as sobrancelhas franzidas enquanto escutava as novas, disse numa voz ríspida:

— Certamente é muito esquisito, mas não há dúvida, uma explicação perfeitamente razoável. Por favor, você tem certeza de que meu irmão não deixou nenhum recado com *qualquer* membro da criadagem?

— Com ninguém, minha senhora.

George exalou um suspiro profundo e balançou a cabeça.

— Eu avisei, Louisa! Eu *disse* que você o estava pressionando muito!

— Você não disse nada disso! — atalhou Louisa, aborrecida por estar falando tão indiscretamente diante de um criado visivelmente interessado. — Pode estar certo, ele pode muito bem ter falado conosco que ia sair da cidade, e nós esquecemos o fato.

— Como é que você pode dizer uma coisa assim? — perguntou George, honestamente confuso. — Ora, você não ouviu da própria Melissa Brandon que ele ia visitar...

— Já chega, George! — falou Louisa, subjugando-o com um olhar tão terrível que ele se encolheu. — Diga-me, Porson — retomou ela, virando-se outra vez para o mordomo —, meu irmão foi na carruagem de viagem ou no fáeton?

— Nenhum dos veículos de Sir Richard, minha senhora, esportivos ou de outros tipos, está faltando nas cocheiras — respondeu Porson, apreciando o efeito de suas descobertas.

— Então foi a cavalo!

— Verifiquei com o chefe dos cavalariços, minha senhora, que nenhum dos cavalos de Sir Richard está ausente. O chefe dos cavalariços não viu Sir Richard desde ontem de manhã.

— Santo Deus! — murmurou George, os olhos começando a mostrar apreensão diante do pensamento horrível que se lhe apresentava. — Não, não, ele não ia fazer isso!

— Fica quieto, George! Pelo amor de Deus, fica quieto! — gritou Louisa agudamente. — Ora, que ideia insensata passou pela sua cabeça? Estou certa de que é muito provocador Richard fugir desta maneira, mas quanto... não quero que você diga nada disso! Aposto que ele foi assistir a um daqueles eventos esportivos detestáveis: luta de boxe, ouso afirmar! Logo estará em casa.

— Mas ele não dormiu em casa! — lembrou-a George. — E sinto-me inclinado a dizer que não estava nem um pouco sóbrio quando saiu do Almack's ontem à noite. Não digo que estivesse terrivelmente embriagado, mas você sabe como é quando ele fica...

— Sinto-me muito satisfeita por não saber nada disso! — retorquiu Louisa. — Se ele não estava sóbrio, deve ter sido por causa disso este comportamento extravagante.

— Comportamento extravagante! Tenho de dizer, Louisa, que é uma bela maneira de falar quando o pobre Richard pode estar no fundo de um rio — exclamou George, num rasgo nobre de coragem.

Ela empalideceu, mas disse com voz fraca:

— Como você pode ser tão ridículo? Não diga uma coisa dessas, eu te suplico!

O mordomo tossiu.

— Peço perdão a Vossas Senhorias, mas se devo dizer isso, Sir Richard não ia praticamente trocar de roupa para a execução de... daquilo que eu compreendo que Vossa Senhoria quer dizer.

— Não. Não, é bem verdade! Ele não ia fazer isso, claro! — concordou George, aliviado.

— Além do mais, meu senhor, Biddle informa que as gavetas e armários de Sir Richard foram remexidos e vários artigos de roupa foram tirados. Quando foi acordar Sir Richard esta manhã, Biddle encontrou o quarto na maior desordem, como se ele tivesse se preparado às pressas para viajar. Além do mais, meu senhor, Biddle informou-me que uma mala e uma maleta estão faltando no armário onde habitualmente ficam guardadas.

George teve um acesso súbito de riso.

— Por Deus, foragido! Pega! Desaparecido!

— *George*!

— Não me importo! — disse George desafiadoramente. — Estou incrivelmente satisfeito que ele tenha fugido!

— Mas não havia necessidade! — disse Louisa, esquecendo que Porson estava na sala. — Ninguém o estava obrigando a se casar... — Olhou para Porson e parou de repente.

— Tenho de informar a Vossa Senhoria — falou Porson, aparentemente sem dar ouvidos à enunciação indiscreta — que existem muitos outros indícios específicos ligados ao desaparecimento de Sir Richard.

— Deus do céu, você fala como se ele tivesse sumido num passe de mágica! — falou Louisa impacientemente. — Que indícios, meu bom homem?

— Se Vossa Senhoria me desculpar, vou buscá-los para que possa examinar. — Porson curvou-se e saiu.

Marido e mulher foram deixados um encarando o outro, cheios de perplexidade.

— Bem — disse George, não sem satisfação —, você vê agora no que dá aborrecer um homem até deixá-lo fora do juízo!

— Eu não o aborreci tanto assim, George, não é justo dizer isso! Por favor, como é que eu poderia forçá-lo a pedir a mão de Melissa se ele não quisesse? Tenho certeza de que sua fuga nada tem a ver com esse caso.

— Nenhum homem suporta ser atormentado até fazer algo que não deseja — retrucou George.

— Então tudo o que tenho a dizer é que Richard é ainda mais covarde do que eu supunha que fosse! Tenho certeza, se ao menos me tivesse dito francamente que não desejava casar-se com Melissa, de que eu não teria dito mais nenhuma palavra sobre o assunto.

— Ah! — exclamou George, atingindo um riso sardônico.

Escapou da repreensão por causa do retorno de Porson à sala, carregando certos artigos que colocou cuidadosamente na mesa. Com grande espanto, lorde e Lady Trevor olharam para o xale paisley, a gravata amarrotada, e alguns fios de cabelo louro dourado, que tomavam a forma muito apropriada de um ponto de interrogação.

— Que negócio é esse...? — exclamou Louisa.

— Estes objetos, minha senhora, foram descobertos pelo criado ao entrar na biblioteca esta manhã — disse Porson. — O xale, que nem Biddle nem eu nos lembramos de ter visto antes, estava no chão; a gravata fora atirada à lareira; e a... hã... a madeixa de cabelo... encontramos sob o xale.

— Bem, por minha honra! — falou George, pondo os óculos para inspecionar melhor os objetos. Focalizou os óculos na gravata. — Isso fala por si mesmo! Pobre Ricky, deve ter voltado para casa em mau estado ontem à noite. Ouso afirmar que estava com dor de cabeça: eu estaria, se tivesse bebido metade do conhaque que ele emborcou ontem. Agora entendo tudo. Lá estava ele, comprometido a ir visitar Saar hoje de manhã... não tinha como se livrar... a cabeça pegando fogo! Agarrou-se à gravata, sentiu que podia sufocar e estragar a coisa... e não importa quanto tenha ido longe, Ricky nunca ia usar uma gravata amarrotada! Lá estava ele sentado na cadeira, muito provavelmente, e passando as mãos pelo cabelo, como os homens fazem...

— Richard nunca desarrumou o cabelo, e não importa o quanto estivesse embriagado, não ia arrancar um cacho *dessa* cor da própria cabeça! — interrompeu Louisa. — Além do mais, foi cortado. Qualquer um pode ver isso!

George focou os óculos no cacho reluzente. Inúmeras emoções passaram-lhe rapidamente pela compleição que em geral era inexpressiva. Exalou um suspiro.

— Você está coberta de razão, Louisa — disse ele. — Bem, nunca havia de acreditar nisso! Aquele hipócrita!

— Não precisa esperar, Porson! — falou Louisa rispidamente.

— Muito bem, minha senhora. Mas talvez tenha de informar a Vossa Senhoria que o criado encontrou as velas acesas na biblioteca quando entrou lá esta manhã.

— Não consigo ver o menor significado nisso — replicou Louisa, dispensando-o.

Ele se retirou. George, que estava segurando a madeixa na palma da mão, falou:

— Bem, *eu* não consigo trazer à mente ninguém que tenha o cabelo desta cor. Para falar a verdade, havia uma ou duas dançarinas do lírico, mas Ricky não é absolutamente deste tipo de homem que deseja que elas cortem os cachos para ele. Mas de uma coisa não tenho dúvida, Louisa: esta madeixa é uma recordação de amor.

— Obrigada, George, isso já me tinha ocorrido. Ainda assim eu achava que conhecia todas as mulheres respeitáveis das amizades de Richard! Talvez esta recordação de amor seja de seus tempos de farra. Tenho certeza de que ele é muito pouco romântico agora para guardar como lembrança um cacho de cabelos!

— E jogou fora — disse George, balançando a cabeça. — Você sabe, é diabolicamente triste, Louisa, juro que é! Jogou fora porque estava na véspera do pedido de casamento para aquela Brandon frígida!

— Muito comovente! E tendo jogado fora, ele resolveu fugir... você admitirá, não fazendo nenhum pedido sequer! E de onde veio o xale? — Pegou-o enquanto falava e jogou-o longe. — Incrivelmente amarrotado! Agora, por quê?

— Outra recordação de amor — lembrou George. — Amassou-o nas mãos, pobre, velho Ricky... não podia suportar as lembranças que evocava... e jogou-o fora!

— Ah, bobagem! — disse Louisa exasperada. — Bem, Porson, o que é agora?

O mordomo, que tinha voltado à sala, disse formalmente:

— O honorável Cedric Brandon, minha senhora, para falar com Sir Richard. Achei que talvez Vossa Senhoria desejasse recebê-lo.

— Acho que ele não pode lançar a menor luz a este mistério, mas você pode muito bem mandá-lo entrar — disse Louisa. — Pode acreditar — acrescentou para o marido, quando Porson se retirou novamente —, ele terá vindo para descobrir por que Richard não compareceu ao encontro com Saar esta manhã. Estou certa de que não sei o que lhe devo dizer!

— Se você me perguntar, Cedric não acusará Richard — falou George. — Disseram-me que ele estava falando com bastante liberdade no White's ontem. Embriagado, claro. O que me espanta é como você e sua mãe podem querer que Ricky entre para aquela família!

— Conhecemos os Brandon a vida inteira — retrucou Louisa, defendendo-se. — Não finjo que... — Interrompeu, quando o honorável Cedric entrou na sala e avançou com a mão estendida. — Como vai, Cedric? Acho que Richard não está em casa. Nós... nós achamos que ele deve ter sido chamado para algum caso urgente repentino.

— Aceitou o meu conselho, não foi? — falou Cedric, apertando-lhe a mão com graça indiferente. — "Fuja, Ricky! Não faça isso!" foi o que eu lhe disse. Disse-lhe que o exploraria a vida inteira, se ele fosse tolo o suficiente para se deixar apanhar.

— Imagino que você deve ter falado deste modo vulgar! — observou Louisa. — Claro que ele não *fugiu*! Ouso afirmar que voltará a qualquer momento agora. Foi excessivamente negligente por não ter enviado um bilhete para informar a lorde Saar que não podia ir à sua casa hoje de manhã, como se comprometera a fazer, mas...

— Você está completamente enganada — interrompeu Cedric. — Não havia compromisso, absolutamente. Melissa disse-lhe para ir falar com meu pai; ele não disse que iria. Eu mesmo arranquei isso dela uma hora atrás. Meu Deus, nunca se viu ninguém com uma raiva assim! O que vem a ser tudo isso? — Os olhos inquietos de Cedric deram com as lembranças de amor em cima da mesa. — Uma madeixa de cabelo, por Júpiter! Diabolicamente lindo também!

— Encontradas na biblioteca hoje de manhã — disse George portentosamente, ignorando o cenho franzido com que a mulher queria avisá-lo.

— Aqui? Ricky? — indagou Cedric. — Vocês estão me fazendo de bobo!

— Não, é a pura verdade. Não conseguimos entender isso.

Os olhos de Cedric dançaram.

— Por tudo que há de mais sagrado! Entretanto, quem havia de pensar? Bem, isso acerta nossos negócios! Diabolicamente inconveniente, mas, droga, estou satisfeito por ele ter fugido! Sempre gostei de Ricky... nunca desejei vê-lo destinado à perdição com o resto de nossa família! Mas estamos quebrados agora, não há erro! Os brilhantes se foram.

— O quê? — gritou Louisa. — Cedric, não foi o colar dos Brandon, foi?

— Isso mesmo. A última âncora de salvação perdida... sumiu assim! — Estalou os dedos no ar, e riu. — Vim para dizer a Ricky que aceito a oferta que me fez de comprar-me as patentes, para que eu possa partir para servir no exército.

— Mas como? Onde? — arfou Louisa.

— Roubado. Minha mãe levou-o para Bath com ela. Nunca viajava sem aquilo, o que é mais triste! *Eu* me pergunto por que meu pai não o vendeu antes. A única coisa que ele não vendeu, a não ser o solar Brandon, e esse vai ter de ir a seguir. Minha mãe não queria nem ouvir falar em se separar dos brilhantes.

— Mas Cedric, roubado como? Quem o roubou?

— Salteadores. Minha mãe despachou um mensageiro às pressas para meu pai. A carruagem parou em algum lugar perto de Bath... dois camaradas com máscaras e pistolas grandes... Sofia cacarejando como uma galinha... minha mãe desmaiando... os batedores tomados de surpresa... um deles ferido no braço. E lá se foi o colar. O que, por tudo que há de mais sagrado, não consigo entender.

— Que horror! Sua pobre mamãe! Sinto muito! É uma perda desalentadora!

— É, mas como, diabos, encontraram o objeto? — interveio Cedric.

— Isso é que eu queria saber.

— Com certeza, pegaram o porta-joias de Lady Saar...

— O colar não estava nele. Aposto meu último vintém nisso. Minha mãe tinha um esconderijo para guardá-lo... ideia diabolicamente sagaz... sempre punha ali quando viajava. Bolso secreto sob uma das almofadas.

— Santo Deus, você quer dizer que alguém divulgou o esconderijo para os bandidos? — perguntou George.

— É bem provável, não é?

— Quem sabia disso? Se você puder descobrir o traidor, pode conseguir recuperar o colar. Você confia nos criados?

— Não confio em nenhum deles... Meu Deus, eu não sei! — disse Cedric, apressadamente. — Minha mãe quer colocar os detetives de Bow Street no caso, mas meu pai acha que eles não têm a menor utilidade. E agora eis que Richard fugiu, além de tudo! O velho senhor sofrerá um ataque de apoplexia!

— Francamente, Cedric, você não deve falar assim de seu pai! — reprovou Louisa. — E não sabemos de Richard ter... ter *fugido*! Tenho certeza de que não é nada disso!

— Será um tolo se não fugir — disse Cedric. — O que você acha, George?

— Não sei — respondeu George. — É uma situação muito confusa. Eu mesmo, quando soube do desaparecimento dele... você precisa saber que ele não dormiu na cama na noite de ontem, e quando *eu* o vi, estava bêbado... fiquei seriamente apreensivo. Mas...

— Suicídio, pelo amor de Deus! — Cedric deu uma gargalhada ruidosa. — Preciso contar isso a Melissa! Levado à morte! Ricky! Ah, por tudo que há de mais sagrado!

— Cedric, você é detestável! — comentou Louisa, sem rodeios. — Claro que Richard não se suicidou! Simplesmente desapareceu. Tenho certeza de que não sei para onde, e se você disser alguma coisa assim para Melissa nunca hei de perdoá-lo! Na verdade, te suplico, não diga a Melissa nada mais sobre Richard além do fato de ter sido chamado com urgência para um assunto de negócios.

— O que, não posso contar a ela a respeito daquela mecha de cabelos ali? Ah, não seja desmancha-prazeres, Louisa!

— Que criatura abominável!

— Nós acreditamos que a madeixa de cabelo seja uma recordação de algum caso de amor há muito esquecido — explicou George. — Possivelmente uma ligação de menina e menino. Seria grosseiramente impróprio falar nisso além destas paredes.

— Se chega a isso, velho camarada, você não acha grosseiramente impróprio remexer nas gavetas de Ricky? — perguntou Cedric com bom humor.

— Nós não fizemos uma coisa dessas! — exclamou Louisa. — Foi encontrada no chão da biblioteca!

— Abandonada? Jogada fora? Parece-me que Richard vinha levando uma vida dupla. Eu mesmo nunca me preocupei muito com mulheres. Como hei de ridicularizá-lo quando o encontrar!

— Não fará nada disso. Ah, querido, gostaria que os céus me permitissem saber para onde ele foi, e o que tudo isso significa!

— Eu te digo para onde ele foi! — adiantou Cedric. — Ele foi procurar aquele encanto de cabelos dourados da juventude. Não há a menor dúvida! Meu Deus, daria tudo para vê-lo. Ricky numa aventura romântica!

— Agora você está se mostrando ridículo! — disse Louisa. — Se há certeza de alguma coisa, é de que Richard não tem nada de romântico em seu temperamento, enquanto com relação à aventura...! Ouso afirmar que ele apenas balançaria os ombros ao pensar nisso. Richard, meu caro Cedric, é elegante do princípio ao fim e sempre será, e nunca fará nada que não seja próprio de um dândi. Pode aceitar minha palavra em relação a *isso*!

IV

O elegante, naquele exato momento, estava dormindo profundamente no canto de uma enorme diligência verde e dourada da Accommodation, balançando e oscilando no caminho difícil para Bristol. Eram duas da tarde, a localidade era Calcot Green, a oeste de Reading, e os sonhos que perturbavam o descanso do dândi eram extremamente inquietantes. Suportara momentos de vigília, quando a diligência parou com guinadas e arremessos para que algum passageiro saltasse ou entrasse, para trocar as parelhas, ou para esperar enquanto um guarda de pedágio lerdo abrisse o portão da estrada. Esses momentos vinham sendo pesadelos mais assustadores do que seus sonhos. A cabeça doía, os globos oculares pareciam estar em fogo, e um amontoado de rostos fantasmagóricos, desconhecidos, indesejáveis, girava diante de sua visão prejudicada. Fechara os olhos outra vez com um gemido, preferindo seus sonhos à realidade, mas, quando a carruagem parou em Calcot Green, para que descesse uma mulher corpulenta, com tendência a asma, finalmente o sono o abandonou. Ele abriu os olhos, piscou para o rosto de um homem de aparência adequada, num terno preto muito arrumado, sentado à frente dele, e exclamou:

— Ah, meu Deus! — E aprumou-se no assento.

— Está com muita dor de cabeça? — perguntou uma voz solícita e vagamente conhecida ao seu ouvido.

Virou o rosto e encontrou o olhar indagador da Srta. Penelope Creed. Ficou olhando para ela em silêncio durante algum tempo; depois falou:

— Eu me lembro. Diligência... Bristol. Por quê? Ah, por que fui tocar no conhaque?

Um beliscão repreendedor fez com que se lembrasse das pessoas à sua volta. Percebeu que havia mais três pessoas na diligência olhando-o com interesse. O homem de aparência adequada, que julgava ser um funcionário da justiça, mostrava franca desaprovação; uma mulher com uma touca de aba e um xale de seda fez-lhe um movimento de cabeça de maneira maternal e disse-lhe que se parecia com seu segundo filho, que também não podia resistir ao balanço de carruagem; e um homem grande ao lado dela, que supôs ser seu marido, confirmou a declaração proferindo em voz grave:

— Tem razão!

O instinto levou a mão de Sir Richard à gravata; os dedos lhe disseram que estava consideravelmente amarrotada, como as abas do paletó azul. O chapéu alto de abas viradas parecia aumentar o desconforto da cabeça que doía; tirou-o e levou as mãos à cabeça, tentando livrar-se do resto insistente de sono.

— Santo Deus! — falou com voz espessa. — Onde é que nós estamos?

— Bem, não tenho muita certeza, mas já passamos de Reading — replicou Pen, examinando-o bastante ansiosamente.

— Calcot Green é onde nós estamos — intrometeu-se o homem grande. — Fizemos uma parada para que uma pessoa pudesse saltar. Eles não estão se preocupando com o horário, isso está claro. Ouso afirmar que o cocheiro saltou para beber alguma coisa.

— Ah, bem! — disse a mulher, demonstrando tolerância. — Ficaria com muita sede, se tivesse de ficar naquele cubículo sob um sol assim, como ele tem de ficar.

— Tem razão — concordou o homem gordo.

— Se a companhia viesse a saber disso ele seria despedido, logo, logo! — falou o funcionário, fungando. — O comportamento destes homens de diligências está se tornando um escândalo.

— Tenho certeza de que não há motivos para as pessoas ficarem aborrecidas se o homem passa um pouco do horário — disse a mulher. — Que cada um cuide de sua vida, é o que tenho a dizer.

O marido assentiu da maneira habitual. A diligência deu uma guinada para a frente outra vez, e Pen falou sob o barulho das rodas e dos cascos dos cavalos:

— Você me ficou dizendo que estava embriagado, e agora estou vendo que estava. Temia que o senhor lamentasse ter vindo comigo.

Sir Richard tirou as mãos da cabeça.

— Que eu estava embriagado, não há a menor dúvida, mas não lamento nada a não ser o conhaque. Quando é que este veículo apavorante chega a Bristol?

— Não é uma das diligências mais rápidas, você sabe. Não se esforçam para cobrir muito mais do que doze quilômetros por hora. Acho que devemos chegar a Bristol lá pelas onze da noite. Parece que paramos inúmeras vezes. Você se importa muito?

Ele baixou os olhos para ela.

— Você se importa?

— Para falar a verdade — confidenciou —, nem um pouco! Estou me divertindo muitíssimo. Só não queria que você se sentisse pouco à vontade por minha causa. Posso ver muito bem que você está tristemente deslocado numa diligência.

— Minha cara criança, você não tem nada com o meu atual desconforto, creia-me. Quanto a *eu* estar deslocado, por favor, como é que você está?

As covinhas se destacaram.

— Ah, eu sou apenas um garoto impertinente, afinal de contas!

— Foi o que eu falei? — Ela confirmou com a cabeça. — Então, você é — disse Sir Richard examinando-a com olhar crítico. — A não ser por... fui eu que dei nó nessa gravata? É, achei que tinha sido. O que, meu Deus, você tem aí?

— Uma maçã — replicou Pen, mostrando-a. — A senhora gorda que saltou me deu.

— Você não vai ficar aí sentado mastigando isso, vai? — indagou Sir Richard.

— Vou, sim. Por que não havia de ficar? Quer um pedaço?

— Eu não! — respondeu Sir Richard.

— Bem, estou com fome. Foi uma coisa de que nos esquecemos.

— O quê?

— Comida — disse Pen, cravando os dentes na maçã. — Devíamos ter providenciado uma cesta com algo para comermos durante a viagem. Esqueci que a diligência não para nas estações de posta, como a dos correios. Pelo menos, não esqueci exatamente, porque nunca soube.

— Temos de cuidar disso — falou Sir Richard. — Se você está com tanta fome, sem dúvida deve comer. O que você pretende fazer com o miolo desta maçã?

— Comer — respondeu Pen.

— Pirralho repulsivo! — comentou Sir Richard, tremendo de raiva.

Recostou-se novamente ao seu canto, mas um puxão na manga fez com que se inclinasse para sua companheira.

— Eu disse a essas pessoas que você era meu professor — sussurrou Pen.

— Claro, um jovem cavalheiro encarregado de cuidar de você *tinha* de viajar de diligência comum — disse Sir Richard, resignando-se ao papel de professor.

Na parada seguinte, em Woolhampton, livrou-se do langor que ameaçava tomar conta dele, saltou da diligência e demonstrou competência inesperada ao procurar na modesta estalagem uma refeição fria bastante tolerável para seu pupilo. A carruagem esperou a seu prazer, e o funcionário da justiça, cujos olhos agudos tinham visto a mão de Sir Richard sair do bolso para a palma esticada do cocheiro, murmurou coisas desagradáveis a respeito de suborno e corrupção na King's Highway.

— Coma um pouco de galinha — falou Sir Richard amavelmente.

O funcionário recusou a oferta com toda demonstração de desprezo, mas havia vários outros passageiros, em especial um garotinho com problema de adenoides, que se sentiam perfeitamente prontos a compartilhar o conteúdo da cesta apoiada nos joelhos de Pen.

Sir Richard tinha bons motivos para notar que a Srta. Creed estava extremamente confiante; durante a longa jornada descobriu que ela era muito afável. Observava todos os passageiros com um olhar brilhante e intenso; conversou até com o funcionário; e mostrou uma tendência alarmante para se tornar alguém no grupo. Indagada a respeito de si mesma, e de seu destino, teceu, com zelo, uma trama completamente falsa, que enfeitou de tempos em tempos com detalhes ultrajantes. Sir Richard era impiedosamente chamado a corroborar, e, entrando no espírito de aventura, ele mesmo acrescentou alguns detalhes extemporâneos. Pen parecia satisfeita com tudo isso, mas ficou visivelmente decepcionada quando ele se recusou a manter entretido o garotinho das adenoides.

Ele se recostou de novo ao seu canto, apreciando preguiçosamente os voos da Srta. Creed nos reinos da fantasia, e calculando o que a mãe e a irmã pensariam se soubessem que estava viajando para um destino desconhecido, numa diligência, acompanhado por uma jovem dama desembaraçada tanto naquelas circunstâncias quanto em trajes masculinos. Ele riu imaginando a cara de Louisa. A cabeça parara de doer, mas, embora o distanciamento provocado pelo conhaque o tivesse deixado, ainda mantinha uma sensação de deliciosa irresponsabilidade. Sóbrio, certamente não teria partido para esta viagem absurda, mas tendo-o feito embriagado, estava perfeitamente desejoso de continuar. Além do mais, estava curioso para conhecer melhor a história de Pen. Alguma mixórdia que ela lhe contara na noite anterior: a lembrança estava um tanto nebulosa, mas com certeza tinha alguma coisa a respeito de uma tia e um primo com cara de peixe.

Virou ligeiramente a cabeça para as almofadas sujas da carruagem e observou, por baixo de pálpebras que se fechavam, o rostinho animado a seu lado. A Srta. Creed estava escutando, aparentemente muito interessada, um longo inventário das doenças que vinham deixando prostrado o filho mais moço da senhora maternal. Balançou a cabeça diante da loucura do farmacêutico, assentiu judiciosamente diante da eficiência de uma antiga mezinha composta de ervas estranhas, e estava a ponto de comparar esta receita a uma que se fazia na sua própria família quando o pé de Sir Richard encontrou o dela e pisou-o.

Certamente tinha chegado a hora de esquadrinhar a vida da Srta. Creed. A mulher maternal a encarava, e disse que era fora do comum encontrar um jovem cavalheiro tão atencioso.

— Minha mãe — ressaltou Pen, corando — está inválida há vários anos.

Todos deram a impressão de se solidarizar com ela, e uma moça muito magra na extremidade mais distante da carruagem declarou que ninguém lhe podia contar nada a respeito de doenças.

Esta observação teve o efeito de afastar a atenção de Pen, e enquanto a dama triunfante mergulhava na história de seus padecimentos, ela se sentou novamente ao lado de Sir Richard, dirigindo-lhe um olhar que era ao mesmo tempo malicioso e um pedido de desculpas.

O funcionário da justiça, que ainda não tinha perdoado Sir Richard por ter subornado o cocheiro, disse alguma coisa a respeito do abuso de liberdade permitido aos jovens naqueles dias. Comparou-o a sua própria criação e disse que, se tivesse filhos, não os iria mimar dando-lhes um professor particular, e sim mandá-los para o colégio.

Pen disse em tom humilde que o Sr. Brown era muito severo, e Sir Richard, identificando-se corretamente como Sr. Brown, deu vida à afirmação falando-lhe com severidade para não conversar.

A mulher maternal afirmou que estava certa de que o jovem cavalheiro alegrara a todos e, de sua parte, não aprovava que as pessoas fossem ríspidas com as crianças.

— Tem razão — concordou o marido. — Eu nunca quis dominar a mente de *meus* filhos: gosto de vê-los ativos.

Diversos passageiros olharam desaprovadoramente para Sir Richard, e, a fim de que não pairasse nenhuma dúvida a respeito de sua severidade nas suas mentes, Pen mergulhou num silêncio profundo, cruzando as mãos nos joelhos e baixando os olhos.

Sir Richard viu que, pelo restante da viagem, daria a ideia de um opressor, e mentalmente ensaiou um discurso que se destinava a edificar apenas a Srta. Creed.

Ela o desarmou pegando no sono com o rosto no seu ombro. Dormiu entre uma parada e outra e, quando acordada pelo solavanco e mais o balanço costumeiro da carruagem, abriu os olhos, sorriu sonolenta para Sir Richard e murmurou:

— Estou contente por você ter vindo. Está satisfeito por ter vindo?

— Muito. Acorde! — disse Sir Richard, calculando que outras observações imprudentes deviam estar rondando sua língua.

Ela bocejou e se espreguiçou. Parecia que se estava desenvolvendo uma discussão entre o guarda e alguém em pé no pátio. Um fazendeiro, que embarcara em Calne, sentado ao lado de Pen, disse que achava que o problema era um pretenso passageiro que não constava da lista de viajantes.

— Bem, ele não pode viajar aqui dentro, isso é certo! — falou a mulher magra. — É constrangedor como já está apertado!

— Onde é que nós estamos? — indagou Pen.

— Chippenham — respondeu o fazendeiro. — Que é de onde parte a estrada para Bath, entende?

Ela se inclinou para a frente a fim de olhar pela janela.

— Já estamos em Chippenham? Ah, é, é isso mesmo. Conheço bem Chippenham.

Sir Richard lançou-lhe um olhar divertido.

— *Já?* — murmurou ele.

— Bem, eu dormi, por isso me parece cedo. Você está muito cansado?

— De maneira alguma. Estou ficando completamente resignado.

O novo passageiro, parecendo ter acertado o assunto com o guarda, naquele momento abriu a porta e tentou subir na carruagem. Era baixo, magro, usava um colete de pele de gato e calças de zuarte. Tinha um rosto fino, com um par de olhos brilhantes, sem pestanas, bem abaixo das sobrancelhas claras. Sua tentativa de entrar na diligência encontrou oposição resoluta. A mulher magra gritou que não havia espaço; o funcionário da justiça disse que a maneira como a companhia superlotava os veículos era um escândalo; e o fazendeiro recomendou que o recém-chegado fosse para o teto.

— Não sobra um mínimo de espaço lá em cima — protestou o forasteiro. — Meu Deus, eu não ocupo muito espaço! Apertem-se um pouco, camaradas!

— Está lotado! Tente a boleia! — falou o fazendeiro.

— Olhe só para mim, seu trouxa! Não vou ocupar mais espaço do que uma agulha — suplicou o estranho. — Além disso, há um grupo de camaradas jovens no teto. Morreria de medo de me sentar com eles, morreria mesmo!

Sir Richard, lançando um olhar experiente para o homem, mentalmente o classificou como um tipo mais conhecido dos Detetives de Bow Street do que de si mesmo. Não ficou surpreso, entretanto, ao ouvir a Srta. Creed oferecer-se para se apertar a fim de abrir espaço, porque, àquela altura, já tinha avaliado bem a cordialidade de seu pupilo.

Pen, tendo se colocado bem junto a Sir Richard, insistiu com o fazendeiro para que visse por si mesmo que havia lugar suficiente para mais um passageiro. O homem com o colete de pele de gato sorriu-lhe e entrou na carruagem.

— Que me enforquem se eu não achei que você era um marginal trouxa também! — disse ele, apertando-se no lugar vago. — Estou muito agradecido a você, jovem. Quando camaradas fazem um favor para Jimmy Yarde ele também nunca esquece.

O funcionário, que parecia ter a mesma opinião que Sir Richard tinha a respeito do Sr. Yarde, fungou e apertou nas mãos a caixa que trazia ao colo.

— Deus te abençoe! — disse o Sr. Yarde, observando aquele gesto com um sorriso tolerante. — *Eu* não sou nenhum larápio esperto!

— O que é larápio esperto? — indagou Pen com inocência.

— Essa, agora! Se você não fosse uma criança inexperiente... — falou o Sr. Yarde quase constrangido. — Um larápio esperto, jovem cavalheiro, é o que eu acredito que você nunca venha a ser. É um camarada que acaba embriagado... ah, provavelmente escroque de segunda classe antes que fique muito velho!

Muito intrigada, Pen pediu a tradução desses termos estranhos. Sir Richard, tendo considerado e descartado a ideia de exigir-lhe que trocasse de lugar com ele, recostou-se e ouviu com satisfação preguiçosa a sua iniciação nos mistérios do jargão dos ladrões.

Um grupo de jovens cavalheiros, que tinha assistido a uma briga de galos no distrito, fora recolhido em Chippenham e se amontoou no teto. Pelos sons que vinham de lá desde então, parecia certo que estavam bebendo com liberalidade. Havia grande quantidade de gritos, algumas cantorias e muito acompanhamento com batidas dos saltos no teto. A mulher maternal e a solteirona magra começaram a dar a impressão de estarem alarmadas, e o funcionário da justiça disse que o comportamento dos jovens modernos era desolador. Pen estava profundamente empenhada em conversar com Jimmy Yarde para prestar muita atenção ao barulho mas, depois de a carruagem ribombar por mais de oito quilômetros, a andadura dos animais subitamente se acelerar e o veículo pesadão saltar sobre sulcos e buracos enormes, balançando com perigo primeiro para um lado e depois para o outro, ela interrompeu o discurso fascinante e lançou um olhar indagador para Sir Richard.

Uma sacudidela violenta a jogou nos braços dele. Ele a recolocou no lugar, dizendo secamente:

— Mais aventura para você. Espero que esteja apreciando!

— Mas o que está acontecendo?

— Calculo que um dos rapazes lá em cima tenha metido na cabeça que pode dirigir a carruagem — replicou ele.

— Deus, tende piedade de nós! — exclamou a mulher maternal.

— O senhor está dizendo que um daqueles rapazes desagradáveis, embriagados, está nos conduzindo, senhor?

— Devo supor que sim, minha senhora.

A solteirona proferiu um grito abafado.

— Santo Deus, o que vai ser de nós?

— Vamos acabar, imagino, na vala — replicou Sir Richard com calma impassível.

Uma confusão de vozes irrompeu: a solteirona exigindo que a deixassem saltar imediatamente, a mulher maternal tentando atrair a atenção do cocheiro batendo com a sombrinha no teto, o fazendeiro esticando a cabeça pela janela a fim de gritar ameaças e revides, Jimmy Yarde rindo e o funcionário da justiça perguntando com irritação a Sir Richard por que não *fazia* alguma coisa.

— O que o senhor quer que eu faça? — indagou Sir Richard, firmando Pen com um braço forte, confortador.

— Pare a carruagem! Ah, senhor, por favor, pare! — suplicava a mulher maternal.

— Valha-nos Deus, minha senhora, vai parar por si só! — sorriu Jimmy Yarde.

Mal tinha acabado de pronunciar as palavras e uma curva excessivamente perigosa demonstrou que era demais para a habilidade do cocheiro amador. Entrou na curva abrindo muito, as rodas traseiras subiram num pequeno barranco e derraparam mais adiante para dentro de uma vala profunda, e todos dentro do veículo chocaram-se violentamente. Houve gritos das mulheres, palavrões do fazendeiro, o barulho de madeira que estalava ao arrebentar e o tilintar de vidros quebrados. A diligência ficou num ângulo instável, com galhos de cercas de espinhos enfiando-se através das janelas quebradas.

Pen, cujo rosto estava escondido nas várias capas do sobretudo de lã de Sir Richard, arquejou e lutou para se livrar de um aperto que subitamente a prendeu ao lado do dândi. Ele relaxou o braço, dizendo:

— Está ferido, Pen?

— Não, nem um pouquinho! Agradeço-lhe muito por me ter segurado! Você está ferido?

Um caco de vidro tinha-lhe cortado ligeiramente o rosto, mas como vinha segurando a alça de couro pendurada no canto da carruagem, não tinha sido atirado do assento, como todos os outros.

— Não, apenas aborrecido — replicou. — Minha boa senhora, esta não é nem a hora nem o lugar de se deixar dominar por um ataque de histeria!

Esta observação acrimoniosa fora dirigida à solteirona, que, encontrando-se embolada por cima do funcionário da justiça, tinha ficado violentamente histérica.

— Ei, deixa eu colocar as mãos naquela porta ali! — disse Jimmy Yarde, pondo-se de pé com o auxílio da outra alça. — Quero ser mico de circo se da próxima vez que eu viajar nesta geringonça eu não for no teto, tendo larápios espertos ou não!

Tendo a diligência caído bastante para o lado, mas ficando apoiada no talude e na cerca que beiravam a vala, não era difícil forçar para abrir a porta, ou saltar por ela. A solteirona, na realidade, teve de ser arrancada, já que estava completamente dura e não fazia nada além de gritar e espernear. Mas Pen saltou com uma agilidade que desprezava as mãos solícitas, e a mulher maternal disse que se todos os homens lhe virassem as costas ela sairia sozinha também.

Já passava bem das nove da noite, mas, embora o sol já se tivesse posto, o céu de verão ainda estava claro, e o ar, quente. Os viajantes se encontravam num trecho deserto da estrada, a uns quatro quilômetros da cidadezinha de Wroxham e a muito mais de 45 quilômetros de Bristol. O exame mais superficial da carruagem era suficiente para convencê-los de que seriam necessários altos consertos antes que fosse capaz de voltar à estrada; e Sir Richard, que se tinha dirigido imediatamente até os cavalos, voltou para o lado de Pen pouco depois da notícia de que um dos animais tinha um dos tendões gravemente distendido. Estava certo ao pensar que as rédeas tinham sido entregues a um dos passageiros do lado de fora. Dirigir a carruagem era um passatempo muito comum entre jovens que aspiravam a ser cocheiros, mas que qualquer cocheiro pago fosse tolo o suficiente a ponto de ceder seu lugar a um amador bastante embriagado era incompreensível, até que as condições do próprio cocheiro fossem percebidas.

Pen, que estava sentada na mala de Sir Richard, recebeu a notícia do colapso total com equanimidade perfeita, mas todos os demais passageiros de dentro irromperam em queixas vociferantes e assediaram o guarda com exigências a fim de serem imediatamente levados a Bristol, por meios não especificados. Entre a indignação diante da conduta reprovável, grosseira de seus companheiros e o desespero de se ver admoestado por seis ou sete pessoas ao mesmo tempo, o pobre homem ficou incapaz de raciocinar por um período, mas naquele momento sugeria que os passageiros fossem pacientes: ele voltaria a Chippenham com um dos cavalos de guia, e lá tentaria procurar algum tipo de veículo para levá-los a Wroxham, onde seriam obrigados a ficar até que a próxima diligência da Accommodation para Bristol os apanhasse cedo na manhã seguinte.

Várias pessoas resolveram ir logo a pé para Wroxham, mas a solteirona ainda estava histérica. A mulher maternal alegou que seus calos não permitiriam que caminhasse cerca de quatro quilômetros, e o funcionário da justiça insistiu em que tinha o direito de ser levado a Bristol naquela noite. Havia uma tendência nítida em uma ou duas pessoas a recorrer a Sir Richard, por ser um homem claramente acostumado a mandar. Esta tendência teve o efeito de fazê-lo, nem um pouco satisfeito, caminhar para junto de Pen e dizer languidamente, mas com decisão:

— Neste momento, calculo, é onde nós nos separamos dos outros companheiros de viagem.

— É, vamos fazer isso! — consentiu Pen alegremente. — Sabe, estive pensando, tenho um plano muito melhor agora. Não vamos mais para Bristol!

— Isso é muito repentino — observou Sir Richard. — Será que estou entendendo que você decidiu voltar para Londres?

— Não, claro que não! Só agora que a carruagem quebrou é que pensei que seria tolice esperar por outra diligência, porque é muito provável que nós sejamos apanhados por minha tia. E, afinal de contas, na realidade nunca quis mesmo ir para Bristol.

— Nesse caso, parece que talvez seja uma pena que tenhamos vindo tão longe por esta estrada para isso — falou Sir Richard.

Os olhos dela brilharam.

— Tolo! Quero dizer, minha casa não fica em Bristol, mas perto de Bristol, e acho que seria muito melhor, além de ser uma aventura de verdade, seguir a pé o restante do caminho.

— Onde fica sua casa? — indagou Sir Richard.

— Bem, fica perto de Queen Charlton, não muito distante de Keynsham.

— Não sei — disse Sir Richard. — Você é daqui, eu, não. Você calcula que Queen Charlton fique a que distância de onde estamos agora?

— Não tenho muita certeza — replicou Pen com cautela. — Mas acho que não deve ser mais de vinte e cinco, ou no máximo trinta quilômetros indo pelo campo.

— Você está propondo que andemos trinta quilômetros? — perguntou Sir Richard.

— Bem, ouso afirmar que não é tanto assim. Em linha reta, espero que seja apenas cerca de quinze quilômetros de distância.

— Você não é muito otimista? — indagou Sir Richard, desanimado. — Nem posso acrescentar que eu seja. Levante-se desta mala!

Obedientemente, ela se levantou.

— Acho que podia muito bem andar trinta quilômetros. Não tudo de uma vez, claro. O que você *vai* fazer?

— Vamos voltar pela estrada até encontrarmos uma hospedaria — respondeu Sir Richard. — Segundo me lembro, havia uma, cerca de três quilômetros atrás. Nada me induziria a fazer parte deste grupo deprimente da diligência!

— Devo confessar que eu também estou um pouco cansada deles — admitiu Pen. — Só que eu não vou para uma hospedaria de posta!

— Não se preocupe com isso! — disse Sir Richard, sombriamente. — Nenhuma hospedaria de posta nos abriria as portas nestes trajes.

A observação fez com que Pen risse. Não fez mais nenhuma oposição, mas pegou a maleta e pôs o pé na estrada ao lado de Sir Richard na direção de Chippenham.

Nenhum dos passageiros da diligência notou que eles partiram, porque estavam inteiramente ocupados, ou em insultar o cocheiro ou em planejar seus passos imediatos. A curva no caminho logo lhes tirou da vista a diligência, e Sir Richard então falou:

— Agora me dê essa maleta.

— Bem, não dou — replicou Pen, segurando-a com firmeza. — Não está nada pesada, e você já tem a mala para carregar. Além disso, a cada momento me sinto mais parecida com um homem. O que nós vamos fazer quando chegarmos à hospedaria?

— Pedir a ceia.
— Sei, e depois disso?
— Ir para a cama.
Pen cogitou sobre isso.
— Você não acha que deveríamos seguir viagem imediatamente?
— Claro que não. Vamos para a cama como cristãos, e de manhã alugaremos um veículo para nos levar a Queen Charlton. Um veículo particular — acrescentou.
— Mas...
— Pen Creed — disse Sir Richard, com calma —, você me colocou no papel de líder, e eu aceitei. Você traçou um retrato meu que levou todos naquela carruagem a me verem sob a luz de um perseguidor de jovens. Agora está colhendo aquilo que plantou.
Ela riu.
— Você vai me perseguir?
— Demais! — respondeu Sir Richard.
Ela enroscou o braço no dele e deu um saltinho.
— Muito bem, farei o que você mandar. Estou muito contente por te ter encontrado: estamos tendo uma aventura fantástica, não é?
Os lábios de Sir Richard se contorceram. Subitamente rompeu numa gargalhada, ficando imóvel no meio da estrada, enquanto Pen, cheia de dúvida, o examinava.
— Mas o que aconteceu com você?
— Não tem importância! — disse ele, a voz ainda sem firmeza por causa da alegria. — Claro que estamos tendo uma aventura fantástica!
— Bem, acho que estamos — interpôs ela, andando ao lado dele outra vez. — Piers vai ficar tão surpreso quando me vir...
— Achei que ia ficar — concordou Sir Richard. — Você tem muita certeza de que não vai lamentar ter vindo à procura dele, suponho.
— Ah, sim, tenho bastante! Ora, Piers é o meu amigo mais antigo! Não lhe contei que fizemos um pacto de casamento?

— Tenho uma vaga ideia disso — admitiu ele. — Mas também me lembro de você dizer que não o vê há cinco anos.

— Não, é verdade, mas não significa nada, asseguro-lhe.

— Entendo — falou Sir Richard, guardando para si mesmo as reflexões inevitáveis.

Não tinham andado mais de três quilômetros antes de encontrarem a hospedaria que Sir Richard vira da janela da diligência. Era muito pequena, com uma placa já gasta pelo tempo rangendo nas correntes, um telhado de palha e apenas uma sala de estar, além de uma taberna comum.

O proprietário, quando soube do desastre da diligência, aceitou a chegada um tanto fora do comum dos viajantes sem surpresa. Já começava a escurecer, e só quando Sir Richard entrou na hospedaria e ficou sob a luz de uma lâmpada pendurada que o senhorio foi capaz de obter uma visão nítida dele. Sir Richard tinha escolhido para a viagem um paletó simples e culotes duráveis, mas o corte do tecido azul, o excelente polimento das botas, o próprio estilo da gravata, o excesso de capas do sobretudo de lã, tudo indicava com muita clareza que se tratava de um homem tão elegante que o senhorio ficou obviamente encabulado, e passou os olhos dele para Pen sem suspeitas consideráveis.

— Devo pedir um quarto para mim e outro para meu sobrinho — falou Sir Richard. — E também algo para comer.

— Pois não, senhor. Vossa Senhoria disse que estava viajando na diligência de Bristol? — perguntou o proprietário incredulamente.

— Disse — respondeu Sir Richard, levantando as sobrancelhas. — Disse isso mesmo. Tem alguma objeção a fazer?

— Ah, não, senhor! Não, tenho certeza! — replicou logo o senhorio. — Vossa Senhoria falou em ceia! Acho que nós... nós não estamos habituados a receber a nobreza, mas se Vossa Senhoria se satisfizer com um prato de ovos com presunto, ou talvez uma fatia de carne de porco fria, providencio num instante!

Tendo Sir Richard aprovado graciosamente o presunto com ovos, o proprietário curvou-se e fez com que entrasse na pequena sala de estar atafulhada e prometeu que os dois únicos quartos que a hospedaria tinha seriam imediatamente preparados. Pen, dirigindo um olhar conspirador para Sir Richard, preferiu acompanhar a mala e a maleta até o andar de cima. Quando reapareceu, uma criada desmazelada já havia servido a ceia na mesa da sala de estar, e Sir Richard tinha conseguido abrir à força as duas janelas minúsculas. Ele se virou quando Pen entrou e perguntou:

— O que, em nome de Deus, você estava fazendo este tempo todo? Comecei a achar que me tinha abandonado.

— Abandonar você! Claro que não faria uma coisa tão idiota! O que aconteceu é que eu pude ver que o proprietário tinha notado suas roupas, então eu pensei numa história incrível para contar-lhe. Foi por isso que subi com ele. Sabia que ele iria tentar descobrir comigo por que você estava viajando na diligência.

— E ele tentou?

— Tentou, e eu contei a ele que você tinha tido reveses na Bolsa e estava passando por uma situação difícil — explicou Pen, arrastando a cadeira para a mesa.

— Ah — disse Sir Richard. — Ele ficou satisfeito com isso?

— Muito. Disse que sentia muito. E depois perguntou para onde íamos. Eu disse que íamos para Bristol, porque toda a sua família tinha perdido o dinheiro, e por isso eu tivera de abandonar o colégio.

— De todas as pessoas que conheço você é a que tem a imaginação mais fértil — observou Sir Richard. — Posso saber qual o colégio que você teve de abandonar?

— Harrow. Afinal de contas, desejava ter dito Eton, porque meu primo Geoffrey está em Harrow, e eu não gosto dele. Jamais iria para o mesmo colégio que ele.

— Suponho que seja muito tarde para trocar de colégio agora — falou Sir Richard, num tom lamentoso.

Ela levantou o olhar rapidamente, o sorriso fascinante encolhendo os cantos dos olhos.

— Você está rindo de mim.

— Estou — admitiu Sir Richard. — Você se importa?

— Ah, não, nem um pouco! Ninguém ri na casa da minha tia. Eu gosto de rir.

— Gostaria — disse Sir Richard — que você me contasse mais a respeito dessa sua tia. Ela é sua tutora?

— Não, mas tive de morar com ela depois que meu pai morreu. Não tenho um tutor propriamente, mas tenho dois curadores. Por causa da minha fortuna, o senhor compreende.

— Compreendo, claro: estava me esquecendo da sua fortuna. Quem são seus curadores?

— Bem, um é meu tio Griffin... marido de tia Almeria... mas isso não tem importância, porque ele só faz o que minha tia manda. O outro é o advogado de meu pai, e ele também não tem importância.

— Pela mesma razão?

— Não sei, mas não deve conjeturar a esse respeito, nem um pouco. Todo mundo tem medo de tia Almeria, até eu, um pouco. Foi por isso que eu fugi.

— Ela é má para você?

— N-não. Pelo menos não me trata mal, mas é o tipo de mulher que sempre consegue o que quer. Entende?

— Sim — respondeu Sir Richard.

— Ela conversa — explicou Pen. — E, quando está aborrecida com alguém, devo dizer que é muito desagradável. Mas sempre se deve ser justo, e eu não a culpo por estar tão interessada no meu casamento com Fred. Eles não são muito ricos, afinal, e claro que titia gostaria que Fred ficasse com toda a minha fortuna. Na verdade, sinto muito por ser tão ingrata, especialmente por ter morado com os Griffin durante quase cinco anos. Mas, para falar a verdade, não tive a menor vontade, e quanto a casar com Fred, *não* podia! Só quando sugeri a tia Almeria que eu preferia dar minha fortuna para Fred a me casar com ele foi que ela ficou muito enfurecida, e disse que eu era ingrata e que não tinha vergonha, e gritou e falou a respeito de eu ser um lobo em pele de cordeiro. Achei que era injusto da parte dela, porque era uma oferta muito encantadora, você não concorda?

— Muito — falou Sir Richard. — Mas talvez um pouco... digamos, cruel?

— Ah! — Pen assimilou isso. — Você acha que ela não gostou que eu não fingi estar apaixonada por Fred?

— Acho que é muito provável — observou Sir Richard gravemente.

— Bem, sinto muito se magoei seus sentimentos, mas na verdade eu não acho que ela tenha a menor sensibilidade. Só disse o que eu achava. Mas isso a deixou com tanta raiva que não restava nada a fazer a não ser fugir. E foi assim que eu fiz.

— Você estava trancada no quarto? — inquiriu Sir Richard.

— Ah, não! Ouso afirmar que devia estar se titia tivesse calculado o que eu pretendia fazer, porém ela jamais havia de pensar numa coisa assim.

— Então... perdoe minha curiosidade!... por que você pulou pela janela? — perguntou Sir Richard.

— Ah, isso foi por causa de Pug! — respondeu Pen, radiante.

— Pug?

— É, uma criaturinha horrível! Dorme numa cesta no vestíbulo, e *sempre* late quando acha que alguém está saindo. Isso acordaria tia Almeria. Não havia nada mais a fazer.

Sir Richard olhou-a com um sorriso sorrateiro.

— Naturalmente que não. Sabe, Pen, eu tenho uma dívida de gratidão com você.

— Ah? — exclamou ela, satisfeita, mas com dúvidas. — Por quê?

— Achei que conhecia as mulheres. Eu estava errado.

— Ah! — exclamou ela outra vez. — Você quer dizer que eu não me comporto como uma moça finamente educada deveria se comportar?

— É uma das maneiras de encarar isso, com certeza.
— É a maneira como tia Almeria encara.
— Claro que havia de encarar assim.
— Acho — confessou Pen — que ainda não sou muito bem-educada. Titia diz que eu tive a criação mais lamentável, porque meu pai me tratava como se eu fosse menino. Eu devia ter sido, compreende.
— Não posso concordar com você — disse Sir Richard. — Como menino você não teria sido de forma alguma notável; como menina, creia-me, você é única.

Ela corou até o último fio de cabelo.
— Eu *acho* que isso é um elogio.
— É — concordou Sir Richard, entretido.
— Bem, eu não estava muito segura, porque ainda não saí de casa e não conheço quaisquer homens a não ser meu tio e Fred, e eles não fazem elogios. Quer dizer, não desse jeito. — Ela levantou o olhar timidamente, mas, com a oportunidade de vislumbrar alguém através da janela, de súbito exclamou: — Ora, lá vem o Sr. Yarde!
— O senhor o quê? — indagou Sir Richard virando a cabeça.
— Você não o pode ver agora: já passou pela janela. *Deve* se lembrar do Sr. Yarde, senhor! Era aquele homenzinho esquisito que entrou na diligência em Chippenham, e usava umas palavras estranhas que eu não pude entender muito bem. O senhor supõe que ele esteja vindo para esta hospedaria?
— Eu espero sinceramente que não! — disse Sir Richard.

V

Logo viu que sua esperança não tinha fundamento, porque depois de alguns minutos o senhorio entrou na sala para perguntar contritamente se o nobre cavalheiro faria objeção a desistir de um dos quartos para um outro viajante.

— Eu disse a ele que Vossa Senhoria tinha pedido os dois quartos, senhor, mas ele está muito desejoso de encontrar uma acomodação, por isso disse-lhe que tinha de perguntar a Vossa Senhoria se, talvez, o jovem cavalheiro podia dividir o quarto com Vossa Senhoria... havendo ali duas camas, senhor.

Sir Richard, entreolhando a Srta. Creed por um momento de ansiedade, viu que lutava contra o desejo incontrolável de explodir numa gargalhada. Seus próprios lábios tremiam, mas, antes que pudesse responder ao proprietário, o rosto fino do Sr. Jimmy Yarde espiou por cima dos ombros do hóspede ilustre.

Ao reconhecer os ocupantes da sala de estar, o Sr. Yarde pareceu ter ficado surpreso. Recuperou-se depressa, entretanto, a fim de abrir caminho para a sala de estar com uma aparência muito tranquila de prazer ao encontrar duas pessoas que já conhecia.

— Bem, se não é meu jovem amigo! — exclamou. — Quero ser mico de circo se eu não pensei que os dois tinham disparado para Wroxham!

— Não — disse Sir Richard. — Pareceu-me que Wroxham estaria cheia de viajantes esta noite.

— Ah, o senhor é danado de sabido, não é? Notei isso no minuto em que pus meus olhos no senhor. E o senhor estava com a razão! Disse para mim mesmo: "Wroxham não é lugar para você, Jimmy, meu rapaz!"

— A senhora magra ainda estava tendo ataques histéricos? — indagou Pen.

— Puxa, amiguinho, ela estava esticada tão dura quanto um cadáver quando saí de lá, e ninguém sabia o que fazer a fim de recobrar-lhe os sentidos. Ah, fiquei muito aborrecido e tive a ideia de chegar a esta hospedaria... sem saber que Vossas Senhorias tinham solicitado todos os quartos antes de mim.

O rosto animado voltou-se para a face pouco promissora de Sir Richard.

— Que pouca sorte! — falou Sir Richard educadamente.

— Ah, o senhor não iria deixar em apuros Jimmy Yarde! Minha nossa, já passa muito das onze horas, e a claridade já se foi. Que mal há em ficar no quarto com seu jovem rapaz? — tentou persuadir o Sr. Yarde.

— Se Vossa Senhoria tivesse a bondade de permitir que o jovem cavalheiro dormisse na cama de reserva no quarto de Sua Senhoria? — interpôs o proprietário em tom de adulação.

— Não — respondeu Sir Richard. — Tenho sono extremamente leve, e meu sobrinho ronca. — Ignorando o arfar indignado de Pen, voltou-se para o Sr. Yarde: — O senhor ronca? — indagou.

Jimmy riu.

— Eu não! Durmo como um bebê, portanto me ajude!

— Então você — falou Sir Richard — pode dividir o quarto comigo.

— Feito! — respondeu Jimmy prontamente. — Falou como um perito raro, chefe, que eu sabia que o senhor era. Que eu me dane se não esvaziar um copo à sua boa saúde!

Resignando-se diante do inevitável, Sir Richard fez um movimento de cabeça para o proprietário e ofereceu a Jimmy uma cadeira.

Não tendo embarcado na diligência quando Pen anunciara que Sir Richard era seu professor particular, Jimmy aparentemente aceitou o novo parentesco sem perguntas. Se referia a ela com Sir Richard como "seu sobrinho", bebeu gim com água à saúde de ambos, pedido por Sir Richard, e parecia inclinado a passar a noite assim. Tornou-se muito falador depois do segundo copo de bebida, e fez vários comentários enigmáticos sobre criminosos, gente envolvida com arrombamentos e furtos. Várias críticas amargas a respeito de parceiros pretensiosos levaram Sir Richard a deduzir que ultimamente vinha trabalhando com pessoas acima de seu nível social e que não pretendia repetir a experiência.

Pen ficou sentada bebendo tudo aquilo, com os olhos cada vez mais arregalados, até que Sir Richard disse que era hora de ir para a cama. Acompanhou-a até a escada, onde ela lhe sussurrou em tom de quem fez uma grande descoberta:

— Caro senhor, não creio que ele seja uma pessoa respeitável!

— Não — disse Sir Richard. — Também não creio.

— Mas ele é *ladrão*? — perguntou Pen chocada.

— Acharia que sim, sem dúvida. É por isso que você vai trancar a porta, minha criança. Entendeu?

— Entendi, mas você tem certeza de que está seguro? Seria horrível se ele lhe cortasse a garganta durante a noite!

— Realmente, seria — concordou Sir Richard. — Mas posso garantir que ele não vai fazer isso. Pode ficar com isso para mim, por favor, e guardar até amanhã?

Pôs-lhe na mão uma bolsa pesada. Ela concordou com a cabeça.

— Guardo, sim. Tomarei muito cuidado, você não vai tomar cuidado?

— Eu prometo — disse-lhe sorrindo. — Agora suba, e não se preocupe com minha segurança!

Ele voltou para a sala de estar, onde Jimmy Yarde o esperava. Sendo convidado a acompanhar o Sr. Yarde num copo de gim, não levantou a menor objeção, embora muito depressa suspeitasse de que Jimmy estivesse tentando embriagá-lo até cair. Enquanto enchia os copos pela terceira vez, disse em tom de desculpa:

— Talvez eu deva avisar que sou famoso por ter uma cabeça razoavelmente forte. Não gostaria de fazê-lo perder seu tempo, Sr. Yarde.

Jimmy não ficou nem um pouco desconcertado. Sorriu e disse:

— Ah, eu disse que o senhor era um trouxa impertinente! Notei isso assim que pus meus olhos no senhor. Aprendeu a beber gim no Cribb's!

— Isso mesmo — disse Sir Richard.

— Ah, eu sabia, benza Deus! "Aquele cavalheiro ali tem olhos bem abertos", disse para mim mesmo. "E que punhos de lutador ele tem." Nunca o senhor se aborrece, chefe: Jimmy Yarde não é bobo. O que me espanta, entretanto, é como o senhor pode viajar numa diligência comum.

De repente Sir Richard deu uma gargalhada suave.

— Sabe, eu perdi todo o meu dinheiro — disse ele.

— Perdeu todo o seu dinheiro? — repetiu Jimmy, atarantado.

— Na Bolsa — acrescentou Sir Richard.

Os olhos claros, agudos, brilharam sobre a figura elegante.

— Ah, o senhor está tentando me tapear! Qual é a história?

— Nenhuma.

— Que me enforquem se algum dia encontrei um maldito boxeador assim! — As suspeitas passaram-lhe pela mente. — O senhor não matou seu homem, chefe?

— Não. Você matou?

Jimmy deu a impressão de estar muito alarmado.

— Eu não, chefe, eu não! Eu não gosto de violência, de jeito nenhum.

Sir Richard serviu-se prazerosamente de uma pitada de rapé.

— Exatamente como batedores de carteira, hã?

Jimmy deu um salto, e olhou-o inquieto e com respeito.

— O que o senhor sabe a respeito de batedores de carteira?

— Digamos que não muito. Creio que significa tirar relógios, caixas de rapé e coisas assim dos bolsos das pessoas respeitáveis.

— Olha aqui! — disse Jimmy, observando-o firmemente do outro lado da mesa. — O senhor não trabalha como receptador, não é?

Sir Richard balançou a cabeça.

— O senhor não é detetive, ou talvez das forças armadas, é?

— Não, não sou — disse Sir Richard. — Sou bastante honesto... o que eu calculo que você chame de trouxa.

— Eu não! — falou Jimmy, enfático. — Nunca encontrei um trouxa que fosse tão incrivelmente sabido quanto o senhor, chefe; e, o que é mais importante, espero não encontrar outra vez!

Viu Sir Richard pôr-se de pé e acender a vela para o quarto no castiçal sobre a mesa. Estava de sobrancelhas franzidas de um jeito confuso, visivelmente atrapalhado do juízo.

— Indo para a cama, chefe?

Sir Richard baixou os olhos para ele.

— É. Eu te avisei que tenho sono incrivelmente leve. Não avisei?

— Senhor, não precisa *me* assustar!

— Tenho muita certeza de que não preciso — sorriu Sir Richard.

Quando, uma hora mais tarde, Jimmy Yarde entrou suavemente na ponta dos pés no quarto de teto baixo acima da sala de estar, Sir Richard, para todos os efeitos, estava deitado dormindo tranquilamente. Jimmy aproximou-se bastante da cama e ficou observando-o e ouvindo-lhe a respiração serena.

— Não jogue sebo quente em mim, eu suplico! — disse Sir Richard, sem abrir os olhos.

Jimmy Yarde saltou e soltou um palavrão.

— Isso mesmo — falou Sir Richard.

Jimmy Yarde lançou-lhe um olhar de desaprovação venenosa, despiu-se em silêncio e foi para a cama ao lado.

Acordou bem cedo, para ouvir os galos cocoricando de uma fazenda para outra a distância. O sol já tinha nascido, mas o dia ainda estava nebuloso, e o ar muito fresco. A cama rangeu quando ele se sentou, mas não acordou Sir Richard. Jimmy Yarde deslizou com cautela e se vestiu. Na mesa coberta de fustão, sob a janela, o monóculo e a caixa de rapé de ouro de Sir Richard encontravam-se descuidadamente jogados. Jimmy lançou um olhar de cobiça para ele. Era grande conhecedor de caixas de rapé, e os dedos coçavam com o desejo de embolsá-la. Olhou inseguro para a cama. Sir Richard suspirou no sono. O paletó estava pendurado numa cadeira ao alcance da mão de Jimmy. Mantendo os olhos em Sir Richard, Jimmy apalpou os bolsos. Nada além de um lenço recompensou-lhe a procura. Mas Sir Richard não dava indícios de recuperar a consciência. Jimmy pegou a caixa de rapé e a examinou. Nenhum movimento ainda na cama. Incentivado, Jimmy a jogou no bolso enorme. O monóculo rapidamente a seguiu. Jimmy foi cuidadosamente até a porta. Quando lá chegou, um bocejo fez com que parasse no caminho e se voltasse.

Sir Richard espreguiçou-se e bocejou de novo.

— Você acorda cedo, meu amigo — observou.

— É mesmo — falou Jimmy, ansioso para ir embora antes que o roubo pudesse ser descoberto. — Não sou daqueles que ficam na cama numa bela manhã de verão. Vou tomar um pouco de ar antes do café da manhã. Ouso afirmar que vamos nos encontrar lá em baixo, hã, chefe?

— Ouso afirmar que iremos — concordou Sir Richard. — Mas caso não nos encontremos, vou te aliviar da minha tabaqueira e do meu monóculo agora.

Exasperado, Jimmy deixou cair a modesta trouxa que continha suas coisas de dormir.

— Que me enforquem se algum dia encontrei um janota tão astuto em toda a minha vida! — disse ele. — O senhor nunca me viu pegar estas ninharias!

— Eu te avisei que tinha um sono extremamente leve — falou Sir Richard.

— Tapeado por um bobo! — disse Jimmy desgostosamente, devolvendo o produto do saque. — Aqui está: não há necessidade de chamar nenhum guarda, hã?

— Nenhuma, absolutamente — replicou Sir Richard.

— Diabos, o senhor é uma desgraça diante de meus cálculos, chefe! Sem rancor?

— Sem nenhum rancor.

— Gostaria de saber qual pode ser a sua história — falou Jimmy ansiosamente e foi embora, balançando a cabeça com o problema.

Lá embaixo, encontrou Pen Creed, que também tinha acordado cedo. Deu-lhe bom-dia, alegre, e disse que já tinha estado lá fora, e que achava que o dia ia ser quente. Quando lhe perguntou se ela e o tio pretendiam tomar a próxima diligência para Bristol, com prudência ela respondeu que o tio ainda não tinha dito o que iam fazer.

— O seu destino é Bristol, não é? — inquiriu Jimmy.

— Ah, é! — respondeu Pen, com um belo desprezo pela verdade.

Estavam em pé na taverna, que, àquela hora da manhã, encontrava-se vazia, e assim que Pen começou a dizer que queria tomar o café da manhã, a proprietária entrou pela porta que levava à cozinha e perguntou se eles tinham ouvido as novidades.

— Que novidades? — perguntou Pen, inquieta.

— Ora, todo mundo está bastante agitado por aqui por Wroxham, somos pessoas calmas, e não estamos acostumados aos modos da cidade. Mas lá veio meu garoto Jim falando que tem um dos detetives de Bow Street vindo pela diligência dos correios. O que ele pode querer, certamente por Deus, não tem nenhum de nós que saiba! Dizem que ele parou lá em Calne, e é bem possível que venha para

Wroxham. E lá está ele, enfiando o nariz em casas respeitáveis, e fazendo todo tipo de perguntas! Bem, o que eu digo é que nós não temos nada para esconder, e ele pode vir aqui se quiser, mas não vai descobrir nada.

— Ele está vindo para cá? — perguntou Pen, com voz sumida.

— Está indo a todas as hospedarias dos arredores, segundo o que me disseram — respondeu a proprietária. — Jim enfiou na cabeça a ideia de que é tudo por causa da diligência em que o senhor e seu bom tio viajavam, senhor, pois parece que ele anda fazendo uma porção de perguntas sobre os passageiros. Nosso Sam acha que ele vai vir aqui dentro de meia hora. "Bem," disse eu, "deixe-o vir, porque sou mulher honesta, e nunca se falou nada a respeito desta casa, que eu saiba!" Daqui a dez minutos o seu café da manhã estará na mesa, senhor.

Ela irrompeu pela sala de estar, deixando Pen bastante pálida, e Jimmy Yarde subitamente pensativo.

— Detetives, hã? — falou o sujeito, afagando o queixo. — Era só o que faltava!

— Nunca vi nenhum — disse Pen, com uma demonstração louvável de desinteresse. — Será muito interessante. Fico pensando o que ele pode querer.

— Não se pode dizer — replicou Jimmy, com os olhos sem pestanas abrigando um olhar preocupado. — Não se pode absolutamente dizer. Parece-me, entretanto, que ele não vai querer examinar um jovem como você.

— Ora, claro que não! — replicou Pen, forçando um sorriso.

— Foi o que eu pensei — falou Jimmy, transferindo o olhar para o sobretudo comprido que estava jogado em uma das mesas. — Deve ser seu sobretudo, meu jovem.

— É, mas afinal de contas não precisei dele. Aqui está bem mais quente do que eu achei que estaria.

Jimmy pegou-o, alisou as dobras, e deu-o para ela.

— Não fique deixando coisas por aí em tabernas comuns! — disse ele com austeridade. — Há muitos descuidados... ah, mesmo nestes lugares calmos!... ficariam satisfeitos de botar as mãos num sobretudo como esse.

— Ah, sim! Obrigado! Vou levá-lo lá para cima! — falou Pen, satisfeita com a oportunidade de fugir.

— Você não podia fazer nada melhor — aprovou Jimmy. — Depois comeremos um pouco, embora eu não goste de tiras em geral... quer dizer, funcionários da justiça, meu jovem... ora, sou um homem pacífico, e se algum deles estiver desejoso de me revistar, será bem-vindo.

Dirigiu-se à sala de estar com o ar de quem tem a consciência limpa, e Pen subiu correndo a escada, para bater, aflita, à porta de Sir Richard.

Ele mandou que entrasse, e ao entrar ela o encontrou dando os últimos retoques na gravata. Ele notou os olhos dela através do espelho e disse:

— O que foi, pirralho?

— Senhor, temos de deixar este lugar imediatamente! — disse Pen num ímpeto. — Estamos em grande perigo!

— Por quê? Sua tia chegou? — perguntou Sir Richard, mantendo a calma.

— Pior! — declarou Pen. — Um detetive de Bow Street!

— Ah, pensei que você fosse um ladrão logo que te vi! — falou Sir Richard, balançando a cabeça.

— Eu não sou ladra! Você sabe que não sou!

— Se os detetives estão atrás de você, para mim é óbvio que você é mau-caráter — replicou ele enfiando a caixa de rapé no bolso. — Vamos descer e quebrar o jejum.

— Por favor, meu caro senhor, isto é sério! Tenho certeza de que minha tia deve ter posto os detetives atrás de mim!

— Minha querida criança, se existe uma coisa mais certa do que a outra é que Bow Street nunca tenha tomado conhecimento da sua existência. Não seja tola!

— Ah! — Ela deu um suspiro de alívio. — Espero que você esteja certo, mas é exatamente o tipo de coisa que tia Almeria faria!

— Neste caso, você é melhor juiz, sem dúvida, mas pode confiar em mim, não é nem de longe o tipo de coisa que um detetive de Bow Street faria. Você descobrirá provavelmente que o homem que eles querem é seu amigo, o Sr. Yarde.

— É, a princípio eu também pensei isso, mas ele disse que recebe bem um detetive se ele o quiser revistar.

— Então é seguro presumir que o Sr. Yarde se tenha descartado do roubo com que fugiu seja lá qual for. Desjejum!

Consideravelmente agitada, Pen seguiu-o até a sala de estar. Encontraram Jimmy Yarde saboreando um prato de carne fria. Ele cumprimentou Sir Richard com um sorriso e uma piscadela, evidentemente impassível depois do encontro que tinham tido naquela manhã, ao qual se referiu nos termos mais francos:

— Quando encontro um janota astuto não sinto despeito — avisou, levantando o caneco de cerveja. — Por isso bebo à sua saúde, chefe, e sem rancor!

Sir Richard deu a impressão de estar bastante aborrecido e simplesmente agradeceu com um gesto de cabeça. Jimmy Yarde fixou-lhe os olhos brilhantes e disse:

— E não conte nada ao detetive a respeito do pobre Jimmy remexendo nas suas coisas, porque ele nunca fez isso, e o senhor sabe muito bem que está tudo nos seus bolsos neste exato momento. E tem mais — acrescentou simpaticamente —, eu não haveria de garfar o senhor agora que conheço a sua força, chefe, nem por cinquenta guinéus!

— Fico muito agradecido por isso — disse Sir Richard.

— Nada de traições — falou Jimmy, com a cabeça pendendo para um lado.

— Nada, se você me permitir fazer meu desjejum em paz — replicou Sir Richard, cansado.

— Está tudo ótimo então! — falou Jimmy —, e o senhor não vai mais ter notícias minhas até chegarmos a Bristol, chefe. Quero ser mico de circo se eu não viajar do lado de fora da diligência, só para agradar o senhor!

Sir Richard olhou-o pensativo, mas não disse nada. Pen estava sentada de frente para a janela, vigiando a estrada à procura de indícios do detetive de Bow Street.

Contra as expectativas da dona, o detetive não chegou à hospedaria até um pouco depois de ter sido tirada a mesa da refeição matinal, e Jimmy Yarde saíra para ficar à vontade num banco colocado junto à parede externa.

O detetive entrou na hospedaria pela porta dos fundos, e a primeira pessoa que encontrou foi Sir Richard, que estava ocupado acertando as contas com o hospedeiro. A Srta. Creed, bem junto dele, chamou-lhe a atenção para a chegada do detetive torcendo-lhe angustiadamente a manga do paletó. Ele levantou o olhar, erguendo as sobrancelhas, viu o recém-chegado e levou ao olho o monóculo.

— Desculpe-me, senhor — disse o policial, tocando o chapéu. — Não tenho intenção de me intrometer, mas desejo falar com o hospedeiro.

— Certamente — disse Sir Richard, com as sobrancelhas ainda expressando surpresa lânguida.

— Quando for possível, senhor: não se apresse! — informou o detetive, colocando-se a uma distância discreta.

O suspiro que escapou da Srta. Creed foi de tão profundo alívio que ficou evidente que até aquele momento seus medos não tinham fundamento. Sir Richard terminou de pagar as despesas e com um breve "Vamos, Pen!" atirado por cima do ombro, deixou a taberna.

— Ele não veio atrás de mim! — falou Pen, suspirando.

— Claro que não.

— Não pude deixar de ficar um pouco assustada. O que vamos fazer agora, senhor?

— Livrarmo-nos de seu indesejável companheiro de viagem — replicou rapidamente.

Ela gorgolejou.

— Sim, mas como? Tenho tanto medo de que ele queira ir para Bristol conosco.

— Mas nós não vamos para Bristol. Enquanto ele está sendo interrogado pelo detetive, nós, minha criança, vamos sair calmamente pela porta dos fundos e seguir caminho para Colerne, que eu confio não vá ser tão sinuoso quanto nos descreveu o taberneiro. Lá, vamos tentar alugar um veículo que nos leve a Queen Charlton.

— Ah, fantástico! — gritou Pen. — Vamos logo!

Cinco minutos depois, deixaram a hospedaria discretamente, pela porta dos fundos, encontraram-se num campo de feno e o circundaram até um portão que levava a um bosquezinho mirrado.

A aldeia de Colerne ficava a bem menos do que cinco quilômetros de distância, mas muito antes de a alcançarem Sir Richard já estava cansado de carregar a mala.

— Pen Creed, você é uma peste de criança! — disse-lhe.

— Por que, o que eu fiz? — indagou, com um dos seus olhares indagadores e abrangentes.

— Você me arrancou da minha casa confortável...

— Eu não! Foi você que *quis* vir!

— Eu estava embriagado.

— Ora, a culpa não é minha — observou ela.

— Não me interrompa! Você me fez viajar quilômetros num veículo que cheirava a poeira e a cebola...

— Era o marido da mulher gorda — interrompeu Pen. — Eu mesma notei.

— Ninguém podia deixar de notar aquilo. E eu até gosto de cebola. Pintou-me um retrato que levou todos na diligência a me verem como um opressor de jovens inocentes...

— Menos o homem magro, desagradável. *Ele* queria que eu fosse dominada.

— Ele era uma pessoa muito preconceituosa. Não satisfeita com isso, forçou-me a aceitar a ameaça de ser amigo para o resto da vida de um batedor de carteiras. Para escapar das tentativas de aproximação dele sou obrigado a marchar por mais de oito quilômetros, carregando uma mala que pesa mais do que eu esperava. Só me resta ver-me metido numa embrulhada por ter raptado uma criança, do que acho razoavelmente seguro que sua tia vá me acusar.

— É, e agora começo a pensar nisso, lembro que você disse que ia se casar — disse Pen, muito impressionada com as censuras. — Será que ela vai ficar zangada com você?

— Espero que fique tão zangada que não deseje nunca mais ver o meu rosto — respondeu Sir Richard calmamente. — Na verdade, pirralha, esta reflexão ultrapassa tanto as outras que eu te perdoo pelo resto.

— Acho que você é uma pessoa muito esquisita — observou Pen. — Por que você a pediu em casamento, se não queria?

— Eu não pedi. Durante os últimos dois dias essa foi a única loucura que não cometi.

— Bem, por que você pretendia pedir-lhe a mão, então?

— *Você* deveria saber.

— Mas você é homem! Ninguém poderia obrigá-lo a fazer nada que não quisesses fazer!

— Chegaram bem perto disso. Se você não tivesse despencado da janela nos meus braços, eu não teria quase dúvidas de que devesse estar neste momento recebendo os cumprimentos dos meus parentes.

— Bem, devo dizer que eu não acho que você esteja sendo justo comigo de maneira nenhuma, então, por que me chamar de peste de criança? Eu o salvei... embora, na verdade, não soubesse disso... de um destino terrível.

— É verdade. Mas será que precisava ser salvo numa diligência barulhenta?

— Isso foi parte da aventura. Além disso, expliquei-lhe, desde o começo, por que estava viajando de diligência. Você há de convir que estamos vivendo momentos emocionantes! E o que é melhor: você está tendo uma cota de aventura maior do que a minha, porque na realidade compartilhou o quarto com um ladrão de verdade!

— É mesmo — disse Sir Richard, aparentemente muito impressionado por esta circunstância.

— E posso ver claramente um bangalô bem à nossa frente, por isso espero que tenhamos chegado a Colerne — falou ela, triunfante.

Um pouco depois, descobriu que estava certa. Dirigiram-se para a aldeia e entraram na hospedaria que mostrava melhor aparência.

— Agora que mentira específica devemos contar aqui? — indagou Sir Richard.

— Uma roda se desprendeu de nossa carruagem — respondeu Pen prontamente.

— Você nunca se atrapalha? — inquiriu ele olhando-a de modo um tanto divertido.

— Bem, para dizer a verdade eu não tenho lá muita experiência — confessou.

— Creia-me, ninguém suspeitaria.

— Não, devo dizer que acho que eu nasci mesmo para ser vagabundo — disse ela seriamente.

A história da roda quebrada foi aceita pelo dono da hospedaria Green Man sem perguntas. Se achava estranho que os viajantes deixassem a estrada principal para enfrentar os perigos dos atalhos difíceis do campo, a leve surpresa foi logo dissipada pelo aviso de que estavam a caminho de Queen Charlton e tinham tentado encurtar a viagem. Disse que podiam ter feito melhor seguindo a estrada de Bristol para Cold Ashton, mas que talvez houvesse forasteiros naquela parte.

— Exatamente — disse Sir Richard. — Mas vamos visitar amigos em Queen Charlton e desejamos alugar algum tipo de veículo que nos leve até lá.

O sorriso desapareceu do rosto do hospedeiro quando ouviu tais palavras, e ele balançou a cabeça. Não havia veículos para alugar em Colerne. Havia, na verdade, uma só carruagem adequada e era seu próprio cabriolé.

— Eu me sentiria honrado de emprestá-la a Vossa Senhoria se houvesse ao menos um homem para acompanhá-la. Mas os cavalariços estão todos fora, colhendo feno, e eu mesmo não posso ir. Quem sabe o ferreiro pudesse ver o que pode fazer para consertar sua carruagem, senhor?

— Não ia adiantar nada! — falou Sir Richard confiantemente. — A roda não tem mais conserto. Além disso, dei instruções ao meu postilhão para voltar a Wroxham. Quanto você cobraria para me emprestar seu cabriolé sem um homem para acompanhar?

— Bem, senhor, não seria tanto assim mas como ia tê-la de volta?

— Ah, um dos cavalariços de Sir Jasper a traria de volta! — falou Pen. — Não precisa temer por isto!

— Seria Sir Jasper Luttrell, senhor?

— É, sim, vamos visitá-lo.

O hospedeiro ficou visivelmente abalado. Aparentemente, conhecia muito bem Sir Jasper; por outro lado, não conhecia Sir Richard. Lançou-lhe um olhar de soslaio, cheio de dúvidas, e lentamente balançou a cabeça.

— Bem se o senhor não nos alugar o cabriolé, suponho que terei de comprá-lo — disse Sir Richard.

— Mas meu cabriolé, senhor? — arfou, gaguejando, o hospedeiro.

— E o cavalo também, claro — acrescentou Sir Richard, pegando a bolsa.

O dono da hospedaria piscou para ele.

— Bem, naturalmente, senhor! Já que é assim, não sei se poderia deixar o senhor dirigir o cabriolé sozinho... sabendo que o senhor é amigo de Sir Jasper. Pensando bem, não vou precisar do veículo por uns dois dias. Só que o senhor vai ter de descansar o cavalo velho antes de devolvê-lo, se não se importar!

Sir Richard não fez nenhuma objeção, e depois de se entender com uma facilidade que levou o hospedeiro a expressar o desejo de que houvesse mais cavalheiros como o dândi para se tratar, os viajantes só tiveram de esperar que o cavalo fosse atrelado ao cabriolé, e trazido para a frente da hospedaria.

O cabriolé não era elegante nem bem cuidado, e o trotar do cavalo estava mais para seguro do que rápido. Mas Pen estava encantada com todo o aparato. Sentou-se encarapitada ao lado de Sir Richard, apreciando o sol quente, e apontando para ele as superioridades múltiplas do campo de Somerset sobre os outros condados.

Não chegaram a Queen Charlton antes do crepúsculo, porque o caminho era cheio de curvas, e muitas vezes difícil. Quando avistaram a aldeia, Sir Richard falou:

— Bem, pirralha, e agora? Devo me dirigir à casa de Sir Jasper Luttrell?

Pen, que tinha ficado calada nos treze últimos quilômetros, disse um tanto engasgada:

— Vinha pensando que talvez fosse melhor eu mandar um bilhete de manhã! Não é por Piers, entende, mas, embora eu não pensasse nela o tempo todo, ocorreu-me que... que talvez Lady Luttrell não consiga compreender bem...

A voz sumiu, cheia de infelicidade. Recuperou-se ao ouvir Sir Richard dizer num tom informal:

— Uma ótima ideia. Vamos para a hospedaria.

— A The George sempre foi considerada a melhor — sugeriu Pen. — Na verdade, nunca estive lá, mas meu pai costumava dizer que as adegas eram excelentes.

Descobriram que a The George era uma hospedaria antiga, de madeira e alvenaria, com tetos com vigamentos e salas de estar com lambris. Era uma casa isolada, com pátio grande e muitos quartos forrados de chintz. Não havia dificuldade em achar uma sala de estar particular, e no momento em que Pen lavou o rosto por causa da poeira da estrada e desfez a maleta, seu ânimo, que tinha baixado bastante, começou a levantar novamente. O jantar foi servido na sala de estar, e nem o proprietário nem sua mulher pareceram reconhecer no rapazinho de cabelos dourados a filha do falecido Sr. Creed que mais parecia um garoto.

— Se ao menos minha tia não me descobrir antes que eu tenha encontrado Piers! — disse Pen, servindo-se de mais framboesas.

— Nós haveremos de tapeá-la. Mas tocando no assunto de Piers, você... hum... supõe que ele seja capaz de tirá-la de suas dificuldades atuais?

— Bem, terá de me tirar, se se casar comigo, não é?

— Sem dúvida. Mas... você não me deve achar um incorrigível desmancha-prazeres... não é lá muito fácil se casar num piscar de olhos.

— Não é? Eu não sabia — falou Pen inocentemente. — Ah, bem, ouso afirmar que fugiremos para Gretna Green, então! Costumávamos achar que isso era uma aventura maravilhosa.

— Gretna Green com estas roupas? — indagou Sir Richard, examinando-a com o monóculo.

— Bem, suponho que não. Mas, quando Piers tiver explicado tudo a Lady Luttrell, espero que ela seja capaz de conseguir algumas roupas apropriadas para mim.

— Você tem alguma dúvida a respeito de Lady Luttrell... hum... te receber como sua futura nora?

— Ah, não! Ela sempre foi muito boa comigo! Só que acho mesmo que talvez fosse melhor que eu visse Piers primeiro.

Sir Richard, que até então se tinha permitido ser levado sem resistência ao sabor das ondas da aventura, começou a perceber que em breve seria seu dever fazer uma visita a Lady Luttrell e prestar-lhe contas de sua conduta com a Srta. Creed. Lançou um olhar à jovem senhorita, terminando serenamente o restante das framboesas, e refletiu, com um sorriso inclinado, que a tarefa não ia ser fácil.

Pouco depois, entrou um criado para tirar os pratos. Pen logo começou a conversar e soube da notícia de que Sir Jasper Luttrell estava fora.

— Ah! Mas o Sr. Piers Luttrell não?

— Não, senhor, vi o Sr. Piers ontem. Estava indo para Keynsham. Ouvi falar de um jovem cavalheiro que está passando dias com ele... um cavalheiro de Londres, segundo consta.

— Ah! — A voz de Pen soou bastante inexpressiva. Assim que o homem foi embora, ela falou: — Ouviu isso, senhor? Torna as coisas um tanto complicadas, não é?

— Bastante complicadas — concordou Sir Richard. — Dão assim a ideia de que temos de eliminar o cavalheiro de Londres.

— Quem me dera que eu pudesse. Pois tenho certeza de que minha tia calculará que eu voltei para casa, e se ela me encontrar antes que eu tenha descoberto Piers, estarei completamente desgraçada.

— Porém ela não vai encontrar você. Só encontrará a mim.

— Você acha que será capaz de enganá-la?

— Ah, acho que sim! — disse Sir Richard negligentemente. — Afinal de contas, praticamente ela não espera que você esteja viajando na minha companhia, não é? Acho difícil que ela exija conhecer meu sobrinho.

— É, mas se ela exigir? — indagou Pen, não tendo tanta confiança na resignação da tia.

Sir Richard sorriu de um modo bastante sardônico.

— Talvez eu não seja a pessoa mais indicada a quem fazer... hã... perguntas impertinentes.

Subitamente os olhos de Pen se iluminaram com um sorriso.

— Ah, espero mesmo que você fale com ela e olhe para ela *assim*! E se ela trouxer Fred consigo, ele vai ficar muito encantado, ouso afirmar, por te encontrar pessoalmente. Porque você deve saber que ele te admira excessivamente. Tenta até fazer na gravata, o nó Wyndham!

— Só isso eu já acho impertinência — replicou Sir Richard. Ela fez que sim e levou a mão à própria gravata.

— O que acha da minha, senhor?

— Evito com todo o empenho pensar nela. Você quer realmente saber o que eu acho?

— Mas amarrei exatamente como você fez!

— Santo Deus! — exclamou Sir Richard com voz sumida. — Minha criança iludida!

— Você está implicando comigo! Pelo menos não está tão mal amarrada que o fizesse arrancá-la do meu pescoço como fez quando me encontrou pela primeira vez!

— Você se recorda de que deixamos a hospedaria hoje de manhã apressadamente — explicou ele.

— Estou convencida de que *essa* não está igual à sua. Mas você me fez lembrar de um assunto muito importante. Você pagou minha estada lá.

— Não deixe que isso te preocupe, suplico.

— Estou resolvida a pagar todos as despesas que me dizem respeito — respondeu Pen, com firmeza. — Seria uma insolência chocante se eu recebesse dinheiro de um estranho.

— É verdade. Não tinha pensado nisso.

Ela o fitou com um olhar vívido, indagador.

— Você está rindo de mim de novo!

O semblante dele era sério.

— Rindo? Eu?

— Sei muito bem que está. Você faz a boca ficar rígida, mas já notei várias vezes que você ri com os olhos.

— É mesmo? Peço desculpas!

— Bem, não precisa, porque eu gosto. Não estaríamos aqui tão longe se você não tivesse estes olhos assim sorridentes. Não é estranho que alguém saiba que pode confiar numa pessoa, ainda que esteja embriagada?

— Muito estranho — retorquiu ele.

Ela estava procurando infrutiferamente nos bolsos.

— Onde é que eu pus minha bolsa? Ah, acho que devo ter posto no meu sobretudo!

Tinha jogado a peça numa cadeira, logo que entrara na sala de estar, e caminhou pela sala para tatear os bolsos imensos.

— Você está pensando seriamente em colocar alguns miseráveis xelins na minha mão?

— Estou, sim. Ah, aqui está! — Ela tirou do bolso uma sacola de couro com um aro na beira, olhou-a e examinou: — Esta não é a minha bolsa!

Sir Richard olhou-a através do monóculo.

— Não é? Certamente não é minha, posso te assegurar.

— Está muito pesada. Fico pensando como é que veio parar no meu bolso. Devo abrir?

— Sem dúvida. Tem certeza de que não é a sua?

— Ah, tenho, sim! — Dirigiu-se para a mesa, puxando o aro. Estava muito difícil de abrir, mas depois de um ou dois puxões conseguiu, e um colar de diamantes que brilhava e faiscava à luz das velas deslizou para a palma da mão.

— *Richard!* — arfou a Srta. Creed, assustada por esquecer as conveniências outra vez. — Ah, desculpe-me! Mas olhe!

— Estou olhando, mas não precisa me pedir desculpas. Venho chamando você de Pen nestes dois dias.

— Ah, isso é um outro assunto, porque você é bem mais velho!
Ele olhou para ela um tanto enigmaticamente.

— Sou? Bem, não importa. Será que estou entendendo que esta joia não te pertence?

— Santo Deus, não! Nunca a vi em minha vida!

— Ah! — disse Sir Richard. — Bem, é sempre bom conseguir resolver os problemas. Agora sei por que seu amigo Sr. Yarde não temia os detetives de Bow Street.

VI

Pen deixou o colar escorregar dos dedos para a mesa.

— Você quer dizer que ele roubou isso... e depois colocou no *meu* bolso? Mas, senhor, isto é terrível! Ora... Ora, aquele detetive pode vir atrás de nós!

— Acho mais provável que o Sr. Yarde venha atrás de nós.

— Santo Deus! — disse Pen, muito pálida de medo. — O que vamos fazer?

Ele sorriu, com bastante malícia.

— Você não queria viver uma aventura de verdade?

— Queria, mas... Ah, não seja ridículo e implicante, suplico-lhe! O que vamos fazer com o colar? Não poderíamos jogá-lo fora, em algum lugar, ou escondê-lo numa vala?

— Claro que sim, mas certamente seria um pouco injusto com o dono.

— Não me importo com isso — confessou Pen. — Seria horrível ser presa por roubar, e sei que haveremos de ser!

— Ah, tenho certeza de que não haveremos de ser presos! — falou Sir Richard. Ajeitou o colar na mesa onde estava e olhou-o com uma prega franzindo-lhe as sobrancelhas. — É — disse compenetrado. — Já vi você. Agora, *onde* eu já vi você?

— Por favor, tire daí! — suplicou Pen. — Só imagino se um dos criados tiver de entrar nesta sala!

Ele o pegou.

— Minha memória lamentável! Ai de mim, minha memória lamentável! Onde, ah, *onde* eu já vi você?

— Meu caro senhor, se Jimmy Yarde nos encontrar, é muito provável que corte nossos pescoços para conseguir o colar de volta!

— Ao contrário, ele me deu sua palavra de que se opõe a toda forma de violência.

— Mas quando ele não o descobrir no meu bolso, onde o colocou... e agora começo a pensar nisso, ele esteve realmente com meu sobretudo nas mãos... deve calcular que nós o descobrimos!

— É muito provável que descubra, mas não consegui ver qual o lucro que teria se cortasse nossos pescoços. — Sir Richard devolveu o colar à bolsa de couro e jogou-a no bolso. — Não temos nada a fazer a não ser esperar a chegada de Jimmy Yarde. Talvez... quem sabe?... possamos induzi-lo a informar a quem pertence a joia. De qualquer forma, esta sala de estar está muito abafada, e a noite notavelmente agradável. Você se importa de passear comigo a fim de admirar as estrelas, fedelha?

— Suponho — disse Pen desafiadoramente — que você ache que eu não tenho nem um pingo de coragem.

— Muito pouca — concordou Sir Richard, os olhos brilhando sob as pálpebras pesadas.

— Eu não tenho medo de nada — avisou Pen. — Só estou *chocada*!

— Está perdendo tempo, creia-me. Você vem?

— Vou, mas tenho a impressão de que você colocou uma brasa ardente no bolso. E se alguém desonesto viesse roubá-lo de você?

— Então ficaríamos livres de toda responsabilidade. Vamos!

Ela o acompanhou até a rua na noite quente. Sir Richard dava a impressão de ter banido da mente todos os pensamentos a respeito do colar. Apontou várias constelações para ela, e, enroscando o braço no dela, caminharam pela rua deserta, passaram pelos últimos bangalôs solitários, por uma viela onde se sentia o perfume das rainhas-dos-prados.

— Suponho que estava sem coragem — confessou Pen logo depois. — Será que vai se sentir na obrigação de denunciar o pobre Jimmy Yarde ao detetive?

— Espero — falou Sir Richard secamente — que o Sr. Piers Luttrell seja um cavalheiro de caráter firme.

— Por quê?

— Para que seja capaz de dominar sua afabilidade um tanto imprudente.

— Bem, não o vejo há cinco anos, mas era sempre eu que inventava coisas para fazermos.

— Era o que eu temia. Onde ele mora?

— Ah, a cerca de três quilômetros por esta estrada! *Minha* casa fica do outro lado da aldeia. Você gostaria de vê-la?

— Imensamente, mas não neste momento. Vamos voltar, porque está na hora de você ir para a cama.

— Não vou conseguir pregar os olhos.

— Espero que você esteja errada, minha boa menina... na verdade, estou razoavelmente certo de que você está.

— E para piorar tudo — falou Pen, distraída —, tem aquele homem horrível hospedado com Piers! Não sei o que se deve fazer.

— De manhã — falou Sir Richard brandamente —, vamos cuidar desses problemas.

— De manhã, é muito provável que tia Almeria já me tenha encontrado.

Com essa reflexão pessimista, retomaram o caminho para a hospedaria. As janelas abertas lançavam raios dourados na rua tranquila, algumas ficando abertas a fim de deixar entrar o ar fresco da noite. Assim que estavam prestes a passar por uma delas ao se dirigirem para a entrada, uma voz falou dentro da sala e, para seu espanto, Sir Richard agarrou subitamente o braço de Pen e fez com que ela parasse de repente. Ela começou a perguntar a razão da parada súbita, mas a mão dele sobre a boca abafou-lhe as palavras.

A voz que vinha de dentro disse, num ligeiro gaguejar:

— Você não pode aparecer em C-Crome Hall, eu te digo! As c--coisas já estão r-ruins demais como estão. S-Santo Deus, homem, se alguém lá me visse a me esgueirar para me encontrar com você, l-logo, l-logo haveriam de achar que há algo de p-podre!

Uma voz mais grave respondeu:

— Talvez eu mesmo esteja achando que há algo de podre, meu jovem almofadinha. Quem foi que me impingiu um sócio, hã? Vocês dois estão pretendendo tapear Horace Trimble? Estão, meu rapazinho esperto?

— Seu idiota, você se d-deixou enganar! — disse o gago, furioso. — Depois v-vir para cá... já é bastante para estragar tudo! Eu te digo, não ouse ficar! E não apareça em C-Crome Hall outra vez, desgraçado! Eu m-me encontro com você amanhã, no bosquezinho lá na estrada. É claro que ele não pode ter i-ido longe! Por que você não vai para B-Bristol se ele não v-voltou para Londres? Em vez de v-vir aqui me insultar!

— Insultar você, eu! Por tudo que é sagrado, essa é boa! — Uma gargalhada sonora seguiu as palavras, e o som de uma cadeira sendo atirada no assoalho de madeira.

— Seu descarado desgraçado! Você p-põe tudo a perder, e agora v-vem me fazer ameaças! *Você* foi que arranjou tudo! *Eu* devia d-deixar tudo por sua conta! Você arranjou tudo muito bem! E a--agora espera que e-eu acerte tudo!

— Devagar, meu janota, devagar! Você está crocitando alto demais, e eu fiz minha parte no negócio exatamente como tinha sido combinado. Foi o homem que você contratou que me tapeou, e isso me faz pensar, sabe? Torna as coisas muito mais difíceis. Talvez seja melhor você pensar também... e se tem alguma ideia na cabeça de que Horace Trimble é um paspalhão, é melhor desistir dela. Entendeu?

— Fale baixo, pelo amor de Deus! Você n-não sabe quem pode estar ouvindo! Eu me e-encontro com você amanhã, às onze horas, se eu p-puder me livrar do jovem Luttrell. Temos de pensar o que se deve fazer!

Uma porta se abriu e se fechou apressadamente de novo. Sir Richard puxou Pen para as sombras além da janela, e logo depois uma figura franzina, envolta num manto, saiu da hospedaria e dirigiu-se com pressa para a escuridão.

A pressão no braço de Pen avisava-a para ficar em silêncio, embora, naquele instante, estivesse impaciente, agitada. Sir Richard esperou até que o som de passos sumisse e morresse a distância. Então caminhou de braço dado com a jovem, passou pela janela e se dirigiu para a porta da hospedaria. Só depois de estarem na sala de estar particular outra vez foi que Pen se permitiu falar, mas assim que a porta se fechou, exclamou:

— O que quer dizer isso? Ele falou no "jovem Luttrell"... você ouviu? Deve ser o homem que está hospedado com ele! Mas quem era o outro homem, e sobre o que estavam falando?

Sir Richard parecia não estar prestando muita atenção. Estava em pé junto à mesa, uma prega entre as sobrancelhas, e a boca inflexível. De repente, seu olhar virou para o rosto de Pen, mas o que ele falou pareceu incompreensível a ela:

— Claro! — murmurou suavemente. — Então era *isso*!

— Ah, conte-*me*! — suplicou Pen. — *O que* era isso, e por que você parou quando ouviu o homem gago falar? Você... será possível que você o conheça?

— Na realidade, eu o conheço muito bem — replicou Sir Richard.

— Deus do céu! E é ele que está visitando Piers! Meu caro senhor, não lhe parece que as coisas estão ficando um pouco perigosas?

— Extremamente perigosas — falou Sir Richard.

— Bem, é o que eu penso — disse Pen. — Primeiro somos apanhados com um colar roubado, e agora descobrimos que um amigo seu está hospedado com Piers!

— Ah, não descobrimos — replicou Sir Richard. — Aquele jovem cavalheiro não é meu amigo! Nem, calculo, sua presença nestes arredores deixa de ter ligação com aquele colar. Se não me engano, Pen, envolvemo-nos num plano para o qual vou ter de usar toda a minha astúcia para nos livrarmos.

— Eu também tenho astúcia — disse a Srta. Creed, afrontada.

— Não tem nem um pingo — respondeu Sir Richard calmamente.

Ela engoliu isso, dizendo com voz sumida:

— Muito bem, se não tenho, não tenho, mas gostaria que você me explicasse.

— Pode estar certa de que o farei — retrucou Sir Richard —, mas a verdade é que não posso. Não só me parece ser um assunto extremamente delicado, mas também por enquanto... um tanto obscuro.

Ela suspirou.

— Não me parece justo, porque fui eu que encontrei o colar, afinal de contas. Quem é o gago? Você poderia muito bem me dizer isso, porque Piers dirá.

— É claro. O gago é o honorável Beverley Brandon.

— Ah, eu não o conheço — disse Pen, bastante decepcionada.

— Você deve ser apresentada.

— Ele é seu inimigo?

— Inimigo! Não!

— Você dá a impressão de detestá-lo muito cordialmente.

— Isso não o torna meu inimigo. Para ser exato, é o irmão mais moço da dama com quem devia estar comprometido.

Pen mostrou-se estupefata.

— Santo Deus, será que ele veio procurar você?

— Não, nada disso. Na verdade, Pen, não te posso contar mais nada, porque o resto são conjecturas. — Encontrou-lhe o olhar desapontado e riu para ela, beliscando-lhe carinhosamente o rosto.

— Pobre Pen! Perdoe-me!

Um rubor suave coloriu o rosto dela até o último fio de cabelo.

— Não tinha a intenção de implicar com você. Espero que me conte tudo sobre isso quando... quando não for conjectura.

— Espero contar — concordou ele. — Mas não será esta noite, por isso vá para a cama, menina!

Ela foi, mas voltou alguns minutos depois, os olhos arregalados, e sem fôlego.

— Richard! Ele nos encontrou! Eu o vi! Tenho certeza de que era ele!

— Quem? — indagou ele.

— Jimmy Yarde, claro! O quarto estava tão quente que afastei as cortinas para abrir a janela, e a lua estava tão clara que fiquei olhando por um minuto. E lá estava ele, diretamente abaixo da janela! Não podia me enganar. E o pior é que eu temo que ele me tenha visto, porque se escondeu imediatamente nas sombras da casa!

— Foi mesmo? — Havia um brilho nos olhos de Sir Richard. — Bem ele chegou aqui mais cedo do que eu esperava. Um homem de expediente, o Sr. Jimmy Yarde!

— Mas o que ele vai fazer? Não tenho nem um pouco de medo, mas gostaria que você me dissesse o que fazer!

— Vai ser muito fácil. Quero que você troque de quarto comigo. Apareça outra vez na janela, se quiser, mas de modo nenhum abra as venezianas do meu. Tenho o mais profundo empenho em me encontrar com o Sr. Jimmy Yarde.

As covinhas se destacaram.

— Entendo. Como no conto de fadas! Ah, vovó, que dentes grandes você tem! *Que* aventura estamos tendo! Mas vai tomar cuidado, não vai, senhor?

— Vou.

— E vai me contar tudo a esse respeito, depois?

— Talvez.

— Se não contar — disse Pen, com grande mágoa —, será a coisa mais injusta que se possa imaginar!

Ele riu e, vendo que não havia mais nada a ser tirado dele, foi embora de novo.

Uma hora depois, a luz da vela foi apagada no quarto do andar superior com as janelas e as cortinas abertas, mas levou duas horas até que a cabeça do Sr. Yarde aparecesse acima do parapeito da janela. Nenhuma luz brilhava na aldeia.

A lua, navegando pelo céu de um azul-safira intenso, lançava um raio no chão do quarto, mas deixava a cama de quatro colunas na sombra. A subida através do telhado da varanda, de um cano forte de escoamento e um ramo retorcido de glicínia, fora fácil, mas o Sr. Yarde fez uma parada antes de penetrar a escuridão. Encontrou o sobretudo de viagem de lã pendurado no espaldar da cadeira colocada bem ao raio de luar. Conhecia aquele sobretudo, e um suspiro insignificante escapou-lhe. Içou-se e, sem fazer barulho, escorregou para o quarto. Tinha deixado os sapatos lá embaixo, e os pés com as meias não faziam o menor ruído no assoalho quando saltou nele.

Mas não havia a bolsa pesada de couro no bolso do sobretudo de viagem.

Ficou decepcionado, mas tinha se preparado para decepções. Saiu da claridade do luar para o lado da cama, ouvindo o som de uma respiração tranquila. Nenhum tremor perturbava-lhe a regularidade, e depois de ouvir durante alguns minutos, inclinou-se, e começou cautelosamente a passar a mão por baixo do travesseiro que quase não se via. A outra, a direita, segurava um cachecol, que podia ser rapidamente enfiado na boca aberta que deixasse escapar um grito assustado.

O grito, pouco mais do que um coaxar, estrangulado no nascedouro, surpreendeu além de toda a expectativa, entretanto, porque, assim que os dedos sensíveis sentiram o objeto que estava procurando, duas mãos de ferro agarraram-no pelo pescoço e sufocaram-no.

Tentou em vão livrar-se do aperto, percebendo através do martelar nos ouvidos, do intumescer das veias e da dor nas têmporas que tinha cometido um erro, que as mãos que lhe cercavam a respiração decerto não pertenciam a nenhum adolescente.

Assim que teve a sensação de que estava perdendo os sentidos, o aperto afrouxou e uma voz que estava aprendendo a odiar disse suavemente:

— O senhor cometeu um erro, Sr. Yarde!

Sentiu-se sacudido e subitamente libertado, e, estando incapaz de se cuidar, caiu ao chão e ficou ali crocitando como um corvo velho enquanto recuperava o fôlego. Neste momento, recuperara-se o suficiente para se apoiar num dos cotovelos. Sir Richard afastou a coberta e saltou da cama. Estava usando camisa e culotes, os olhos cheios de água do Sr. Yarde notaram, assim que Sir Richard acendeu de novo a vela ao lado da cama.

Sir Richard deixou de lado os utensílios de fazer fogo e baixou os olhos para o Sr. Yarde. A visão de Jimmy estava ficando mais nítida; ele conseguia ver que os lábios do homem curvavam-se num sorriso ligeiramente desdenhoso. Começou a massagear com cuidado o pescoço, que se mostrava seriamente machucado, e esperou que Sir Richard dissesse alguma coisa.

— Eu te avisei que tinha um sono espantosamente leve — falou.

Jimmy lançou-lhe um olhar maldoso, mas não respondeu nada.

— Levante-se! — ordenou Sir Richard. — Pode sentar-se naquela cadeira, Sr. Yarde, porque vamos ter uma conversa franca.

Jimmy pôs-se de pé. Um relance na direção da janela foi suficiente para convencê-lo de que seria interceptado antes que pudesse alcançá-la. Sentou-se e passou as costas da mão pela testa.

— Não vamos permitir que haja mal-entendidos entre nós! — falou Sir Richard. — Você voltou para procurar um certo colar de brilhantes, que escondeu no bolso do sobretudo do meu sobrinho esta manhã. Só existem três coisas que eu posso fazer com você. Posso entregar você à justiça.

— O senhor não pode provar que eu vim para pegar o colar, chefe — murmurou Jimmy.

— Você acha que não? Ainda podemos ver. Se o detetive de Bow Street falhar... mas acho que ele se sentiria feliz por levá-lo preso... Imagino que um homem cujo nome é Trimble... ah, Horace Trimble, se não me falha a memória!... ficaria ainda mais feliz de me livrar de você.

A menção do nome trouxe uma expressão de grande inquietação ao rosto estreito de Jimmy.

— Eu não o conheço! Nunca ouvi falar em tal camarada!

— Ah, ouviu, acho que ouviu! — falou Sir Richard.

— Eu nunca fiz nenhum mal para o senhor, chefe, nem pretendi fazer! Eu juro...

— Não precisa jurar: eu acredito em você.

Jimmy começou a se animar.

— Que me enforquem se eu não disse que o senhor é um cara astuto! O senhor não ia ser duro com um camarada!

— Isso depende do... hã... camarada. O que me leva, Sr. Yarde, ao terceiro passo que eu poderia... estou dizendo, poderia, Sr. Yarde... dar. Posso deixá-lo ir embora.

Jimmy arfou, engoliu em seco e murmurou roucamente:

— O senhor falou como um cavalheiro que é, chefe!

— Diga-me o que eu quero saber, e deixo você partir — falou Sir Richard.

Um olhar desconfiado partiu dos olhos de Jimmy.

— Traição, hã? Benza Deus, não tenho nada para contar ao senhor!

— Talvez as coisas fiquem mais fáceis para você se eu lhe informar que já estou ciente de que andou trabalhando numa... parceria um tanto incômoda... com o Sr. Horace Trimble.

— Capitão Trimble — corrigiu Jimmy.

— Devia duvidar disso. Ele, suponho, é o... hã... camarada experiente... a quem o senhor se referiu ontem à noite.

— Não nego.

— Além de tudo — disse Sir Richard —, os dois estavam trabalhando para um jovem cavalheiro acintosamente gago. Ah, para o Sr. Brandon, para ser preciso.

Jimmy tinha mudado de cor.

— O senhor está plantando verde para colher maduro! — resmungou. — O senhor é esperto demais para mim, entende? Que me dane se eu sei o que o senhor está falando!

— Não precisa se preocupar com isso. Pense bem, Sr. Yarde! Prefere ser entregue ao capitão Trimble, ou prefere ir como chegou: através daquela janela?

Jimmy sentou-se um pouco, ainda esfregando suavemente o pescoço e olhando de soslaio para Sir Richard.

— Que se danem todos os camaradas espertos! — exclamou finalmente. — Vou contar a história toda. Não sou salteador, entende? O que o *senhor* chama de assaltante de estrada. Não é disso que eu vivo: sou batedor de carteiras habilidoso. Talvez tenha roubado diligências uma vez ou outra, mas nunca foi meu negócio, não até que certo cavalheiro, que nós conhecemos, me tentou. Antes não tivesse aceitado, entende? Quinhentos guinéus foi o que me prometeu, mas não vou conseguir nem um vintém! Ele é um gago esquisito, aquele cavalheiro! Ele é mau, chefe, pode apostar seu último tostão nisso!

— Eu sei. Continua.

— Tinha uma dama velha indo para Bath, entende, Deus me perdoe, mas era a própria mãe dele! Agora, é o tipo de coisa de que eu não gosto, mas não é da minha conta. Eu e o capitão Trimble paramos a carruagem perto de Calne, ou por ali. O colar estava escondido num lugar atrás de uma das almofadas... ah, e era coisa fina, todas feitas de seda vermelha!

— O Sr. Brandon sabia deste esconderijo, e contou?

— Pelo amor de Deus, não fez nada disso, chefe! Tivemos de roubar o colar e nos escafeder, entende?

— Não muito bem.

— Fugir o mais depressa possível. Agora, eu não gosto de violência, de jeito nenhum, nem o rapazinho gago. Mas o capitão Trimble sacou as armas, e um dos batedores levou chumbo no braço. Enquanto o capitão estava ameaçando os camaradas com as armas, eu saltei para a carruagem... abri a porta... e encontrei duas damas, num acesso de gritos de despertar toda a vizinhança. Não tirei nada a não ser o colar, entende? Sou um batedor de carteiras, e isso não é minha especialidade. Não gosto disso. Nós fomos embora, e o capitão Trimble enfiou o revólver na minha barriga, e disse para eu entregar o colar. Bem, eu fiz assim. Sou um bom batedor de carteiras. Não gosto de violência. Agora, o negócio é que pegamos os brilhantes para aquele jovem ladrãozinho, que estava dando cobertura lá, com um rapazinho comum, que conheceu em Oxford. Era tudo trapaça, então! Mas eu sou esperto, entende? Para mim parecia que eu estava trabalhando com gente treinada, e se ele fugisse com os diamantes, o que eu achava que ia fazer, o jovem não ia me pagar o que devia. Eu garfei o camarada. Bristol é o meu lugar, pensei, e peguei a mesma diligência em que o senhor e seu sobrinho estavam viajando. Quando o detetive de Bow Street chegou, pensei: tem uma armadilha para mim, e eu arrumei um cúmplice, como o senhor diria.

— Você colocou o colar no bolso do meu sobrinho?

— Isso mesmo, chefe. Nenhum polícia ia suspeitar de um jovem como aquele, eu acho. Mas o senhor e ele fugiram para lugar desconhecido, e eu vim para este lugar. Ah, eu sabia que o senhor era um camarada esperto! Por isso tomei informações, entende?

— Não.

— Passei os olhos pela casa — disse Jimmy, impaciente. — Eu vi o seu jovem exatamente nesta janela... eu devia ter lembrado que o senhor é um cara esperto, chefe.

— Devia mesmo. Entretanto, você me disse o que eu queria saber e está em liberdade para... hã... se escafeder.

— Falou como um camarada vivo que o senhor é! — falou Jimmy roucamente. — Estou partindo! E nada de ressentimentos!

Não demorou muito para sair pela janela. Acenou com impudência, alegre, e desapareceu do campo de visão do dândi.

Sir Richard despiu-se e foi para a cama.

De manhã, o criado, que trouxe o paletó azul e as botas altas, ficou um pouco surpreso ao descobrir que tinha trocado de quarto com o suposto sobrinho, mas aceitou a explicação de que não tinha gostado do cômodo original só com um dar de ombros. Sabia que os nobres eram cheios de caprichos e esquisitices.

Sir Richard examinou através do monóculo o sobretudo que tinha mandado passar e ficou certo de que tinham passado o melhor possível. A seguir, dirigiu o monóculo para as botas altas e suspirou. Mas quando lhe perguntaram se estava faltando alguma coisa, ele disse "Não, nada"; era bom que um homem se afastasse vez ou outra da civilização.

As botas altas estavam lado a lado, brilhantemente pretas e sem uma partícula de pó ou lama. Sir Richard balançou a cabeça tristemente e suspirou de novo. Estava sentindo falta do criado, Biddle, em cujo cérebro criativo estava o segredo de engraxar as botas de modo que se pudesse ver o rosto refletido nelas.

Mas, no momento em que desceu a escada, qualquer pessoa que não conhecesse a arte de Biddle acharia que a aparência de Sir Richard deixava muito pouco a desejar. Não havia rugas no paletó azul, a gravata receberia a aprovação do próprio Sr. Brummell, e o cabelo estava escovado naquele estado de desordem habilidosa conhecido como estilo à ventania.

Quando atingiu a curva da escada, ouviu a Srta. Creed trocando cumprimentos amáveis com um estranho. A voz do estranho traiu-lhe a identidade para Sir Richard, cujos olhos conseguiram, apesar de toda a sonolência, dar uma boa olhada no capitão Trimble.

Sir Richard desceu o último lance de modo descansado e interrompeu as observações inofensivas da Srta. Creed, dizendo no tom mais lânguido:

— Meu bom menino, gostaria que você não conversasse com estranhos. É um hábito lamentável. Livre-se dele, suplico!

Pen voltou o olhar, surpresa. Ocorreu-lhe que não sabia que seu protetor podia parecer tão arrogante, ou parecer... sim, tão intoleravelmente orgulhoso!

O capitão Trimble virou-se também. Era um homem corpulento, com um tipo de aparência boa, grosseira, portentosa, e um gosto bem extravagante de se vestir. Falou jovialmente:

— Ah, não me importo que o rapaz converse comigo!

Sir Richard procurou o monóculo e levantou-o. Dizia-se nos círculos *haut-ton* que as duas armas mais mortais contra todas as formas de pretensão eram a sobrancelha levantada do Sr. Brummell e o monóculo de Sir Richard Wyndham. O capitão Trimble, embora insensível, não teve nenhuma dúvida de sua mensagem frustrante. As faces ficaram escuras, e as mandíbulas começaram a projetar-se beligerantemente.

— E quem pode ser o senhor, meu belo dândi? — inquiriu ele.

— Eu posso ser inúmeras pessoas diferentes — respondeu Sir Richard arrastando as palavras.

Os olhos de Pen ficavam cada vez mais arregalados, porque lhe parecia que este novo Sir Richard arrogante estava tentando deliberadamente provocar o capitão Trimble a fim de discutir com ele.

Por um momento dava a impressão de estar conseguindo. O capitão Trimble avançou, com os punhos cerrados e um olhar horrível. Mas, assim que estava prestes a falar, sua expressão mudou, ele parou os passos e exclamou:

— O senhor é o Belo Wyndham! Bem, estou perdido!

— A expectativa — falou Sir Richard, aborrecido — me deixa impassível.

Ao descobrir a identidade de Sir Richard, o desejo de engalfinhar-se com ele deu a impressão de ter sumido no capitão. Deu uma gargalhada um tanto fingida e disse que não se sentia ofendido.

O monóculo estava assestado para o seu colete. Um estremecimento abalou visivelmente Sir Richard.

— O senhor errou... creia-me, o senhor errou, senhor. Este colete em si é uma ofensa.

— Ah, eu conheço os dândis! — disse o capitão, de modo brincalhão. — São cheios de extravagâncias. Mas não discutiremos a respeito de uma coisa assim. Ah, não!

O monóculo caiu.

— Os coletes andam me assombrando — queixou-se Sir Richard. — Havia alguma coisa com listras em Reading, horrível para qualquer pessoa de gosto. Havia um pesadelo cor de mostarda em... foi em Worxham? Não. Calculo, se não me falha a memória, que em Wroxham vi um terrível desastre de pele de gato com botões de estanho. O pesadelo cor de mostarda veio depois. E agora, para coroar tudo...

— Pele de gato? — interrompeu o capitão Trimble, os olhos intensamente fixos naquele rosto desdenhoso. — O senhor disse pele de gato?

— Por favor, não fique repetindo isso! — falou Sir Richard. — Só de pensar nisso...

— Escuta, senhor, eu mesmo, por falar nisso, ando interessado no colete de pele de gato! E o senhor tem certeza de que foi em Wroxham que o viu?

— Um colete de pele de gato a caminho de Bristol — informou Sir Richard, sonhador.

— Bristol! Diabos, nunca pensei... eu lhe agradeço, Sir Richard! Eu lhe agradeço muito mesmo! — disse o capitão Trimble, e dirigiu-se à passagem que levava ao pátio do estábulo nos fundos da hospedaria.

Sir Richard viu-o ir embora, um sorriso pálido, doce nos lábios.

— Agora sim! — murmurou. — Um cavalheiro impetuoso, eu temo. Que sirva de lição para você, fedelho, não confiar tanto em estranhos.

— Eu não confiei! — falou Pen. — Eu simplesmente...

— Mas ele confiou — disse Sir Richard. — Poucas palavras ao acaso deixei escapar da boca, e nosso conhecido confiante já está pedindo o seu cavalo. Eu quero meu desjejum.

— Mas por que você o mandou para Bristol? — indagou Pen.

— Bem, queria me livrar dele — replicou ele, entrando na sala de estar.

— Achei que você estava querendo provocar uma discussão com ele.

— Eu estava, mas infelizmente ele me reconheceu. Uma pena. Teria sido um grande prazer para mim tê-lo posto para dormir. Entretanto, ouso afirmar que tudo acabou da melhor maneira. Teria sido obrigado a amarrá-lo em algum lugar, o que teria sido uma inutilidade, e podia me levar a complicações futuras. Por falar nisso, vou ser obrigado a deixar você por um pequeno espaço de tempo esta manhã.

— Por favor, senhor, pare de ser provocador! — suplicou Pen. — Você viu Jimmy Yarde ontem à noite, e o que aconteceu?

— Ah, vi! Realmente, acho que não aconteceu nada especificamente interessante.

— Ele não tentou assassiná-lo?

— Nada tão estimulante. Tentou simplesmente recuperar os brilhantes. Quando ele... há... não conseguiu isso, tivemos uma conversinha, depois ele foi embora da hospedaria, tão discretamente como entrou.

— Pela janela, você quer dizer. Bem, estou satisfeita que você tenha deixado que ele fosse embora, porque não podia deixar de gostar dele. Mas o que vamos fazer agora, se me faz o favor?

— Agora vamos eliminar Beverley — replicou Sir Richard, trinchando o presunto.

— Ah, o homem gago! Como é que faremos isso? Ele parece bastante desagradável, mas não acho que devamos eliminá-lo de modo muito duro, não acha?

— De modo algum. Deixe o assunto nas minhas mãos, e eu cuidarei disso. Ele será eliminado sem a menor dor ou inconveniência para qualquer pessoa.

— É, mas ainda temos o colar — lembrou Pen. — Acho que antes de cuidarmos de mais qualquer coisa deveríamos nos livrar dele. Imagine só se você for encontrado com ele no bolso!

— Tem razão. Mas já tratei disso. O colar pertence à mãe de Beverley, e ele o restituirá a ela.

Pen descansou a faca e o garfo.

— Então isso explica tudo! Achava que o gago tinha mais a ver com aquilo do que o senhor me diria. Suponho que ele tivesse contratado Jimmy Yarde, e aquela outra pessoa, para roubar o colar. — Franziu a testa. — Não desejo dizer coisas desagradáveis a respeito de seus amigos, Richard, mas me parece muito errado da parte dele... muito impróprio!

— Demais — concordou ele.

— Até mesmo *covarde*!

— Acho que devemos chamar isso de covardia.

— Bem, é o que me parece. Vejo que há muita coisa verdadeira no que tia Almeria diz. Ela acha que existem muitos perigos ocultos na sociedade.

Sir Richard balançou a cabeça com tristeza.

— Ai de mim, é bem verdadeiro!

— E vício — disse Pen, horrorizada. — Depravação e extravagância, você sabe.

— Eu sei.

Ela pegou novamente a faca e o garfo.

— Deve ser muito estimulante — disse ela com inveja.

— Longe de mim destruir-lhe as ilusões, mas acho que devo informar que roubar os brilhantes da mãe não é prática comum dos integrantes do *haut-ton*.

— Claro que não. Eu sei *disso!* — falou Pen, com dignidade. Acrescentou em tom persuasivo: — Devo ir com você quando for encontrar o gago?

— Não — respondeu Sir Richard, sem esmiuçar o assunto.

— Achei que você ia dizer isso. Quem me dera que eu fosse homem mesmo.

— Ainda assim não a levaria comigo.

— Então você seria muito egoísta e desagradável, e também abominável! — declarou Pen sem rodeios.

— Acho que sou — refletiu Sir Richard, relembrando os sermões da irmã.

Os olhos grandes suavizaram-se num instante, e enquanto esquadrinhavam o rosto de Sir Richard um rubor leve subiu pelo rosto de Pen. Curvou a cabeça para o prato outra vez, dizendo numa vozinha mal-humorada:

— Não, você não é. É muito bom e prestativo, e eu sinto muito ter implicado com você.

Sir Richard a observou. Deu a impressão de estar prestes a falar, porém ela o impediu, acrescentando vivamente:

— E quando eu contar a Piers como cuidou bem de mim, ele lhe ficará muito agradecido, asseguro-lhe.

— Ficará? — disse Sir Richard da maneira mais seca. — Temo que estivesse esquecendo Piers.

VII

O bosquezinho na estrada a que Beverley se referiu ao marcar o encontro com o capitão Trimble não foi difícil de localizar. Uma pergunta indiferente feita aos cavalariços forneceu a informação de que fazia parte das terras de Crome Hall. Deixando Pen para manter vigilância em indícios de uma possível invasão de seus parentes, Sir Richard partiu pouco antes das onze horas, para tomar o lugar do capitão Trimble no encontro. O capitão impetuoso tinha na realidade pedido o cavalo e partido na direção de Bristol, com a maleta atada à sela. Pagara as despesas, por isso dava a impressão de não pretender voltar a Queen Charlton.

Ao fim de dez minutos de caminhada, Sir Richard alcançou os arredores do bosquezinho. Uma falha na cerca mostrou-lhe um atalho muito usado através da mata, e ele o seguiu, satisfeito por estar protegido do sol forte. O caminho levava a uma pequena clareira, onde um riachinho corria entre moitas de rododendros silvestres em plena floração. Ali um jovem de constituição fina, vestido na última moda, fustigava os ramos vermelhos das flores silvestres. As pontas do colarinho eram tão monstruosas que quase o impediam de virar a cabeça, e o paletó caía-lhe tão justo que dava a ideia de que provavelmente fora necessário o esforço combinado de três homens fortes para vesti-lo nele. Calças muito apertadas de um tom claro de castanho cobriam-lhe as pernas bastante esguias, e um par de botas hessenas enfeitadas zombavam do ambiente silvestre.

O honorável Beverley Brandon não era diferente de sua irmã Melissa, mas a pureza dos traços clássicos era estragada por uma compleição lívida e uma fraqueza em torno da boca e do queixo de que Melissa não compartilhava. Virou-se quando ouviu o som de passos que se aproximavam e avançou, apenas para ser logo tomado pela visão, não da imagem maciça do capitão Trimble, mas pela de um cavalheiro alto, bem constituído, a quem não teve a menor dificuldade em reconhecer como seu futuro cunhado.

Deixou a bengala de junco cair subitamente dos dedos sem vigor. Os olhos claros encararam Sir Richard.

— Q-q-que, d-diabo? — gaguejou.

Sir Richard avançou sem pressa pela clareira.

— Bom dia, Beverley — cumprimentou-o, com a voz agradável, arrastada.

— O q-que *você* está fazendo aqui? — inquiriu Beverley, as suposições mais loucas passando uma após outra por sua cabeça.

— Ah, apreciando o tempo, Beverley, apreciando o tempo! E você?

— Estou passando uns tempos com um amigo. C-colega que conheci lá em Oxford!

— É mesmo? — O monóculo de Sir Richard passou pela clareira, como se procurasse o anfitrião do Sr. Brandon. — Um lugar maravilhoso para um encontro! Pode-se quase suspeitar que você ia ter um compromisso com alguém!

— N-nada disso! Estava a-apenas tomando ar!

O monóculo estava assestado para ele. O olho fraco de Sir Richard examinava-o.

— Fazendo o campo passar vergonha, Beverley? Estranho que você, que dá tanta importância à aparência, devesse alcançar resultados tão lamentáveis! Agora, Cedric não liga nem um pouco para a dele, mas... hã... sempre tem a aparência de um cavalheiro.

— Você tem uma língua d-desgraçadamente desagradável, Richard, m-mas não precisa achar que aguento isso s-só porque você me conhece há a-anos!

— E como — indagou Sir Richard, levemente interessado — você pretende dobrar-me a língua?

Beverley olhou-o fixamente. Sabia tão bem quanto o capitão Trimble que a aparência lânguida e bem-vestida de Sir Richard era um engodo; que ele treinava boxe regularmente com o cavalheiro Jackson, e era conhecido como o melhor peso pesado amador da Inglaterra.

— O q-que você está f-fazendo aqui? — repetiu francamente.

— Estou aqui para cumprir o compromisso de seu amigo Trimble com você — respondeu Sir Richard, tirando uma lagarta da manga. Ignorando o palavrão assustado do Sr. Brandon, acrescentou: — O capitão Trimble... por falar nisso, você tem de me contar qualquer dia onde ele adquiriu este título inverossímil... viu-se obrigado a partir para Bristol hoje de manhã. Uma pessoa bastante apressada, vai acabar no inferno.

— S-seu desgraçado, Richard, você quer dizer que o mandou embora! O q-que você sabe a respeito de Trimble, e por que...?

— É, temo que algumas palavras minhas ao acaso talvez o tenham influenciado. Existe um homem usando um colete de pele de gato... ai de mim, parece que há uma maldição fatal ligada a coletes! Você está muito pálido, Beverley.

Realmente o Sr. Brandon tinha empalidecido. Ele gritou:

— P-pare com isso! Então Yarde fugiu, n-não é? Bem, o q-que, d-diabos, você tem com isso, hã?

— Altruísmo, Beverley, puro altruísmo. Entenda, seu amigo Yarde... você sabe, não posso cumprimentá-lo pelas ferramentas que escolhe... ele providenciou para que os brilhantes Brandon ficassem comigo.

O Sr. Brandon mostrava estar estupefato.

— Entregou-os a *você?* Yarde f-fez isso? M-mas como é que você s-sabia que estavam com ele? Como é que você p-podia ter sabido?

— Ah, eu não sabia! — respondeu Sir Richard, cheirando rapé.

— M-mas se você não sabia, por que o o-obrigou a... ah, o que, d-diabos, tudo isso significa?

— Você entendeu mal, meu caro Beverley. Eu não o obriguei. Na verdade, fui parceiro do crime sem querer. Talvez devesse explicar que o Sr. Yarde estava sendo perseguido por um detetive de Bow Street.

— Um detetive! — O Sr. Brandon começou a parecer trêmulo. — Quem o alertou? M-mas que diabo, eu...

— Não tenho ideia. Possivelmente seu respeitável pai, possivelmente Cedric, hã... botou-o na busca. Tenho esse direito?

— Como é que, diabos, eu vou saber? — atalhou Brandon.

— Você deve me perdoar. Você me dá a impressão de ser íntimo de... hã... ladrões e... hã... fanfarrões, que presumi que você também fosse entendido em hipocrisia de ladrões.

— N-não fique falando de ladrões! — disse Beverley, batendo os pés.

— É uma palavra feia, não é? — concordou Sir Richard.

Beverley rilhou os dentes, mas disse numa voz esbravejante:

— Muito bem! Eu p-passei mesmo a mão no maldito colar! Se você q-quer saber, estou acabado, arruinado! Mas você n-não precisa assumir este tom de sermão comigo! Se eu n-não o vender, meu pai vai fazê-lo bem depressa!

— Não duvido de você, Beverley, mas devo chamar sua atenção para o fato de ter esquecido uma circunstância de somenos importância na sua explicação tão interessante. O colar pertence a seu pai.

— C-considero-o propriedade da família. É loucura mantê-lo estando t-todos encalacrados! Diabos, fui forçado a-a passar a mão na coisa! *Você* não sabe o q-que é estar nas m-mãos dos m-malditos agiotas! Se o v-velho tivesse morrido, isto não teria acontecido! Eu disse a ele há um m-mês que não tinha nenhum tostão, mas a raposa velha c-começou a fazer sermão. Eu te digo, não tenho r-remorso! Ele me passou um sabão como se ele mesmo não estivesse com a espada na cabeça, o que, por Deus, está! O jogo de f-faraó tem sido *sua* ruína; e-eu mesmo prefiro m-me perder com os d-dados. — Deu uma gargalhada nervosa e subitamente sentou-se num toco de árvore abatida, coberto de musgo, e enterrou o rosto nas mãos.

— Você está esquecendo mulheres, vinho e cavalos — disse Sir Richard sem se emocionar. — Tudo isso também desempenhou um papel bastante considerável neste seu progresso dramático. Há três anos você estava mais uma vez arruinado. Esqueci o que custou tirar você dos apertos, mas parece que me lembro bem de que você deu sua palavra que não ia cair outra vez em... hã... tantos excessos.

— Bem, n-não estou esperando que *você* me tire do aperto d-desta vez — falou Beverley, mal-humorado.

— Qual é a soma? — perguntou Sir Richard.

— Como é que vou saber? N-não sou um desgraçado funcionário de banco! D-doze mil mais ou menos, ouso afirmar. Se você não tivesse estragado meu j-jogo, eu p-poderia ter acertado tudo.

— Você se ilude. Quando encontrei seu amigo Yarde, ele estava fugindo para a costa com os brilhantes no bolso.

— Onde estão agora?

— No meu bolso — falou Sir Richard friamente.

Beverley levantou a cabeça.

— Escuta, Richard, você não é m-mau camarada! Quem precisa saber que você algum dia esteve com os b-brilhantes nas mãos? Não é da sua conta: dê-m-me, e esquece todo o resto! Eu juro que n-nunca vou pronunciar uma p-palavra para ninguém!

— Sabe, Beverley, que você me deixa enojado? Quanto a entregar a você os brilhantes, tinha vindo aqui com este fim exato.

Beverley estendeu a mão.

— N-não me importo com o que você pense de m-mim! Passe apenas o c-colar!

— Certamente — disse Sir Richard, tirando do bolso a bolsa de couro. — Mas você, Beverley, vai devolvê-los para sua mãe.

Beverley fixou-lhe os olhos.

— Quero me d-danar se eu devolver! Seu idiota, como é que eu posso?

— Você pode arquitetar uma história plausível se quiser: me proponho até a me empenhar para te dar o meu apoio. Mas você devolverá o colar.

Um leve sarcasmo desfigurou o rosto de Beverley.

— Ah, e-exatamente como você q-quer! Passa isso para cá!

Sir Richard atirou a bolsa nele.

— Ah, Beverley! Talvez eu deva esclarecer que se, quando eu voltar para a cidade, isso não tiver sido devolvido a Lady Saar, serei obrigado a... hã... denunciar você.

— Você não faria isso! — falou Beverley, enfiando a bolsa num dos bolsos internos. — C-comportamento muito conveniente para um cunhado!

— Mas eu não sou seu cunhado — informou Sir Richard gentilmente.

— Ah, n-não precisa pensar que eu não sei que você v-vai se casar com Melissa! Nossos escândalos serão os seus também. Acho que você v-vai manter a b-boca calada.

— Sinto muito desapontar suas expectativas, mas não tenho a menor intenção de me casar com sua irmã — disse Sir Richard, pegando outra pitada de rapé.

Beverley ficou de queixo caído.

— Você não quer dizer que ela n-não vai ser sua mulher, não é?

— Bom, é isso mesmo que eu quero dizer.

— M-mas estava tudo tão certo!

— Não para mim, acredite.

— Com os d-diabos! — exclamou Beverley, sem expressão.

— Como você vê — prosseguiu Sir Richard —, não teria o menor remorso de informar Saar deste episódio.

— Você não me denunciaria a meu pai! — gritou Beverley, saltando do toco de árvore.

— Isso, meu caro Beverley, fica inteiramente por sua conta.

— Mas, que se d-danem, h-homem, *não posso* devolver os brilhantes! Eu te digo, estou a-arruinado, completamente afundado!

— Calculo que me casar com alguém de sua família haveria de me custar consideravelmente mais do que doze mil libras. Estou pronto para saldar suas dívidas... ah, pela última vez, Beverley!

— D-diabolicamente bondoso de sua parte — murmurou Beverley. — D-dê-me o dinheiro, e eu acerto tudo eu mesmo.

— Temo que suas relações com o capitão Trimble o levassem a creditar aos outros a confiança dele. Eu sinto muito, não tenho nenhuma confiança na sua palavra. Você pode mandar um balanço de suas dívidas para minha casa. Acho que é só... exceto que você será chamado a Londres repentinamente, e vai deixar Crome Hall, se for esperto, o mais tardar amanhã de manhã.

— Maldito seja, n-não vou receber ordens de v-você! Vou embora q-quando quiser!

— Se não quiser fazer isso de manhã, partirá sob a custódia de um detetive de Bow Street.

Beverley ficou rubro.

— Por D-Deus, você pagará por isso, Richard!

— Mas não, se eu te conheço, antes de saldar suas dívidas — disse Sir Richard, virando-se nos calcanhares.

Beverley ficou imóvel, observando-o afastar-se pelo caminho, até que a vegetação mais alta o tirou do campo de visão. Foi depois de vários minutos que lhe ocorreu que, embora Sir Richard tivesse sido desagradavelmente franco sobre alguns assuntos, não tinha revelado como ou por que estava em Queen Charlton.

Diante disso, Beverley franziu as sobrancelhas. Claro que Sir Richard poderia estar visitando amigos nos arredores, mas a não ser casas que pertenciam a uma ou outra herdeira, Crome Hall era a única propriedade rural de tamanho razoável por vários quilômetros. Quanto mais Beverley pensava no assunto, mais inexplicável se tornava a presença de Sir Richard naquele lugar. De um tipo de curiosidade soturna, passou facilmente para uma disposição da suspeita, e começou a pensar que havia algo muito estranho nesse caso todo, e não era de admirar que algum lucro pudesse ser tirado disso.

Não se sentia nem um pouco agradecido a Sir Richard por ter prometido pagar-lhe as dívidas. Certamente queria calar os credores mais vorazes, mas achava um desperdício idiota de dinheiro saldar qualquer conta que possivelmente pudesse ser adiada para uma data posterior. Além do mais, o simples pagamento das dívidas não lhe ia encher os bolsos, e era difícil prever como iria continuar a levar a vida da maneira como estava acostumado.

Tirou o colar e o observou. Era um espécime singularmente excelente da arte da joalheria, e várias pedras eram de tamanho incrível. Talvez valesse duas vezes doze mil libras. Claro que não achava fácil obter o valor real da peça roubada, mas ainda que tivesse sido forçado a vendê-la por aproximadamente vinte mil libras, ainda lhe restariam oito mil libras no bolso, porque não havia mais a menor necessidade de dividir os lucros com Horace Trimble. Trimble, pensou Beverley, tinha abandonado o caso e não merecia nada. Se ao menos Richard pudesse ser silenciado, Trimble nunca precisaria saber que o colar tinha sido recuperado das mãos de Jimmy Yarde, e podia ser vendido para a vantagem da única das três pessoas implicadas no roubo que tinha direitos reais sobre ele.

Quanto mais refletia sobre isso, e quanto mais admirava os diamantes, mais firme se tornava a convicção de que Sir Richard, em vez de ajudá-lo nas dificuldades financeiras, na realidade o tinha roubado em oito mil libras, se não fosse mais. Um sentimento ardente de ofensa tomou conta dele, e se pudesse ter prejudicado Sir Richard naquele momento, sem se incriminar, certamente teria agarrado a oportunidade com unhas e dentes.

Mas sem vontade de ficar esperando por ele, e atirar nele, parecia que não havia nada que pudesse fazer a Richard, com vantagem; e embora ficasse muito satisfeito se tivesse recebido a notícia da morte repentina de Richard, e tivesse pensado nisso, com bastante sinceridade, um julgamento a seu favor, suas inclinações assassinas eram limitadas, para lhe fazer justiça, a um desejo violento de que Richard caísse de uma janela e quebrasse o pescoço, ou se encontrasse com um assaltante de estrada armado e fosse sumariamente assassinado. Ao mesmo tempo, sem dúvida, havia alguma coisa estranha a respeito de Richard estar numa aldeia remota, e podia valer a pena descobrir o que o trouxera a Queen Charlton.

Nesse meio-tempo, Sir Richard voltava para a aldeia, chegando à hospedaria The George a tempo de ver uma parelha de cavalos suados sendo conduzidos ao estábulo e um cabriolé ser arrastado para um canto do pátio espaçoso. Estava, portanto, completamente preparado para encontrar estranhos na hospedaria, e qualquer dúvida a respeito da identidade foi sanada ao pôr o pé no vestíbulo da entrada e perceber uma matrona com uma fronte imponente, sentada num dos assentos de carvalho e abanando vigorosamente o rosto afogueado. A seu lado, estava um jovem cavalheiro de compleição forte com o cabelo volumoso escovado para cima caindo na testa. Tinha olhos um tanto redondos de cor indefinida, e quando visto de perfil mostrava uma semelhança clara a um badejo.

A mesma semelhança infeliz era observada, embora em grau menos pronunciado, na Sra. Griffin. A dama, cuja constituição física era de linhas maciças, parecia estar sofrendo com o calor. Possivelmente, o traje de viagem de cetim roxo, debruado com uma quantidade de tafetá e usado sob uma jaqueta e um manto volumoso de merinó, devesse ter contribuído para o desconforto. Os cachos estavam confinados num gorro e sobre ele usava um chapéu de palha, com uma quantidade de plumas suficiente para lembrar forçosamente a Sir Richard um carro fúnebre. O proprietário estava de pé em frente a ela numa atitude preocupada e, quando Sir Richard entrou no vestíbulo, ela falou em tons fortemente resolutos:

— O senhor está me enganando! Exijo que este... este jovem seja trazido à minha presença!

— Mas, mamãe! — disse o rapaz atarracado, infeliz.

— Cale-se, Frederick! — ordenou a matrona.

— Mas pense, mamãe! Se o... jovem de que o hospedeiro fala está viajando com o tio, não é possível que seja... minha prima, é?

— Não acredito em uma palavra que este homem diz! — declarou a Sra. Griffin. — Não me admiraria que tivesse sido subornado.

O hospedeiro disse lentamente que ninguém o tinha subornado.

— Psiu! — fez a Sra. Griffin.

Sir Richard achou que era hora de chamar a atenção para sua própria presença. Avançou na direção da escada.

— Aqui está o cavalheiro! — disse o dono, com grande alívio. — Ele mesmo vai lhe dizer que eu lhe falei a verdade, minha senhora.

Sir Richard fez uma pausa e relanceou os olhos, com as sobrancelhas erguidas, da Sra. Griffin para o filho, e deste para o proprietário.

— Desculpem-me — falou com a voz arrastada.

A atenção dos Griffin instantaneamente se focalizou nele. Os olhos do cavalheiro estavam concentrados na gravata; a senhora, percebendo o ar de elegância, estava claramente abalada.

— Se Vossa Senhoria me faz o favor! — disse o hospedeiro. — A dama, senhor, veio em busca de um jovem cavalheiro, que fugiu do colégio, ele é pupilo dela. Já disse a ela que não tenho nenhum cavalheiro jovem na casa, a não ser o sobrinho de Vossa Senhoria, e ficaria satisfeito se confirmasse o que eu disse, senhor.

— Realmente — falou Sir Richard, aborrecido —, eu não sei quem esteve hospedado nesta casa além de meu sobrinho e eu.

— A pergunta é: o senhor *tem* um sobrinho? — inquiriu a Sra. Griffin.

Sir Richard levantou o monóculo, examinou-a através dele e curvou-se ligeiramente.

— Tinha a impressão de que tinha um sobrinho, minha senhora. Posso perguntar de que maneira ele lhe interessa?

— Se ele *for* seu sobrinho, não tenho nenhum interesse nele, qualquer que seja — declarou a matrona, com simpatia.

— Mamãe! — sussurrou o filho, angustiado. — Contenha-se, eu lhe suplico! Um estranho! Nenhuma prova! Tenha mais discrição!

— Estou bastante enfurecida! — disse a Sra. Griffin, vertendo lágrimas.

Isso fez com que o proprietário saísse da sala e o Sr. Griffin se agitasse. Entre tentar acalmar a mãe e se desculpar do comportamento estranho diante do desconhecido elegante, ficou mais nervoso do que nunca e mergulhou num atoleiro de frases incompletas. O olhar de espanto no rosto de Sir Richard, o aborrecido levantar das sobrancelhas, deixou-o bastante atrapalhado, e terminou dizendo:

— A verdade é que minha mãe está tristemente esgotada!

— Traíram a minha confiança! — interpôs a Sra. Griffin, levantando o rosto do lenço encharcado.

— Foi, mamãe: exatamente assim! Traíram-lhe a confiança senhor, através... através da conduta chocante de meu primo, que...

— Era um lobo em pele de cordeiro! — falou a Sra. Griffin.

— Isso mesmo, mamãe. Um lobo... bom, na verdade, não é bem isso, mas foi muito ruim, mas muito constrangedor para uma dama de sensibilidade frágil!

— A minha vida inteira — declarou a Sra. Griffin — estive cercada por ingratidão.

— Mamãe, a senhora não pode estar cercada por... e de qualquer maneira, a senhora sabe que não é assim! Acalme-se, por favor! Rogo-lhe que seja indulgente, senhor. As circunstâncias são muito estranhas, e o comportamento de meu primo provocou um efeito violento em minha pobre mãe que... breve...

— O pior de tudo foi a maneira inadequada com que foi feito! — disse a Sra. Griffin.

— É exatamente assim, mamãe. Entende a maneira inadequada, senhor... quero dizer, minha mãe está um tanto fora de si.

— Nunca mais — anunciou a matrona — vou andar de cabeça erguida outra vez! Creio que esta pessoa está mancomunada com ela!

— Mamãe, eu lhe imploro com a maior veemência...!

— Ela? — repetiu Sir Richard, aparentemente constrangido.

— Ele! — corrigiu o Sr. Griffin.

— O senhor deve me perdoar se não o entendo perfeitamente — disse Sir Richard. — Compreendo que... há... perderam um jovem, e vieram...

— É isso mesmo, senhor! Perdemos... pelo menos, não, não, não o perdemos, claro!

— Fugiu! — proferiu a Sra. Griffin, emergindo do lenço por um breve instante.

— Fugiu — confirmou o filho.

— Mas de que maneira — indagou Sir Richard — isso tem a ver comigo, senhor?

— De maneira nenhuma, senhor, asseguro-lhe! Não acalento nenhuma suspeita, dou-lhe minha palavra!

— Que suspeita? — perguntou Sir Richard, ainda mais constrangido.

— Nenhuma, senhor, nenhuma, absolutamente! Era exatamente isso que eu estava dizendo. Não tenho nenhuma suspeita...

— Mas eu tenho! — disse a Sra. Griffin, em tons muito mais severos. — Acuso o senhor de me esconder a verdade!

— Mamãe, pensa! A senhora não pode... a senhora sabe que não pode insultar este cavalheiro insinuando...

— Ao executar meu dever não há nada que eu não possa fazer! — respondeu a mãe nobremente. — Além disso, eu não o conheço. Desconfio dele.

O Sr. Griffin virou-se arrasado para Sir Richard:

— Está vendo, senhor, minha mãe...

— Desconfia de mim — concluiu Sir Richard.

— Não, não, asseguro-lhe! Minha mãe está totalmente fora de si e praticamente não sabe o que está dizendo.

— Estou no mais perfeito uso de minhas faculdades, obrigada, Frederick! — falou a Sra. Griffin, ganhando forças.

— Claro, claro, mamãe! Mas a agitação... a agitação natural...

— Se ele está falando a verdade — interrompeu a Sra. Griffin —, que chame o sobrinho à minha presença!

— Ah, começo a entendê-la! — afirmou Sir Richard. — É possível, minha senhora, que a senhora suspeite de que meu sobrinho seja seu pupilo fugido?

— Não, não! — disse Griffin fracamente.

— Suspeito! — declarou a mãe.

— Mas mamãe, pense só o que uma ideia dessas pode implicar! — falou Griffin num frenesi distante.

— Posso acreditar qualquer coisa da parte daquela criatura desnaturada!

— Duvidaria muito de que meu sobrinho esteja em casa — observou Sir Richard friamente. — Ele estava interessado em passar o dia com amigos, num passeio. Entretanto, se ainda não tiver saído, hei de me esforçar para... hã... aliviar-lhe todas essas ansiedades do coração.

— Se ele tiver fugido para escapar de nós, hei de esperar que volte! — falou a Sra. Griffin. — Estou avisando!

— Admiro-lhe a resolução, minha senhora, mas devo chamar-lhe a atenção para o fato de suas andanças não serem de nenhum interesse possível para mim — retrucou Sir Richard, dirigindo-se para a campainha e sacudindo-a.

— Frederick! — chamou a Sra. Griffin. — Você pretende ficar aí ouvindo sua mãe ser insultada por quem suspeito fortemente seja um dândi?

— Mas mamãe, na realidade, não é da sua conta se ele o for!

— Talvez — replicou Sir Richard, em tom glacial — seja interessante que eu me apresente, minha senhora. Meu nome é Wyndham.

A Sra. Griffin recebeu a informação com todos os indícios de desdém, mas o efeito sobre o filho foi alarmante. Os olhos pareciam correr o perigo de saltar das órbitas; deu um passo à frente e exclamou em tom da mais profunda reverência:

— Senhor, é possível? Será que tenho a honra de me dirigir a Sir Richard Wyndham?

Sir Richard curvou-se ligeiramente.

— O famoso cavaleiro? — perguntou Griffin.

Sir Richard curvou-se novamente.

— O inventor do laço Wyndham? — prosseguiu o Sr. Griffin, quase conquistado.

Cansado de se curvar, Sir Richard confirmou:

— Sou.

— Senhor — disse o Sr. Griffin —, tenho um prazer enorme em conhecê-lo! Meu nome é Griffin!

— Prazer — murmurou Sir Richard estendendo-lhe a mão.

O Sr. Griffin apertou-a.

— Calculo que devia tê-lo reconhecido. Mamãe, estávamos muito enganados. Este não é ninguém mais do que Sir Richard Wyndham... amigo do Sr. Brummell, a senhora sabe! A senhora deve ter-me ouvido falar nele. É praticamente impossível que ele saiba por onde anda minha prima.

Ela deu a impressão de ter aceitado isto, embora com óbvia relutância. Olhou Sir Richard de cima a baixo com desaprovação e disse inesperadamente:

— Detesto profundamente todo tipo de dandismo, e sempre deploro a influência exercida pelos clubes de cavalheiro sobre os jovens de criação respeitável. Entretanto, se o senhor for realmente Sir Richard Wyndham, ouso afirmar que o senhor não se importaria de mostrar a meu filho como amarrar a gravata no que ele chama de laço Wyndham, de maneira que não precise mais estragar todas as gravatas do armário antes de conseguir um resultado que eu classifico como lamentável.

— Mamãe! — sussurrou o infeliz Sr. Griffin. — Por favor!

A entrada de um criado atendendo o chamado da campainha veio interromper a conversa oportunamente. Ao ser solicitado a verificar se o sobrinho de Sir Richard estava na casa, foi capaz de replicar que o jovem cavalheiro tinha deixado a hospedaria algum tempo antes.

— Então temo que não haja nada para a senhora a não ser esperar que ele volte — falou Sir Richard, dirigindo-se à Sra. Griffin.

— Não devíamos sonhar... mamãe, não pode haver dúvidas de que ela... ele... não veio para cá, afinal de contas. Lady Luttrell afirma não saber de nada, lembre-se, e *ela* certamente deveria ter sabido se minha prima tivesse vindo para estas paragens.

— Se eu pudesse pensar que ela tivesse ido para a casa da prima Jane, nem tudo estaria perdido! — falou a Sra. Griffin. — Entretanto, será possível? Temo pelo pior!

— Tudo isso é muito desconcertante — queixou-se Sir Richard. — Tinha a impressão de que este misterioso malandro fosse do sexo masculino.

— Frederick, meus nervos não podem mais aguentar! — disse a Sra. Griffin, pondo-se de pé. — Se você pretende me arrastar por toda a Inglaterra outra vez, devo insistir que primeiro me permitam a graça de meia hora de solidão!

— Mas mamãe, não fui eu que quis vir até aqui! — exprobou o Sr. Griffin.

Sir Richard voltou a tocar a campainha, desta vez pedia para que lhe mandassem uma criada de quarto. Neste momento a Sra. Griffin foi entregue aos cuidados de uma criada e deixou a sala majestosamente, pedindo água quente para se lavar, chá e um quarto decente.

O filho expeliu um suspiro de alívio.

— Devo pedir-lhe perdão, Sir Richard! O senhor deve me permitir que lhe peça desculpas!

— Nada, absolutamente — disse Sir Richard.

— Peço, peço, eu insisto! Um desentendimento tão infeliz! Devo uma explicação ao senhor! Um lapso da língua, o senhor sabe, minha mãe está agindo sob forte emoção e não presta muita atenção ao que diz. O senhor notou: na realidade, ninguém podia calcular diante de sua surpresa! A verdade triste é que meu primo não é um rapaz, mas... numa palavra, senhor... uma mocinha!

— Creia-me, Sr. Griffin, esta explicação é bastante desnecessária.

— Senhor — falou o Sr. Griffin honestamente —, devo valorizar sua opinião de homem experiente! Esconder é inútil: a verdade tem de ser descoberta no fim. O que, senhor, acharia de um membro do sexo frágil que usou o disfarce de homem e deixou o lar de sua protetora natural através de uma janela?

— Devia presumir — replicou Sir Richard — que ela possuía razões fortes para agir com tanta resolução.

— Ela não queria casar-se comigo — falou sombriamente o Sr. Griffin.

— Ah! — exclamou Sir Richard.

— Bem, estou certo de que não posso ver por que ela devia estar tão hostil em relação a mim, mas não é isso, senhor. O problema é que minha mãe está disposta a encontrá-la e fazer com que se case comigo, e assim abafar o escândalo. Mas, acima de tudo, eu não gosto. Se ela detesta tanto a ideia, eu acho que não devo me casar com ela, não acha?

— É lógico que acho!

— Devo dizer que estou muito contente por ouvir isso, Sir Richard! — disse o Sr. Griffin, muito animado. — Porque o senhor deve saber que minha mãe me vem dizendo desde ontem que devo me casar com ela, a fim de salvar-lhe o nome. Mas acho que muito provavelmente me tornaria muito pouco à vontade, e nada podia remediar isso, na minha opinião.

— Uma dama capaz de fugir pela janela disfarçada de homem é bastante provável que o fizesse mais do que infeliz — falou Sir Richard.

— É, embora seja apenas uma pirralha, o senhor sabe. Na verdade, ainda não saiu dos cueiros. Estou muito feliz por ter o benefício da sua opinião de homem experiente. Sinto que posso confiar no seu julgamento.

— No meu julgamento o senhor deve, mas em nada mais, asseguro-lhe — disse Sir Richard. — O senhor não sabe nada a meu respeito, afinal de contas. Como é que o senhor sabe que não estou escondendo sua prima?

— Rá-rá! Muito boa, eu lhe asseguro! Muito boa, mesmo! — disse o Sr. Griffin, fazendo um belo gracejo.

VIII

Os Griffin não deixaram Queen Charlton até que a tarde refrescasse, e na hora em que viu o cabriolé partir da hospedaria The George, Sir Richard já estava profundamente enjoado da companhia de um dos seus adoradores mais devotos. Não se via nenhum sinal de Pen, que sem dúvida fugira da casa quando os Griffin chegaram. Que tipo de alimentação tinha ingerido a fim de manter as forças durante um longo dia, Sir Richard não tinha meios de saber.

A Sra. Griffin, cambaleando escada abaixo para participar da refeição ligeira, encontrou o filho preso aos lábios aborrecidos de Sir Richard. Ao tomar conhecimento de que ele divulgara o segredo da identidade de Pen, a princípio mostrou uma tendência perigosa para desmaiar, mas tendo Sir Richard lhe servido um cálice de ratafia, recuperou-se o suficiente para despejar os erros nos ouvidos dele.

— O que me pergunto — disse dramaticamente — é o que aconteceu com essa menina maçante! Em que mãos pode ter caído? Vejo que o senhor, Sir Richard, é uma pessoa de sensibilidade. Calcule meus sentimentos! E se... eu disse, *se*... minha infeliz sobrinha tiver caído nas mãos de algum *homem*!

— Tem razão! — observou Sir Richard.

— Terá de se casar com ele. Quando penso nos cuidados, nas esperanças do carinho maternal que desperdicei... Mas é sempre assim! Não existe gratidão no mundo de hoje.

Com essa reflexão taciturna, pediu que preparassem o cabriolé a fim de levá-la imediatamente a Chippenham. Explicou que teria ficado em Queen Charlton para passar a noite, só que suspeitava dos lençóis.

Sir Richard, vendo-a partir, desceu a rua para esfriar a cabeça, com a intenção de pensar nas complicações de sua posição.

Foi enquanto estava ausente que a Srta. Creed e o honorável Beverley Brandon, aproximando-se da hospedaria The George por caminhos diferentes, mas igualmente circunspectos, encontraram-se cara a cara no vestíbulo da entrada.

Olharam-se. Alguns momentos de conversa com o taberneiro fizeram com que Beverley ficasse conhecedor de informações que ele achou suficientemente intrigantes para fazê-lo correr o risco de talvez encontrar o capitão Trimble quando este entrasse na hospedaria, e prosseguindo nas indagações a respeito de Sir Richard Wyndham. Este, dissera-lhe o taberneiro, estava hospedado ali com o sobrinho.

Agora, o sobrinho de Sir Richard, como Beverley sabia muito bem, era um jovem cavalheiro muito pequeno para usar calças. Não citou esta circunstância ao taberneiro, mas ao ouvir que o sobrinho misterioso em questão era um adolescente, empinou as orelhas e saiu da taberna para o salão principal da hospedaria.

Ali Pen, entrando cautelosamente vinda do quintal, veio direto ao encontro dele. Nunca tendo-lhe visto o rosto, não o reconheceu imediatamente, mas quando, depois de um olhar atento, ele se dirigiu a ela, falando com um ligeiro gaguejar: — M-muito prazer. Creio que o senhor d-deve ser o sobrinho de Wyndham — não teve dúvidas quanto à sua identidade.

Não era tola, percebeu logo que alguém, qualquer pessoa que conhecesse muito bem Sir Richard, deveria estar ciente de que não era seu sobrinho. Replicou, com cautela:

— Bem, eu o chamo de tio, porque ele é muito mais velho do que eu, mas na realidade somos apenas primos. Primos em terceiro grau — acrescentou, tornando o parentesco tão remoto quanto pôde.

Um sorriso que não lhe agradou muito fixou-se na boca bastante frouxa de Beverley. Mentalmente, passava em revista a família de Sir Richard, mas falou com grande afabilidade:

— Ah, é mesmo? E-encantado em conhecê-lo, s-senhor?

— Brown. — Prontamente Pen curvou-se, lamentando não ter arranjado um sobrenome menos comum.

— Brown. — Beverley curvou-se, o sorriso se alargando. — É um grande p-prazer para mim c-conhecer qualquer ramo dos W-Wyndham. Num lugar tão distante, também! Agora d-diga-me: o que t-trouxe vocês aqui?

— Negócios de família — respondeu prontamente Pen. — Tio Richard... primo Richard, quero dizer, só que eu sempre tive a mania de chamá-lo de tio, compreende... muito bondosamente aceitou acompanhar-me.

— Então foi por s-sua causa que ele veio a Queen Charlton! — disse Beverley. — Isso é muito interessante! — Os olhos a examinaram dos pés à cabeça de um modo que a deixou muito pouco à vontade. — M-Muito interessante! — repetiu. — Peço-lhe que apresente meus cumprimentos a Wyndham e lhe diga que compreendo perfeitamente seus motivos para escolher um lugar assim tão retirado!

Curvou-se com um movimento vigoroso, deixando Pen num estado de agitação considerável. Na taberna, ele pediu papel, tinta e pena, um pouco de conhaque e sentou-se a uma mesa no canto para escrever uma carta cuidadosa a Sir Richard. Levou muito tempo, porque não era muito hábil com a pena, e havia ingerido muito conhaque, mas terminou pelo menos para sua satisfação. Olhou em torno como uma coruja procurando selo, mas o taberneiro não tinha, por isso enrolou, escreveu o nome de Sir Richard numa letra rebuscada e disse ao taberneiro para entregar aquilo a Sir Richard quando ele voltasse à hospedaria. Depois disso foi embora, não muito firme nas pernas, mas risonho, cheio de alegria diante de sua própria criatividade.

O taberneiro, que estava ocupado demais servindo bebidas, deixou o rolo do bilhete no bar enquanto se apressava para a outra extremidade da sala com cerveja para um grupo de campônios barulhentos. Foi aí que o capitão Trimble, vindo do estábulo, entrou na taberna e o encontrou.

O capitão Trimble, que tinha passado um dia infrutífero tentando descobrir algum vestígio de Jimmy Yarde em Bristol, estava irritado, cansado e muito mal-humorado. Sentou-se num banco alto no bar e começou a enxugar o rosto com um lenço grande. Foi quando estava guardando de novo o lenço no bolso que o sobrescrito do bilhete chamou-lhe a atenção. Conhecia muito bem a letra do Sr. Brandon e a reconheceu imediatamente. A princípio não o surpreendeu que o Sr. Brandon tivesse escrito para Sir Richard Wyndham; achava que os dois pertenciam ao mesmo círculo social elegante. Mas, quando olhou para o papel enrolado, pensou na marcha forçada na qual Sir Richard o tinha colocado e deixou que isso lhe dominasse violentamente as ideias, calculando, não pela primeira vez durante aquele dia exasperante, que Sir Richard poderia ter um motivo para mandá-lo para Bristol. O bilhete começou a tomar um aspecto sinistro; a suspeita escureceu as bochechas do capitão, já vermelhas por causa do calor; e depois de fixar os olhos no papel por um minuto, lançou um olhar rápido à sua volta, viu que ninguém o observava habilmente agarrou-a.

O taberneiro voltou ao bar, mas na hora em que se lembrou do bilhete, o capitão Trimble já se tinha afastado para uma cadeira de espaldar alto junto à lareira vazia e estava pedindo uma caneca de cerveja. Num momento conveniente, desenrolou o papel e leu o conteúdo.

> *Caríssimo Richard,* escrevera o Sr. Brandon, *estou desolado por você ter saído. Gostaria de continuar nossa conversa. Quando disser que tive o privilégio de encontrar seu sobrinho, meu caro Richard, acho que você apreciará a sabedoria de me encontrar outra vez. Você não desejaria que eu falasse, mas miseráveis doze mil libras não são suficientes para me calar a boca. Entretanto, desejo agir assim, embora não por uma quantia menor do que tenho em meu poder, a fim de obter por outros meios. Se você desejar discutir este assunto delicado, estarei no bosquezinho às 22 horas. Se você não vier, entenderei que você desistiu de sua Objeção de eu dispor de Certa Propriedade como escolhi, e imagino que não será Sensato da sua parte mencionar nossos negócios para qualquer pessoa, seja agora, seja no futuro.*

O capitão Trimble leu duas vezes a carta antes de enrolá-la na forma original. A menção a Pen ele achou vaga e sem interesse específico. Aparentemente havia um segredo indecoroso de certa forma ligado ao jovem sobrinho de Sir Richard, mas o capitão não percebeu de imediato que proveito poderia ser tirado disso. Muito mais interessante era a referência mínima e velada ao colar Brandon. Os olhos do capitão manifestavam emoção reprimida quando pensava sobre isso, e as mandíbulas maciças trabalhavam um pouco. Suspeitara da boa-fé de Beverley desde o momento em que Jimmy Yarde lhe fora imposto como cúmplice. Agora o assunto parecia claro como água, Beverley e Yarde tinham tramado um plano para tapeá-lo com sua parte na fortuna, e quando Beverley estivera vociferando com ele por fracassar — de modo muito convincente ele tinha vociferado também —, na realidade já estava com o colar no bolso. Bem, o Sr. Brandon teria de aprender que não era inteligente tentar tapear Horace Trimble, e ainda menos inteligente deixar cartas sem selo jogadas numa taberna comum. Quanto a Sir Richard, o capitão achou muito difícil conjeturar a parte que tinha tido neste procedimento tortuoso. Ele dava a ideia de saber alguma coisa sobre os brilhantes, mas era um homem rico demais, considerou o capitão, para ter o menor interesse no seu valor em termos de guinéus. Mas Sir Richard indubitavelmente se tinha intrometido no caso, e o capitão desejava de todo o coração que pudesse descobrir uma maneira de fazê-lo pagar por sua interferência.

O capitão Trimble era por natureza um homem violento, mas embora tivesse apreciado muito estragar o belo rosto de Sir Richard, não perdeu mais do que poucos minutos nesse sonho agradável. Sir Richard, se chegassem a lutar boxe, apreciaria o encontro muito mais do que o seu desafiador. Uma investida determinada, numa noite escura por um par de homens fortes armados com cacetes, devia ter melhor possibilidade de sucesso, mas mesmo esse esquema tinha um empecilho: Sir Richard já tinha sido atacado duas vezes, por vilões duros que planejavam roubá-lo. Não fora roubado e não tinha sido atacado outra vez. Estava assinalado por todos os degoladores e ladrões na Agenda dos Vilões como perigoso, aquele que levava pistolas e podia sacar e atirar com velocidade e precisão mortais o que o tornava o homem que menos se desejava molestar.

Lamentando, o capitão resolveu que Sir Richard devia ser deixado em paz, por enquanto, sob todos os aspectos.

Nesse momento, o taberneiro descobriu que tinha perdido o bilhete do Sr. Brandon. Todos na sala negaram saber por onde andava o bilhete. O capitão Trimble secou sua caneca e levou-a ao balcão. Quando se sentou, falou:

— Não é este pedaço de papel que eu vejo?

Ninguém conseguia ver nada, mas isso podia ter sido porque o capitão se curvou muito depressa para apanhá-lo. Quando se empertigou, tinha o rolo de papel entre os dedos. O taberneiro pegou-o, agradecendo, e entregou-o a um dos garçons, que tinha entrado na taberna para pegar um cálice de borgonha, e pediu que entregasse a Sir Richard. O capitão Trimble, tão satisfeito quanto Beverley tinha ficado, dirigiu-se para o restaurante e pediu uma refeição substancial.

Sir Richard, nesse meio-tempo, tinha voltado para a hospedaria. Encontrou Pen esperando por ele na sala de estar, enroscada numa poltrona grande e comendo maçã.

— Esta paixão por comer frutas cruas! — observou. — Você parece muito criança.

Ela piscou para ele.

— Bem, estou com fome. Passou... passou um dia agradável com tia Almeria, senhor?

— Espero de todo o coração — disse Sir Richard olhando-a com alguma severidade — que *você* tenha passado o dia no maior desconforto possível. Gostaria que tivesse chovido.

— Não passei assim. Visitei minha casa e fui a todos os lugares *específicos* onde eu e Piers costumávamos nos esconder, quando as pessoas queriam que fizéssemos nossos deveres. Só que não tinha nada para comer.

— Fico satisfeito — falou Sir Richard. — Você não sabe que não só me encontrei numa situação em que fui forçado a mentir e dissimular, praticando as trapaças mais chocantes, mas também fui obrigado a conviver durante cinco horas com um dos fedelhos mais sem graça que já tive a má sorte de encontrar.

— Sabia que Fred havia de vir com minha tia! Ele não parece mesmo um peixe, senhor?

— Parece sim, um badejo... Mas você não me pode desviar daquilo que desejo dizer. Meia hora de conversa com sua tia me convenceu de que você é um pirralho sem princípios.

— Ela falou mal de mim? — A Srta. Creed franziu a testa. — Não acho que seja exatamente *sem princípios*.

— Você é uma ameaça a todos os cidadãos cumpridores da lei e respeitáveis — falou Sir Richard.

Ela deu a impressão de se sentir gratificada.

— Nunca achei que fosse assim tão importante.

— Olha o que você tem feito comigo! — observou Sir Richard.

— É, mas eu não acho que você seja muito cumpridor da lei ou respeitável — objetou Pen.

— Certa vez fui, mas parece que já faz muito tempo.

Ela terminou de comer a maçã.

— Bem, sinto muito que você esteja se sentindo zangado, porque acho que lhe devia dizer alguma coisa que talvez não o deixe satisfeito.

Olhou-a com desconfiança.

— Deixa eu saber o pior!

— Foi o gago — disse Pen, com muita lucidez. — Claro, bem sei que devia ter sido mais cuidadosa.

— Você está falando de Beverley Brandon? O que ele andou fazendo?

— Bem, sabe, ele veio aqui. E exatamente no momento em que entrei na hospedaria, tive a oportunidade de esbarrar com ele e... nos conhecemos.

— Quando foi isso?

— Ah, não foi há muito tempo! Você não estava. Só que ele parecia me conhecer.

— Parecia conhecer você?

— Bem, ele disse com certeza que eu devia ser seu sobrinho — explicou Pen.

Sir Richard vinha escutando com as sobrancelhas franzidas. Disse agora com uma nota soturna que ela ainda não tinha ouvido na sua voz:

— Beverley sabe muito bem que o único sobrinho que eu tenho é um bebê.

— Ah, você tem um sobrinho? — indagou Pen, divertida.

— Tenho. Isso não importa. O que você respondeu?

— Bem, acho que fui muito esperta — falou Pen, cheia de esperança. — Naturalmente, eu sabia quem devia ser ele, assim que falou; calculei, claro, que ele devia saber que não sou seu sobrinho. Porque ainda que algumas pessoas achem que não tenho imaginação, não sou idiota — acrescentou com um olhar triste.

— Isso te aborrece? — O rosto dele descontraiu um pouco. — Não importa! Continua!

— Eu disse que na verdade você não era meu tio, mas eu o chamava assim porque você era muito mais velho do que eu. Eu disse que era meu primo em terceiro grau. Depois ele me perguntou por que tínhamos vindo a Queen Charlton, e eu disse que era por causa de negócios de família, embora preferisse ter salientado que era extremamente indelicado e impertinente da parte dele me fazer tais perguntas. E depois disso ele foi embora.

— Foi mesmo? Ele disse o que o trouxe aqui a princípio?

— Não. Mas deixou um recado para você, do qual eu não gostei muito.

— Por quê?

— Me pareceu sinistro — disse Pen, preparando-o para o pior.

— Posso muito bem acreditar.

— E quanto mais eu penso nisso mais sinistro me parece. Disse que eu devia apresentar os cumprimentos dele a você, e lhe dizer que entende perfeitamente os motivos que o trouxeram a um lugar tão escondido.

— O diabo! — exclamou Sir Richard.

— Estava com medo de que você não ficasse lá muito satisfeito — disse Pen ansiosamente. — Suponho que isso queira dizer que ele sabe quem eu sou?

— Não, isso não — replicou Sir Richard.

— Talvez — sugeriu Pen — ele calcule que eu não seja rapaz.

— Talvez.

Ela ficou pensando no assunto.

— Bem, não vejo o que mais ele possa talvez ter querido dizer. Mas Jimmy Yarde nunca desconfiou de mim, e eu conversei com ele muito mais do que conversei com aquele gago desagradável. Que grande falta de sorte que nós tenhamos encontrado alguém que conhece você tão bem!

— O quê? — perguntou Sir Richard, colocando o monóculo.

Ela olhou inocentemente para ele.

— Porque ele está a par de que você não tem um sobrinho ou primo como eu, quero dizer.

— Ah! — fez Sir Richard, baixando o monóculo. — Entendo. Não deixe que isso te preocupe!

— Bem, isso me preocupa muito, porque agora vejo como fui imprudente. Não devia ter deixado você ter vindo comigo. É muito provável que eu o tenha colocado numa situação difícil.

— Este aspecto não me tinha ocorrido — disse Sir Richard, com um sorriso apagado. — A imprudência foi minha. Deveria ter entregado você à sua tia quando nos encontramos pela primeira vez.

— Você gostaria de ter feito isso? — perguntou Pen tristonhamente.

Ele a encarou por um instante.

— Não.

— Bem, fico satisfeita, porque se você tivesse tentado fazer, eu teria fugido de você. — Ela levantou o rosto, que estava apoiado nas mãos, e olhou para ele. — Se não está arrependido de estar aqui, não vamos pensar mais nisso! É muito cansativo ficar arrependido por alguma coisa que já se fez. Pediu o jantar, senhor?

— Pedi. Pato com ervilhas.

— Bom! — disse Pen, com satisfação profunda. — Para onde foi minha tia, você tem ideia?

— Para Chippenham e depois para a prima Jane.

— Para a prima Jane? Santo Deus, por quê?
— Para ver se você não se refugiou na casa dela, suponho.
— Na casa dela! — exclamou Pen. — Ora, ela é a velha mais detestável e cheira rapé!

Sir Richard, que tinha acabado de abrir a própria tabaqueira, fez uma pausa.

— Hã... você acha detestável o hábito? — indagou ele.
— Em mulheres, acho. Além disso, ela derrama tudo na roupa. Ui! Ah, não estava me referindo a você! — acrescentou, num acesso súbito de riso. — Você faz isso com elegância.
— Obrigado! — retrucou ele.

O garçom entrou para pôr a mesa para o jantar e mostrou um bilhetinho enrolado para Sir Richard numa bandeja grande.

Ele o pegou, sem pressa, e o desenrolou. Pen, observando-o ansiosamente, não conseguiu detectar nada além de aborrecimento no rosto dele. Ele leu o bilhete até o fim e enfiou-o no bolso. Relanceou os olhos na direção de Pen.

— Vejamos: o que estávamos discutindo?
— Rapé — replicou Pen, numa voz bocejante.
— Ah, é! Eu mesmo uso King's Martinique, mas existem muitas pessoas que consideram isso uma falha ligeira de caráter.

Ela lhe retribuiu uma resposta medíocre e, quando o garçom saiu da sala, interrompeu a descrição que Sir Richard fazia da maneira como manter o rapé em boas condições, perguntando impetuosamente:

— De quem era, senhor?
— Não seja curiosa! — respondeu Sir Richard calmamente.
— Você não me pode enganar! Tenho certeza de que era daquele homem detestável.
— Era, mas não é o momento de confundir sua cabeça com isso, creia-me.
— Só me diz uma coisa: o homem lhe pretende fazer alguma desgraça?

— Claro que não. Em todo caso, seria uma tarefa bem além de suas forças.

— Sinto-me intranquila.

— Estou percebendo. Você se sentirá melhor depois de jantar.

O garçom entrou com o pato naquele momento oportuno, colocou-o à mesa. De fato, Pen estava com tanta fome que no mesmo instante seus pensamentos mudaram. Jantou muito bem e não se referiu outra vez ao bilhete.

Sir Richard, mantendo o ritmo de conversa ligeira, parecia completamente despreocupado, mas a carta o tinha aborrecido. Não havia quase medo, pensava, de Beverley prejudicar a Srta. Creed, porque não tinha conhecimento de sua identidade; e a ameaça velada de expor Sir Richard era um assunto indiferente para aquele cavalheiro. Mas iria com certeza encontrar-se com Beverley no bosquezinho na hora aprazada, porque agora mais do que nunca tornara-se necessário mandá-lo para Londres imediatamente. Enquanto estivesse na vizinhança estava fora de questão enviar Pen aos cuidados de Lady Luttrell, e embora Sir Richard não tivesse o menor desejo de renunciar à guarda daquela senhorita audaciosa, tinha plena ciência de que deveria fazê-lo, e sem nenhuma perda de tempo.

Adequadamente, mandou-a para a cama logo depois das 21h30, dizendo-lhe que se ela não estivesse cansada merecia estar. Ela foi sem objeção, então provavelmente seu dia passado ao ar livre a tinha deixado sonolenta. Ele esperou até que faltasse pouco para as 22 horas, depois pegou o chapéu e a bengala e saiu da hospedaria.

Havia luar, não se via nenhuma nuvem no céu. Sir Richard não tinha dificuldade para enxergar o caminho e logo chegou à trilha no bosque. Ali estava mais escuro, porque as árvores impediam a luz do luar. Um coelho atravessou correndo a trilha, uma coruja piou em algum lugar nas proximidades, e havia um ligeiro farfalhar na vegetação, mas Sir Richard não estava nervoso e não achou os sons de maneira nenhuma perturbadores.

Mas praticamente não estava preparado para encontrar uma dama jazendo estendida de um lado a outro da trilha, imediatamente depois de uma curva. Esse quadro foi, na verdade, tão inesperado que o fez parar logo. A dama não se moveu, mas ficou como uma pilha amassada de musseline clara e manto mais escuro. Sir Richard, recuperando-se da surpresa momentânea, deu um passo à frente e ficou de joelhos ao lado dela. Estava muito escuro sob as árvores para que fosse capaz de distinguir-lhe os traços com clareza, mas achou que era jovem. Não estava morta como a princípio tinha temido, mas num desmaio profundo. Começou a esfregar-lhe as mãos, e tinha acabado de vir-lhe à memória o riachozinho que vira àquela manhã, quando a moça mostrou sinais de estar recuperando a consciência. Ele a levantou nos braços, ouvindo um suspiro agitar-lhe os lábios. Um gemido seguiu o suspiro; ela falou alguma coisa que ele não conseguiu compreender e começou a chorar, sem força.

— Não chore! — acalmou-a Sir Richard. — A senhorita está em segurança.

Ela tomou fôlego num soluço e enrijeceu sob a pressão. Ele sentiu-lhe as mãos pequenas se fecharem em torno do seu braço. Depois ela começou a tremer.

— Não, não há nada que possa assustá-la — disse ele na sua maneira fria. — Vai se sentir melhor imediatamente.

— Ah! — A exclamação parecia apavorada. — Quem é o senhor? Ah, solte-me!

— Pode estar certa de que vou libertá-la, será que já consegue ficar em pé? A senhorita não me conhece, mas sou perfeitamente inofensivo, asseguro-lhe.

Ela fez uma tentativa débil para lutar e conseguiu apenas cair de joelhos na trilha num amontoado miserável, dizendo entre soluços:

— Tenho de ir! Ah, tenho de ir! Não devia ter vindo!

— Nisso posso acreditar muito bem — falou Sir Richard, ainda de joelhos ao lado dela. — Por que a senhorita veio? Ou estou fazendo uma pergunta indiscreta?

A indagação teve o efeito de redobrar-lhe os soluços. Ela enterrou o rosto nas mãos, tremendo, balançando de um lado para o outro e murmurando frases desconexas.

— Bem — disse uma voz por trás de Sir Richard.

Ele olhou rapidamente para trás.

— Pen! O que você está fazendo aqui?

— Eu o segui — respondeu Pen, olhando criticamente para baixo para a mocinha chorosa. — Também trouxe uma vara forte, porque eu pensei que você ia se encontrar com aquele gago detestável, e estava certa de que ele pretendia fazer-lhe mal. Quem é esta?

— Não tenho a menor ideia — replicou Sir Richard. — E daqui a pouco terei alguma coisa a lhe dizer a respeito desta sua fuga idiota! Minha criança, a senhorita não pode parar de chorar?

— O que ela está fazendo aqui? — indagou Pen, sem se comover com suas censuras.

— Deus é quem sabe! Encontrei-a caída na trilha. Como é que se faz uma mulher parar de chorar?

— Devia achar que você soubesse. Ela vai ter um ataque histérico, espero. E *não* vejo por que você deva abraçar pessoas, se não sabe quem são.

— Eu não estava abraçando.

— Foi o que me pareceu — argumentou Pen.

— Calculo — disse Sir Richard sardonicamente — que você achou que eu avancei para ela e a agarrei.

— É, foi isso que pensei — respondeu Pen prontamente.

— Não seja tolinho! A mocinha estava desmaiada.

— Ah! — Pen deu um passo à frente. — Imagino o que a fez desmaiar! Sabe, tudo me parece muito estranho.

— Também me parece, se você quer saber. — Ele pousou a mão no ombro da moça que soluçava. — Vamos! Você não vai ajudar nada chorando. Pode me contar o que houve que deixou a senhorita neste estado?

A jovem fez um esforço convulsivo para conter as lágrimas histéricas e conseguiu proferir:

— Fiquei com tanto medo...

— É, eu percebi isso. O que a assustou?

— Havia um homem! — arfou a mocinha. — E eu me escondi, mas depois chegou outro homem, e eles começaram a discutir, e não ousei me mexer com medo de que eles me ouvissem. O grandalhão bateu no outro e ele caiu e ficou imóvel; o grandalhão tirou alguma coisa do bolso do outro e foi embora, e ah, ele passou tão perto de mim que eu p-podia tocá-lo se esticasse a mão! O outro homem não se mexeu mais, e eu fiquei com tanto medo que corri, tudo ficou escuro e eu acho que desmaiei.

— Você fugiu — repetiu Pen em tom de desagrado. — Que coisa mais sem imaginação para fazer! Você não foi ajudar o homem que estava caído ao chão?

— Ah não, não, não! — tremia a mocinha.

— Devo dizer, acho que você não merece ter uma aventura dessas. E se eu fosse você não continuaria sentada no meio da trilha. Não tem a menor utilidade, e faz com que você pareça muito tola.

O discurso severo teve o efeito de enraivecer a moça. Ela levantou a cabeça e exclamou:

— Como é que você ousa? Você é o jovem mais rude que já conheci na vida!

Sir Richard colocou a mão sob o cotovelo da moça e a ajudou a se pôr de pé.

— Ah... aceite minhas desculpas em favor de meu sobrinho, minha senhora! — disse ele, com apenas um ligeiro tremor na voz. — Um rapaz tristemente mal-educado! Posso sugerir que descanse alguns minutos neste barranco, enquanto eu vou investigar... hã... a cena do assalto que a senhorita descreveu com tantos detalhes? Meu sobrinho... que, como a senhora percebe, muniu-se de uma vara forte... ficará encarregado da sua segurança.

— Eu vou com você — disse Pen indisciplinadamente.

— Você vai... pela primeira vez na vida... fazer o que estou mandando — falou Sir Richard, e, colocando a desconhecida no barranco, avançou para a clareira no bosque.

A lua banhava o terreno com sua luz prateada, fria. Sir Richard não tinha dúvidas de que ia encontrar Beverley Brandon, ou desmaiado ou se recuperando dos efeitos do golpe que o abatera, mas quando entrou na clareira viu não apenas um homem jazendo imóvel ao chão, mas outro de joelhos ao lado dele.

Sir Richard caminhou suavemente, e só depois de estar a poucos metros de distância dos dois é que o homem ajoelhado ouviu os passos dele, olhando rápido para trás. O luar esvaziava o mundo de cor, mas mesmo assim permitia que a face virada para Sir Richard ficasse sobrenaturalmente pálida. Era o rosto de um homem muito jovem, e um completo estranho para Sir Richard.

— Quem é o senhor? — A pergunta foi feita numa voz abafada e bastante amedrontada. O jovem levantou-se e ficou imediatamente em posição defensiva.

— Duvido que o meu nome vá lhe informar muita coisa, mas, para o que possa valer, é Wyndham. O que aconteceu aqui?

O meninote parecia bastante aturdido e respondeu num tom abalado:

— Eu não sei. Encontrei-o aqui... assim. Eu... eu acho que ele está morto!

— Absurdo! — disse Sir Richard, tirando-o do caminho e por sua vez ajoelhando-se ao lado do corpo inanimado de Beverley. Havia um ferimento na fronte lívida, e quando Sir Richard levantou Beverley, a cabeça caiu de uma maneira que contava horrivelmente a própria história. Sir Richard viu o toco de árvore e percebeu que a cabeça de Beverley devia ter batido ali. Deitou novamente o corpo e disse sem o menor vestígio de emoção: — Você está absolutamente certo. O pescoço está quebrado.

O rapazinho tirou um lenço do bolso e enxugou a testa com ele.

— Meu Deus, quem fez isso?... Eu... eu não fiz, o senhor sabe!

— Não suponho que você o tenha matado — replicou Sir Richard, levantando-se, tirando o pó dos joelhos das calças.

— Mas é uma coisa chocante demais! Ele estava hospedado na minha casa, senhor!

— Ah! — fez Sir Richard, favorecendo-o com um olhar demorado, penetrante.

— Ele é Beverley Brandon... o filho mais moço de lorde Saar!

— Sei muito bem quem é ele. Você, imagino, deve ser o Sr. Piers Luttrell?

— Sou. É, sou eu. Eu o conheci em Oxford. Não muito bem, porque eu... bem, para falar a verdade, jamais gostei muito dele. Mas há uma semana ele chegou à minha casa. Estivera visitando amigos, eu acho. Não sei. Mas, claro, eu... quer dizer, minha mãe e eu... o convidamos a ficar, e ele ficou. Ele não estava lá muito bem... parecia que precisava descansar e... do ar do campo. Na verdade, não consigo conceber como está aqui agora, porque o que soube é que havia se recolhido ao quarto com uma de suas enxaquecas. Pelo menos, foi o que disse à minha mãe.

— Então você veio aqui procurá-lo?

— Não, não! Vim... O caso é que só vim para dar um passeio ao luar — replicou Piers, com pressa.

— Entendo. — Havia um tom seco na voz de Sir Richard.

— Por que *o senhor* está aqui? — inquiriu Piers.

— Pela mesma razão — respondeu Sir Richard.

— Mas o senhor conhece Brandon!

— Essa circunstância, entretanto, não me torna seu assassino.

— Ah, não! Não queria dizer isso... mas parece estranho que ambos estivessem em Queen Charlton!

— Eu mesmo achei isso aborrecido. Minha presença em Queen Charlton não está de modo algum ligada a Beverley Brandon.

— Claro que não! Não supus... senhor, como não o matou, e eu também não, quem... quem o matou, tem alguma ideia? Porque ele simplesmente não tropeçou e caiu, não é? Há aquele ferimento na testa, e ele estava caído de costas, exatamente como o senhor o viu. Alguém o jogou ao chão com um golpe!

— É, acho que alguém o feriu jogando-o ao chão — concordou Sir Richard.

— Suponho que não saiba quem possa ter sido, senhor.

— Fico cogitando — falou Sir Richard pensativo.

Piers esperou, mas como Sir Richard não fez mais nada a não ser ficar olhando de cenho franzido para o corpo de Beverley, deixou escapar:

— O que devo fazer? Realmente, não sei! Não tenho experiência nesses casos. Quem sabe o senhor me pudesse dar um conselho?

— Eu também não finjo ter experiência muito vasta, mas sugiro que você vá para casa.

— Mas não podemos deixá-lo aqui... podemos?

— Não, não podemos. Vou comunicar ao magistrado que há... hã... um cadáver no bosque. Sem dúvida, ele vai cuidar disso.

— Vai, mas não quero fugir, o senhor sabe — objetou Piers. — É uma situação constrangedora como o diabo, mas claro que eu nem sonhei em deixar o senhor para... para explicar tudo ao juiz. Terei de dizer que fui eu que encontrei o corpo.

Sir Richard, que sabia que o caso era extremamente delicado e estivera pensando por vários minutos na maneira como conduzi-lo de modo a poupar os Brandon de tanta humilhação quanto possível, achou que Piers Luttrell entrar no procedimento não facilitaria sua tarefa. Lançou outro olhar perscrutador sobre o jovem e disse:

— Se você fizer isso não ajudará em nada, eu creio. É melhor deixar isso comigo.

— O senhor sabe alguma coisa a esse respeito?

— Sei, sei sim. Posso ser... hã... considerado bastante íntimo dos Brandon, e sei muita coisa sobre as atividades de Beverley. Há possibilidade de surgir um escândalo particularmente desagradável com esse assassinato.

Piers assentiu com a cabeça.

— Temia isso. Sabe, senhor, ele não era muito boa coisa, e conhecia algumas pessoas estranhas, diabólicas. Um homem apareceu lá em casa, perguntando por ele ontem... um tipo de valentão, malvestido. Beverley não gostou nem um pouco, pude perceber.

— Você teve o privilégio de conhecer este homem?

— Bem, eu o vi: não troquei duas palavras com ele. O criado veio dizer a Beverley que um capitão Trimble tinha vindo vê-lo, e Beverley ficou tão fora de si com isso que eu... bem, temo que tenha conjecturado muito que havia alguma coisa no ar.

— Ah! — exclamou Sir Richard. — Você ter conhecido Trimble pode... ou não... ser útil. É, acho que é melhor você ir para casa, e não dizer nada sobre isso. Sem dúvida, a notícia da morte de Beverley será dada a você amanhã de manhã.

— Mas o que direi ao policial, senhor?

— Tudo o que ele lhe perguntar — respondeu Sir Richard.

— Deverei dizer que encontrei Beverley aqui, com o senhor? — perguntou Piers, cheio de dúvidas.

— Praticamente acho que ele não lhe fará esta pergunta.

— Mas será que ele não vai conjecturar como eu não dei por falta de Beverley?

— Você não disse que Beverley comunicou que ia se retirar para a cama? Por que você haveria de lhe sentir a falta?

— Amanhã de manhã?

— É, acho que você poderia sentir-lhe a falta à mesa do café — concordou Sir Richard.

— Entendo. Bem, se acha que está certo, senhor, eu... eu mesmo preferiria não divulgar que estive esta noite no bosque. Mas o que vou dizer se me perguntarem se conheço o senhor?

— Que você não me conhece.

— N-não. Não, não conheço, claro — falou Piers, aparentemente animado com esta reflexão.

— Há uma surpresa guardada para você. Vim para estes arredores com o fim de... hã... conhecê-lo, mas parece que praticamente este não é o momento para entrar em um assunto que tenho razões para supor que se possa mostrar muito complicado.

— O senhor veio para *me* conhecer? — disse Piers atônito. — Como pode ser?

— Se — falou Sir Richard — você me for encontrar na hospedaria The George amanhã... uma ação muito natural de sua parte, tendo em vista que eu é que descobri o cadáver de seu hóspede... hei de lhe contar por que eu vim a Queen Charlton à sua procura.

— Estou certo de que me sinto honrado... mas não consigo imaginar o que seu assunto possa ser, senhor!

— Isso — disse Sir Richard — não me surpreende quase tanto quanto meu assunto provavelmente o surpreenderá, Sr. Luttrell!

IX

Tendo se livrado de Piers Luttrell, que, depois de olhar subrepticiamente o relógio, e várias vezes à sua volta como se esperasse ver alguém escondido entre as árvores, foi embora, bastante aliviado mas muito desconcertado, Sir Richard afastou-se para juntar-se a Pen e à dama desconhecida. Encontrou apenas Pen, sentada no barranco com ar arredio, as mãos cruzadas meticulosamente nos joelhos. Parou, olhando-a com olhos compreensivos.

— E onde — perguntou em tom coloquial — está sua companheira?

— Ela resolveu ir para casa — respondeu Pen. — Ouso afirmar que ficou cansada de esperar que você voltasse.

— Ah, sem dúvida! Por acaso, você não lhe sugeriu que devia fazer isso?

— Não, porque não foi absolutamente necessário. Estava muito ansiosa por ir. Disse que gostaria de não ter vindo.

— Ela lhe disse por que tinha vindo?

— Não. Claro que eu perguntei, porém ela é uma bobinha afetada que nada fazia a não ser chorar e dizer que era uma moça má. Você sabe o que eu acho, Richard?

— Provavelmente.

— Bem, creio que ela veio para encontrar-se com alguém. Ela me dá a impressão de ser exatamente o tipo de mulher que acharia romântico só porque há lua cheia. Além disso, por que outro motivo estaria aqui a esta hora?

— É mesmo, por quê? — concordou Sir Richard. — Percebo que você não tem muita solidariedade para desperdiçar com uma loucura assim.

— Nenhuma absolutamente — disse Pen. — Na verdade, acho que é tolice, além de ser inadequado.

— Você é cruel!

— Pelo seu tom de voz, posso dizer que está rindo de mim. Suponho que esteja pensando isso porque pulei de uma janela. Mas *eu* não ia me encontrar com um namorado ao luar! Coisas assim!

— Pretensiosa — assentiu Sir Richard com a cabeça. — Ela revelou a identidade do namorado?

— Não, mas revelou que se chama Lydia Daubenay. E assim que me contou isso teve outro acesso, dizendo que estava perturbada e que gostaria de não ter me contado. Realmente fiquei muito satisfeita quando ela resolveu ir para casa sem esperar por você.

— É, tive mesmo a impressão de que sua companhia não lhe agradava. Suponho que praticamente não tem importância. Ela não me parece o tipo de mocinha em que se possa confiar, que tenha capacidade de guardar segredos.

— Bem, eu não sei — disse Pen pensativa. — Ela estava com tanto medo que eu acho mesmo que talvez não diga uma palavra a respeito da aventura. Estive pensando no assunto, parece-me que ela está apaixonada por alguém com quem os pais não querem que se case.

— Isso — falou Sir Richard — parece uma conclusão plausível.

— De modo que não ficaria absolutamente surpresa se ela escondesse o fato de ter estado no bosque esta noite. Por falar nisso, era o gago?

— Era, e a Srta. Daubenay estava certa em sua suspeita: ele está morto.

A Srta. Creed aceitou o fato com coragem.

— Bem, se ele está morto, posso lhe dizer quem o matou. A moça me contou tudo de novo como aconteceu, e não há dúvidas de que o outro homem era o capitão Trimble. E fez isso para pegar o colar!

— Admirável! — exclamou Sir Richard.

— Está claro como água. E agora que começo a pensar nisso, é muito provável que possa ter sido o melhor. Claro, tenho pena do gago, mas você não pode negar que era uma pessoa muito desagradável. Além disso, sei perfeitamente que estava ameaçando você. Foi por isso que o segui. Agora nos livramos do caso inteiro!

— Temo que não seja bem assim. Você não deve achar que não estou comovido com seu comportamento heroico, mas podia desejar que tivesse ido para a cama, Pen.

— É, mas acho isso falta de raciocínio de sua parte — objetou Pen. — Tenho a impressão de que você quer ficar com toda a aventura para você mesmo!

— Agradeço seus sentimentos — falou Sir Richard — mas chamaria a atenção para o fato de sua situação ser um tanto... digamos, irregular... e que temos passado por preocupações consideráveis para não despertar atenção indevida. Desde aquela diligência abominável. A última coisa que desejo no mundo é ver você ser posta em destaque como testemunha deste caso. Se a Srta. Daubenay não revelar sua parte nele, você pode passar sem ser notada, mas, para falar a verdade, coloco muito pouca confiança na discrição daquela jovem.

— Ah! — exalou Pen, assimilando isso. — Você acha que deve ser um tanto constrangedor se descobrirem que eu não sou um rapaz? Que talvez seja melhor sairmos de Queen Charlton?

— Não, isso na verdade seria fatal. Agora estamos comprometidos nesta aventura. Vou informar ao juiz local que eu descobri o cadáver neste bosque. Como você encontrou a Srta. Daubenay, em cuja discrição não devemos depositar confiança, mencionarei que você me acompanhou no passeio noturno, e devemos confiar em que não prestem atenção específica em você. Por falar nisso, pirralha, acho melhor você se tornar meu primo jovem... meu primo jovem e distante.

— Ah! — disse a Srta. Creed satisfeita. — A história que eu inventei!

— A história que você inventou.

— Bem, devo dizer que estou satisfeita por você não desejar fugir — confessou ela. — Você não pode imaginar como estou me divertindo! Ouso afirmar que com você é diferente, mas, entende, tenho tido uma vida tão monótona até agora... E direi outra coisa, Richard: naturalmente estou muito ansiosa para encontrar Piers, mas acho que é melhor não lhe avisar nada até que tenhamos terminado esta aventura.

Ele ficou calado por um momento.

— Você está muito ansiosa para encontrar Piers? — perguntou finalmente.

— Claro que estou! Ora, foi por isso que viemos!

— É bem verdade. Estava esquecendo. Você verá Piers amanhã de manhã, suponho.

Ela se levantou do barranco.

— Vou vê-lo amanhã? Mas como é que você sabe?

— Devia ter dito a você que acabei de ter a felicidade de encontrá-lo.

— Piers? — exclamou ela. — Aqui? No bosque?

— Ajoelhado ao lado do corpo de Beverley Brandon.

— Tive a impressão de ter ouvido vozes! Mas como é que ele veio aqui? E por que você não o trouxe a mim diretamente?

Sir Richard levou algum tempo para responder.

— Sabe, tive a impressão de que a Srta. Daubenay ainda estaria com você — explicou.

— Ah, entendo! — falou Pen inocentemente. — É, na verdade, você fez muito bem! Eu não quero que ela se meta na nossa aventura. Mas você falou com Piers a meu respeito?

— O momento não me pareceu propício — confessou Sir Richard. — Disse-lhe para ir me visitar na hospedaria amanhã de manhã, e de maneira nenhuma revelar que estava presente no bosque hoje à noite.

— Como vai ficar surpreso quando me encontrar na hospedaria The George! — disse Pen alegremente.

— É — falou Sir Richard. — Acho que vai ser... uma surpresa para ele.

Ela acertou o passo ao lado dele no caminho de volta à estrada.

— Gostei do fato de você não ter contado a ele! Suponho que ele tenha vindo à procura do gago. Não posso imaginar como podia ter uma pessoa tão desagradável visitando-o!

Sir Richard, que raramente, durante os 29 anos de existência, se tinha encontrado num beco sem saída, agora descobriu que era completamente incapaz de compartilhar suas próprias suspeitas com sua pupila confiante. Aparentemente, não tinha ocorrido a ela que os sentimentos do seu velho companheiro de folguedos pudessem ter sofrido mudanças; e em seu pensamento estava tão fortemente gravado o pacto de noivado de cinco anos que não passava pela cabeça dela questionar a duração, ou desejo. Evidentemente considerava-se comprometida com Piers Luttrell, uma circunstância que sem dúvida tinha muito a ver com a aceitação amigável da companhia de Sir Richard. Frases de aviso formavam-se no cérebro de Sir Richard, e eram rejeitadas. Piers é que tinha de se explicar; Sir Richard só podia esperar que ao se verem face a face depois de um espaço de tempo, Pen pudesse descobrir que ele havia ultrapassado uma fantasia da infância, da mesma forma que ela.

Entraram juntos na hospedaria The George. Pen subiu para a cama diante de um aceno de cabeça de Sir Richard, mas o dândi tocou a campainha chamando um criado. Um garçom sonolento entrou atendendo ao chamado, e, quando lhe perguntou o endereço do juiz mais próximo, respondeu que Sir Jasper Luttrell era o mais próximo, mas não estava em casa. Não conhecia nenhum outro, por isso Sir Richard desejava que fosse chamar o proprietário para ele, e sentou-se para escrever um bilhete curto a quem interessar pudesse.

Quando o hospedeiro entrou na sala de estar, Sir Richard estava sacudindo areia de uma única folha de papel. Dobrou-a e fechou-a com um selo, e quando lhe disseram que o Sr. John Philips, de Whitchurch, era o juiz disponível nas proximidades, escreveu o nome do cavalheiro no bilhete. Enquanto escrevia, disse em seu jeito calmo:

— Ficarei muito grato se o senhor fizer esta carta chegar diretamente às mãos do Sr. Philips.

— Agora de noite, senhor?

— Agora de noite. Imagino que o Sr. Philips virá com o mensageiro. Se perguntar por mim, faça-o entrar nesta sala. Ah, estalajadeiro!

— Senhor!

— Uma poncheira para um ponche de rum que eu mesmo prepararei.

— Sim, senhor! Imediatamente, senhor! — falou o proprietário, aliviado por receber um pedido normal.

Demorou-se por um momento, tentando reunir coragem suficiente para perguntar ao excelente cavalheiro londrino por que desejava ver o juiz com tanta urgência. O monóculo de Sir Richard ergueu-se, e o hospedeiro retirou-se apressado. O garçom o teria seguido, mas foi detido pelo indicador em riste de Sir Richard.

— Um momento! Quem lhe deu o bilhete que você me entregou esta tarde?

— Foi Jem, senhor... o taberneiro. Ele me entregou quando eu fui ao bar para pegar um cálice de borgonha para um cavalheiro que estava jantando no restaurante. Foi o capitão Trimble que o apanhou do chão, onde estava caído. Saí correndo do bar, ouso afirmar, senhor, a taberna estava cheia naquela hora e Jem muito ocupado.

— Obrigado — disse Sir Richard. — Era só isso.

O garçom foi embora consideravelmente desorientado. Sir Richard, por outro lado, achou que o mistério fora esclarecido de modo satisfatório, e sentou-se para esperar que o hospedeiro voltasse com os ingredientes para o ponche.

A residência do Sr. Philips situava-se a cerca de oito quilômetros de Queen Charlton e, em consequência, passou-se algum tempo antes que o estrépito de cascos de cavalo na rua anunciasse sua chegada. Sir Richard estava espremendo limão na poncheira quando ele foi introduzido na sala de estar, e olhou rapidamente para dizer:

— Ah, muito prazer. Sr. Philips, suponho.

O Sr. Philips era um cavalheiro grisalho com sobrancelhas franzidas, hostis, e uma barriguinha.

— Seu criado, senhor! Tenho a honra de me dirigir a Sir Richard Wyndham?

— A honra é minha, senhor — respondeu Sir Richard distraidamente, atento ao ponche.

— Senhor — disse o Sr. Philips —, sua comunicação extraordinária... posso dizer revelação sem precedentes... como o senhor pode ver, trouxe-me imediatamente para inquirir quanto a este caso incrível!

— Muito adequado — observou Sir Richard. — O senhor desejará visitar o local do crime, calculo. Posso lhe dar a orientação, mas, sem dúvida, o policial da localidade conhece o lugar. O corpo, Sr. Philips, jaz... ou jazia... na clareira no meio do bosque pouco além da estrada.

— Quer me dizer, senhor, que esta história é verdadeira? — indagou o magistrado.

— Certamente que sim. Puxa, o senhor supôs que eu fosse tão impiedoso a ponto de trazê-lo a esta hora para enganá-lo? O senhor prefere que eu adicione o suco de um ou dois limões?

O Sr. Philips, cujos olhos tinham ficado observando criticamente o procedimento de Sir Richard, disse, sem pensar:

— Um! Um é suficiente!

— Tenho certeza de que o senhor tem razão — acrescentou Sir Richard.

— Sabe, senhor, devo fazer-lhe algumas perguntas a respeito deste caso extraordinário! — disse Philips, retornando à incumbência.

— Então faça, senhor, faça. Quer fazer as perguntas agora, ou depois de ter dado destino ao corpo?

— Primeiro examinarei o local do assassinato — declarou Philips.

— Bom! — falou Sir Richard. — Vou me apressar para ter o ponche pronto quando o senhor voltar.

O Sr. Philips achou que essa maneira informal de tratar o caso era bastante fora dos regulamentos, mas a perspectiva de voltar para tomar um ponche quente de rum era tão agradável que resolveu passar por cima de qualquer irregularidade menor. Quando voltou à hospedaria, meia hora depois, sentia-se enregelado, pois agora já passava da meia-noite e não tinha levado o sobretudo. Sir Richard tinha acendido o fogo na lareira da sala de estar revestida de lambris, e da poncheira na mesa, que estava mexendo com uma colher de cabo comprido, subia um aroma muito agradável e reconfortante. O Sr. Philips esfregou as mãos uma na outra e não conseguiu deixar de exclamar:

— Ah!

Sir Richard olhou para ele e sorriu. Seu sorriso conquistara mais corações do que o do Sr. Philips e tinha um efeito visível naquele cavalheiro.

— Bem, bem, bem! Não posso negar que é um cheiro muito bem-vindo, Sir Richard! O fogo, também! Palavra de honra, estou satisfeito por ver isso! À noite a temperatura cai, cai muito! Um mau negócio, senhor! Um negócio muito mau!

Sir Richard serviu a mistura fumegante em dois copos e deu um ao magistrado.

— Traga a cadeira para junto do fogo, Sr. Philips. É, como o senhor diz, um mau negócio. Devo dizer-lhe que conheço intimamente a família do falecido.

O Sr. Philips pescou o bilhete de Sir Richard do bolso.

— É, é, exatamente como eu supunha, senhor. Não sei como o senhor, de outra maneira, me teria fornecido o nome do pobre homem. De fato, o senhor o conhece. Exatamente! Ele estava viajando na sua companhia, talvez?

— Não — respondeu Sir Richard, pegando uma cadeira do lado oposto à lareira. — Estava hospedado com um amigo que mora na vizinhança. Acho que o nome era Luttrell.

— Verdade! Isto se torna cada vez mais... Mas, por favor, continue, senhor! Então, não estavam juntos?

— Não, nada disso. Vim para o oeste por causa de negócios de família. Não preciso sobrecarregá-lo com eles, acho.

— Certo, certo! Negócios de família. Sei! Continue, senhor! Como é que encontrou o corpo do Sr. Brandon?

— Ah, por acaso! Mas será melhor, talvez que eu lhe conte minha participação neste caso desde o princípio.

— Certamente! É, por favor, senhor! É um ponche extraordinariamente bom, posso dizer.

— Em geral penso em alguma coisa para comer com um ponche — curvou-se Sir Richard. — Voltando ao princípio, então! Sem dúvida, Sr. Philips, ouviu falar dos brilhantes Brandon?

Pela expressão assustada dos olhos do magistrado, e pelo queixo ligeiramente caído, estava claro que não o tinha. Ele falou:

— Brilhantes? Realmente, temo... Não, devo confessar que não ouvi falar nos brilhantes Brandon.

— Então, devo explicar-lhe que eles compunham um famoso colar, valioso, ouso dizer, qualquer coisa assim.

— Minha nossa! Uma herança! É, é, mas de que maneira...?

— Enquanto estava a caminho de Bristol, com um jovem parente meu, aconteceu um ligeiro acidente perto de Wroxham. Lá, senhor, encontrei um indivíduo que me pareceu... mas não sou muito versado nesses assuntos... ter um caráter um tanto questionável. O quanto era questionável não fiquei sabendo até a manhã seguinte, quando um detetive de Bow Street chegou à hospedaria.

— Meu bom Deus, senhor! Isto é a coisa mais... Mas eu o interrompi!

— Absolutamente — disse Sir Richard de modo educado. — Deixei a hospedaria enquanto o detetive estava interrogando este indivíduo. Só depois que meu jovem primo e eu prosseguimos certa distância na nossa viagem é que descobri no meu bolso uma bolsa contendo o colar Brandon.

O juiz sentou-se empertigado na cadeira.

— O senhor me espanta! O senhor me deixa atônito! O colar no seu bolso? Realmente, eu não sei o que dizer!

— Não — concordou Sir Richard, levantando e enchendo novamente o copo do convidado. — Eu mesmo fiquei muito confuso. Na verdade, foi algum tempo antes de pensar em vir para cá.

— Não é de admirar, não é de admirar! Muito compreensível, na realidade! O senhor reconheceu o colar?

— Reconheci — admitiu Sir Richard voltando à cadeira. — Eu o reconheci, mas... realmente, estou pasmo com minha própria estupidez!... Não liguei imediatamente isso com o indivíduo que encontrei perto de Wroxham. A questão não era tanto como aquilo tinha vindo parar no meu bolso, mas como devolvê-lo a lorde Saar com a menor demora possível. Podia imaginar o desespero de Lady Saar com uma perda assim tão irreparável! Ah... uma dama de sensibilidade requintada, o senhor compreende!

O magistrado demonstrou que compreendia com um movimento de cabeça. O ponche de rum estava aquecendo-o quase tanto quanto o fogo, e não sentia uma sensação desagradável por estar junto a pessoas famosas.

— Felizmente... ou talvez deva dizer, à luz dos acontecimentos futuros, *infelizmente* — continuou Sir Richard —, lembrei-me de que Beverley Brandon... era o filho mais moço de Saar, devo dizer... estava hospedado nas redondezas. Reparei imediatamente nesta hospedaria, portanto, e sendo feliz o suficiente de encontrar Brandon pouco além da aldeia, dei-lhe o colar sem me preocupar mais com isso.

O juiz pousou o copo.

— O senhor lhe entregou o colar? Ele sabia que fora roubado?

— De modo algum. Ficou tão aturdido quanto eu, mas tomou à incumbência de devolvê-lo imediatamente ao pai. Considerei o assunto satisfatoriamente resolvido... Saar, o senhor sabe, tendo o maior desagrado quanto a qualquer tipo de notoriedade, como a que resultasse de um roubo, e dos procedimentos subsequentes.

— Senhor — falou o Sr. Philips —, pretende insinuar que este jovem infeliz foi assassinado por causa do colar?

— É isso — disse Sir Richard — que temo ter acontecido.

— Mas é chocante! Palavra de honra, senhor, estou bastante abalado!... o que... quem pode ter sabido que o colar estava com ele?

— Teria dito que ninguém poderia ter sabido, mas, depois de conjecturar, calculo que o indivíduo que escondeu o colar no meu bolso pode muito bem ter-me seguido a este lugar, esperando pela oportunidade de reavê-lo.

— É verdade! É verdade mesmo! O senhor vinha sendo espionado! O senhor não viu o homem em Queen Charlton?

— O senhor acha que ele deixaria... hã... que eu o visse? — indagou Sir Richard, fugindo da pergunta.

— Não. Na verdade, não! Certamente não! Mas temos de verificar isso!

— É — concordou Sir Richard, pensativo, balançando o monóculo na extremidade da fita. — E pensar que eu podia, com vantagem, olhar para o desaparecimento súbito desta hospedaria de uma pessoa astuta que se chamava capitão Trimble, Sr. Philips.

— Realmente, senhor! Isto se torna cada vez mais... Por favor, que motivos tem o senhor para supor que esse homem possa estar implicado no assassinato?

— Bem — disse Sir Richard lentamente —, algumas palavras ditas ao acaso que tocaram no assunto de... hã... coletes, fizeram o capitão Trimble disparar para Bristol.

O magistrado piscou e dirigiu um olhar acusador para o copo meio vazio. Uma suspeita horrível de que o ponche de rum tivesse afetado sua compreensão foi descartada, entretanto, pelas palavras de Sir Richard que se seguiram.

— O homem que conheci na hospedaria perto de Wroxham usava um colete de pele de gato. Uma referência ocasional a esta circunstância teve o efeito surpreendente de despertar a curiosidade do capitão. Perguntou-me em que direção viajava o homem com o colete de pele de gato, e quando eu disse que acreditava que ele se destinava a Bristol, ele deixou a hospedaria... hã... *incontinenti*.

— Compreendo! É, é, compreendo! Um cúmplice!

— Minha própria impressão — falou Sir Richard — é de que ele era um cúmplice que tinha sido... hã... tapeado.

O juiz deu a impressão de ter ficado impressionado com isto.

— É! Compreendo tudo! Santo Deus, isto é um caso terrível! Nunca fui procurado por causa de... Mas disse que este capitão Trimble foi para Bristol, senhor?

— Foi. Mas desde então fiquei sabendo, Sr. Philips, que às dezoito horas estava de volta a esta hospedaria. Ah! Deveria, compreendo, dizer ontem à tarde — acrescentou, relanceando o relógio sobre o consolo da lareira.

O Sr. Philips expirou profundamente.

— Suas revelações, Sir Richard, demonstram... são de fato, de tal natureza que... dou-lhe minha palavra, nunca pensei... Mas o assassinato! Descobriu isso, senhor?

— Eu encontrei o corpo de Brandon — corrigiu Sir Richard.

— Como é que fez isso, senhor? O senhor tinha alguma suspeita? O senhor...

— Nenhuma, absolutamente. Estava uma noite fresca, e saí para desfrutar um passeio ao luar. Puro acaso guiou meus passos para o bosque onde encontrei o corpo do meu amigo infeliz. Foi só desde que fiz esta descoberta melancólica que juntei as partes do... hã... indício.

O Sr. Philips tinha uma ideia nebulosa de que o acaso tivesse desempenhado um papel mais do que importante nas aventuras de Sir Richard, mas estava ciente de que o ponche que tinha bebido obscurecera ligeiramente seu intelecto. Falou com cautela:

— Senhor, a história que me revelou é de tal natureza que... em resumo, deve ser esquadrinhada com cuidado! Devo exigir que o senhor não se afaste dos arredores até que eu tenha tido tempo... por favor, não me entenda mal! Não há a menor sugestão, asseguro-lhe, de...

— Meu caro senhor, eu não o levo a mal, e não tenho intenção de me afastar desta hospedaria — disse Sir Richard, tranquilizando-o. — Estou ciente de que o senhor tem, até aqui, apenas a minha palavra dizendo-lhe que sou realmente Richard Wyndham.

— Ah, quanto a isso, estou certo... não sugiro que não acredito... Mas meu dever é determinado! O senhor vai levar em conta minha posição, estou certo!

— Perfeitamente! — falou Sir Richard. — Estou inteiramente a seu dispor. O senhor, como homem experiente, estou certo, levará em conta a necessidade de exercer... ah... a mais delicada discrição ao tratar deste caso.

O Sr. Philips, que certa vez passara três semanas em Londres, sentiu-se lisonjeado ao pensar que a impressão desta breve visita tinha sido marcante o suficiente para ser notada por um personagem como o Belo Wyndham, e inflou de orgulho. A cautela inata, entretanto, aconselhava-o a adiar a investigação para um momento em que estivesse mais sóbrio. Levantou-se com dignidade e cuidado e colocou o copo vazio à mesa

— Estou às suas ordens! — proferiu. — Esperarei pelo senhor amanhã... não, hoje! Devo pensar nesse caso. Um negócio terrível! Acho que se pode dizer, um negócio terrível!

Sir Richard concordou, e depois de troca meticulosa de reverências, o Sr. Philips partiu. Sir Richard apagou as velas e subiu para se deitar, bastante satisfeito com o trabalho da noite.

Pela manhã, Pen foi a primeira a descer. O dia estava ótimo, e a gravata, lisonjeava-se, muito bem atada. Sua maneira de andar mostrava-se ligeiramente saltitante quando saiu para examinar o tempo. Sir Richard, que não acreditava em acordar cedo, pedira o desjejum para as nove horas, e ainda eram oito. Uma empregada estava ocupada em varrer o chão da sala de estar particular e um garçom aborrecido estendia toalhas limpas nas mesas no restaurante. Quando Pen passou pelo vestíbulo, o hospedeiro, que conversara em voz baixa com um cavalheiro desconhecido, olhou em torno e exclamou:

— Aqui está o próprio jovem cavalheiro, senhor!

O Sr. Philips, enfrentando o maior crime jamais cometido dentro dos limites de sua jurisdição, talvez tivesse ingerido uma mistura forte demais de ponche de rum na noite anterior, mas era uma pessoa dedicada, e, apesar de ter acordado com a cabeça doída, não perdeu tempo para sair da cama confortável, voltando a cavalo para Queen Charlton a fim de continuar as investigações. Quando Pen parou, ele deu um passo à frente e cumprimentou-a com um bom-dia cortês. Ela respondeu, desejando que Sir Richard descesse; e quando o Sr. Philips perguntou-lhe, num tom bondosamente paternal, se era o jovem primo de Sir Richard, ela assentiu, e desejou que o magistrado não lhe perguntasse o nome.

Não perguntou. Disse:

— Você estava com Sir Richard quando ele descobriu este crime assustador, não estava, meu jovem?

— Bem, não exatamente — respondeu Pen.
— Ah? Mas como pode ser isso?
— Eu estava e não estava — explicou Pen, com uma honestidade que tirava a petulância das palavras. — Eu não vi o corpo.
— Não? Conte-me apenas o que aconteceu. Não precisa ter nenhuma preocupação, você sabe! Se saiu para passear com seu primo, como é que se separaram?
— Bem, senhor, havia uma coruja — confidenciou Pen descaradamente.
— Vamos, vamos! Uma *coruja*?
— É: meu primo também falou isso.
— Falou o quê?
— Vamos, vamos! Ele não se interessa pela vida das aves.
— Ah, entendo! Você coleciona ovos, hã? É isso?
— É, e também gosto de observar as aves.

O Sr. Philips sorriu, tolerante. Calculava que idade o rapaz esguio devia ter, e achou que era uma pena que o jovem fosse tão afeminado; mas sendo ele mesmo um homem do interior, vagamente podia lembrar os dias em que observava as aves na sua juventude.

— Sei, sei, compreendo! Você foi sozinho para tentar vislumbrar esta coruja: bem, eu fiz a mesma coisa no meu tempo! E por isso você não estava com seu bom primo quando ele chegou à clareira no bosque?

— Não, mas o encontrei quando voltou e, claro, ele me disse o que tinha encontrado.

— Ouso afirmar, meu rapaz, mas "ouvir dizer" não é prova — disse o Sr. Philips, balançando a cabeça, dispensando-a.

Pen encaminhou-se para a porta, achando que tinha se saído de uma situação difícil com segurança. O proprietário correu atrás dela com uma carta selada.

— Quase que ia me esquecendo! Desculpe-me, senhor, mas uma jovem trouxe-lhe isto, não faz uma hora. Pelo menos, era para um jovem cavalheiro de nome Wyndham. Não seria por engano para o senhor?

Pen pegou a carta e a olhou com desconfiança.

— Uma jovem? — repetiu.

— Bem, senhor, era uma das criadas jovens do major Daubenay.

— Ah! — proferiu Pen. — Ah, muito bem! Obrigado!

Foi para a rua da aldeia, e depois olhando dubiamente para o endereço do bilhete, que era para: "Wyndham, Esq." e escrito numa letra redonda por mão de criança de colégio. Abriu o selo e estendeu a folha única.

> *Prezado Senhor*, começava a carta, bastante formal, *O Ser Desesperado a quem amparou ontem à noite está num Caso Desesperado, e suplica-lhe que venha ao pequeno pomar perto da estrada às oito horas em ponto, porque é indispensável que eu tenha uma Conversa Particular com o senhor. Não deixe de vir. Sua criada,*
> *Lydia Daubenay.*

Estava evidente que a Srta. Daubenay escrevera essa carta num estado de agitação considerável. Imensamente intrigada, Pen indagou o caminho para a casa do major Daubenay a um entregador de pão e partiu pela estrada poeirenta.

Quando chegou ao lugar marcado para o encontro eram oito e meia, e a Srta. Daubenay, impaciente, andava de um lado para outro. Uma sebe espessa escondia o pomar da vista da casa, e um muro baixo cercava-o do caminho. Pen pulou-o sem muita dificuldade, e foi saudada por uma acusação instantânea:

— Ah, você está muito atrasado! Fiquei esperando séculos!

— Bem, sinto muito, mas vim assim que li sua carta — falou Pen saltando para dentro do pomar. — Por que você quer me ver?

A Srta. Daubenay sacudiu as mãos e proferiu em tom tenso:

— Tudo deu errado. Estou muito assustada! Não sei o que fazer!

Pen não revelou nenhuma solicitude específica diante deste discurso comovente, mas olhou criticamente de alto a baixo a Srta. Daubenay.

Era uma menina bonita, quase da mesma idade de Pen, mas mais baixa, e mais cheinha. Tinha uma profusão de cachinhos castanhos, um par de olhos castanhos semelhantes aos das corças e uma boca suave que parecia um botão de rosa. Usava um traje de musselina branca, de cintura alta, com babados na altura dos tornozelos, e com muitas fitas azul-claras de pontas flutuantes. Encarou Pen com os olhos cheios de emoção e sussurrou:

— Posso confiar em você?

A Srta. Creed possuía uma mente literalmente feminina, e em vez de responder de imediato e de modo verdadeiramente cavalheiresco, replicou cautelosamente:

— Bem, provavelmente pode, mas não terei certeza até saber o que você deseja.

A Srta. Daubenay deu a impressão de ter ficado um pouco desanimada por um momento e disse num gemido suave:

— Estou num aperto tão grande! Fui muito, muito tola!

Pen não achou difícil acreditar nisso. Falou:

— Bem, não fique aí torcendo as mãos! Vamos nos sentar debaixo daquela árvore.

Lydia mostrava-se cheia de dúvidas.

— Não estará molhado?

— Não, claro que não! Além disso, e se estivesse?

— Ah, a grama podia manchar meu vestido!

— Parece-me — disse Pen severamente — que se você está se preocupando com o vestido não pode estar numa dificuldade assim tão grande.

— Ah, mas estou! — falou Lydia, sentando-se na grama e cruzando os braços no busto. — Não sei o que você dirá ou pensará de mim! Devo estar louca! Só você foi bondoso comigo ontem à noite, e achei que podia confiar em você!

— Ouso afirmar que pode — disse Pen. — Mas gostaria que você me contasse o que está acontecendo, porque ainda não tomei o café da manhã, e...

— Se tivesse achado que você seria tão pouco solidário, nunca, nunca o teria chamado! — declarou Lydia, com voz trêmula.

— Bem, é muito difícil ser solidário quando você não faz nada além de torcer as mãos e dizer o tipo de coisa que na realidade não esclarece nada — disse Pen razoavelmente. — Comece pelo princípio!

A Srta. Daubenay curvou a cabeça.

— Sou a criatura mais infeliz na face da Terra! — proclamou. — Tive a infelicidade de me comprometer com alguém que meu pai não tolerará.

— É. Achei que fosse isso. Suponho que você tenha ido se encontrar com ele no bosque ontem à noite?

— Ai de mim, é verdade! Mas não me julgue precipitadamente! Ele é o mais inatacável... o mais...

— Se ele é inatacável — interrompeu Pen —, por que seu pai não o tolera?

— Tudo é preconceito maldoso! — suspirou Lydia. — Meu pai discutiu com o pai dele, e eles não se falam.

— Ah! Por que discutiram?

— Por causa de um pedaço de terra — disse Lydia tristemente.

— Parece muito bobo.

— É bobagem. Só que *eles* levam isso muito a sério, e não dão a menor importância a *nosso* sofrimento! Fomos forçados a usar esse expediente detestável de nos encontrarmos em segredo. Devo dizer-lhe que meu prometido é a *própria* honra em pessoa! Para ele, subterfúgios são repugnantes, mas o que podemos fazer? Nós nos amamos!

— Por que não fogem? — sugeriu Pen praticamente.

Olhos assustados saltaram-lhe.

— Fugir para onde?

— Para Gretna Green, claro.

— Ah, eu não poderia! Pense só no escândalo!

— Acho que devia tentar ser mais corajosa. Entretanto, ouso afirmar que você não pode evitar.

— Você é o rapaz mais grosseiro que já encontrei! — exclamou Lydia —, afirmo que me arrependo de tê-lo chamado!

— Eu também, porque isso me parece uma história tola, e eu não tenho nada com isso — retrucou Pen, com franqueza. — Ah, por favor, não comece a chorar! Vamos, desculpe-me! Não queria ser indelicado! Mas por que você mandou me chamar?

— Porque, embora você seja grosseiro e horrível, não me parece ser como nenhum outro jovem, então achei que ia compreender, e não se aproveitar de mim.

Pen deu um risinho súbito, malicioso.

— Não farei *isso*, em nenhuma circunstância! Ah, Deus, estou ficando com tanta fome! Diga-me por que pediu que eu viesse aqui!

A Srta. Daubenay passou pelos olhos um lencinho delicado.

— Fiquei tão assustada ontem à noite que praticamente não sabia o que estava fazendo! E quando cheguei a minha casa, a coisa mais temida aconteceu! Papai me viu! Ah, senhor, acusou-me de ter saído para encontrar P... para encontrar meu prometido, e disse que eu devia ser mandada outra vez para Bath hoje mesmo, a fim de ficar com minha tia-avó Augusta. A velha mais horrível, desagradável! Nada além de gamão e espionagem, e tudo o que há de mais odioso! Senhor, senti-me numa situação desesperada! Na realidade, falei antes que tivesse tempo de pensar nas consequências!

— Falou o quê? — perguntou Pen, paciente mas cansada.

A Srta. Daubenay baixou a cabeça novamente.

— Que não tinha... não tinha sido *aquele* homem que eu tinha ido encontrar, mas um outro, que eu conhecera em Bath, quando tinha sido mandada para a casa da tia-avó Augusta a fim de... a fim de me curar do hábito de encontrar este outro homem c-clandestinamente, porque achei que isso faria papai ficar com medo de me mandar para lá, e talvez pudesse reconciliá-lo com o verdadeiro homem.

— Ah! — disse Pen, com dúvidas. — E conseguiu?

— Não! Ele disse que não acredita em mim.

— Bem, devo dizer que não me surpreendo com isso.

— É, mas no fim ele acreditou, e agora eu gostaria de nunca ter falado isso. Ele disse que, se havia um outro homem, quem era ele?

— Você deveria ter pensado nisso. Que era provável que ele fizesse essa pergunta, e acredito que tenha parecido muito tola quando não foi capaz de responder.

— Mas eu respondi! — murmurou a Srta. Daubenay, aparentemente vencida.

— Mas como é que você conseguiu, se não existe um outro homem?

— Eu disse que era você! — falou a Srta. Daubenay desesperada.

X

O efeito dessa confissão sobre Pen não foi bem o que a Srta. Daubenay esperava. Ela arfou, sentiu-se sufocada e teve um acesso de riso. Insultada, a Srta. Daubenay disse:

— Não vejo qual o motivo para rir!

— Não, ouso afirmar que não — replicou Pen, enxugando os olhos. — Mas é excessivamente engraçado tudo isso. O que a fez dizer uma coisa tão tola?

— Não consegui pensar em nada mais para dizer. E quanto a ser *tola,* você me acha muito pouco favorecida, mas já tive *diversos* pretendentes!

— Acho você muito bonita, mas não vou ser um dos pretendentes — falou Pen com firmeza.

— Eu não quero que você o seja! Por um lado, acho-o odiosamente grosseiro, e também jovem demais, por isso é que o escolhi, porque achei que estaria bem mais segura agindo assim.

— Bem, você está, mas nunca ouvi nada tão tolo em toda a minha vida! Por favor, de que adianta dizer a seu pai petas como essas?

— Eu lhe disse — falou Lydia zangada. — Praticamente não sabia o que estava dizendo, e achei... Mas tudo deu errado!

Pen a olhou com desconfiança.

— O que você quer dizer?

— Papai vai visitar seu primo hoje de manhã.

— O quê?! — exclamou Pen.

Lydia confirmou com um aceno de cabeça.

— É, e ele não está absolutamente zangado. Está satisfeito!

— Satisfeito? Como é que pode ficar satisfeito quando você mantém encontros clandestinos com um estranho?

— Para falar a verdade, ele disse mesmo que isso era muito errado da minha parte. Mas me perguntou seu nome. Claro que eu não sei, mas seu primo disse que se chamava Wyndham, por isso disse que o seu também era.

— Mas não é!

— Bem, como é que ia saber disso? — indagou Lydia, melindrada. — Eu tinha de dizer alguma coisa!

— Você é a moça mais sem princípios do mundo! Além disso, por que ele haveria de ficar satisfeito por você ter dito que meu nome era Wyndham?

— Aparentemente — respondeu Lydia, soturna —, os Wyndham são fabulosamente ricos.

— Deve dizer-lhe sem perda de tempo que eu *não* sou um Wyndham e que não tenho dinheiro absolutamente!

— Como é que eu posso dizer a ele uma coisa dessas? Acho que você está ficando irracional! Mas considere! Se eu disser agora que me enganei quanto ao seu nome, ele haveria de supor que você tinha andado me enganando!

— Mas você não pode esperar que eu finja que estou apaixonado por você! — falou Pen, consternada.

Lydia fungou.

— Nada havia de ser mais repulsivo para mim do que esta ideia. Já estou arrependida de tê-lo mencionado a papai. Acontece que eu *o fiz*, e agora não sei o que fazer. Ele ficaria tão zangado se soubesse que eu inventei tudo isso...

— Bem, sinto muito mesmo, mas me parece que a culpa é toda sua, e eu lavo minhas mãos — observou Pen.

Relanceou os olhos pela fisionomia semelhante a uma flor da Srta. Daubenay e fez uma descoberta. O queixo suave da Srta. Daubenay adquiriu uma aparência de obstinação; os olhos de corça desenvolveram o olhar com uma mistura de súplica e determinação.

— Não pode lavar as mãos neste caso. Eu lhe disse que papai vai solicitar um encontro com seu primo hoje.

— Você deve impedi-lo.

— Não posso. Você não conhece papai!

— Não conheço nem quero conhecê-lo — destacou Pen.

— Se eu disser que foi tudo mentira, não sei o que ele haveria de fazer. Não farei isso! Não importa o que você possa dizer: não *farei* isso!

— Bem, negarei todas as palavras de sua história.

— Então — disse Lydia, não sem triunfo —, papai há de lhe fazer alguma coisa pavorosa, porque achará que você é que está mentindo!

— Parece-me que a menos que ele seja um grande idiota deve lhe conhecer muito bem agora para deduzir que *você* é que está mentindo! — falou Pen asperamente.

— Não adianta ser desagradável e grosseiro — falou Lydia. — Papai acha que você me seguiu até Queen Charlton.

— Quer dizer que foi isso que disse a ele — retrucou Pen, amarga.

— É, eu disse. Pelo menos ele me perguntou e eu confirmei antes que tivesse tempo para pensar.

— Realmente, você é a criatura mais sem juízo de todas. Será que você não pensa *nunca*! — exclamou Pen, exasperada. — Veja só que confusão você criou! Ou seu pai vai me perguntar quais são as minhas intenções, ou... o que acho bastante mais provável... vai se queixar a Richard a respeito da minha conduta! Ah, Deus, o que será que Richard dirá diante desta nova perturbação?

Estava claro que nada disso significava coisa alguma para a Srta. Daubenay. Por simples formalidade, repetia que sentia muito, mas acrescentava:

— Esperava que você fosse capaz de me ajudar. Mas você é um garoto! Não compreende o que significa ser perseguida como eu sou!

Esta observação não podia fazer outra coisa a não ser despertar o acorde de solidariedade.

— Por falar nisso, eu sei — disse Pen. — Só que ajudar você significa pedir-lhe a mão, e eu não farei isso. Quanto mais penso nisso, mais ridículo me parece que você tivesse de me arrastar para tal. Como é que se pode usar uma história absurda como essa?

Lydia suspirou.

— Não se pensa nessas coisas no calor do momento. Além disso, não pretendia realmente arrastá-lo para isso. Só... aconteceu.

— Não consigo entender como pode ter acontecido se você não tivesse a intenção.

— Uma coisa leva a outra — explicou Lydia vagamente. — Pouco antes de eu saber disso, a história inteira tinha... tinha tomado uma grande proporção. Claro que não desejo que você peça minha mão, mas acho mesmo que você poderia fingir que queria, de modo que papai não suspeitasse da minha mentira.

— Não! — disse Pen.

— Acho que você é muito cruel — choramingou Lydia. — Serei mandada de volta a Bath e a tia-avó Augusta me espionará, e nunca mais hei de ver Piers outra vez!

— Quem? — Pen virou a cabeça violentamente. — *Quem* você não verá mais?

— Ah, por favor, não me pergunte! Não pretendia citar-lhe o nome!

— Você está... — Pen estacou, com o rosto pálido, e começou novamente: — Você está comprometida com Piers Luttrell?

— Você o conhece! — A Srta. Daubenay bateu palmas em êxtase.

— Conheço — disse Pen, com a impressão de que o fundo do estômago tivesse desaparecido. — Eu o conheço.

— Então vai me ajudar!

Os claros olhos azuis da Srta. Creed encontraram os vacilantes olhos castanhos da Srta. Daubenay. A Srta. Creed inspirou profundamente.

— Piers está... está realmente apaixonado por você? — indagou, incredulamente.

A Srta. Daubenay empertigou-se.

— Não precisa parecer tão surpreso! Estamos comprometidos há mais de um ano inteiro! Por que você está com uma aparência tão estranha?

— Desculpe-me — respondeu Pen, arrependida. — Mas como Piers deve ter mudado! É muito esquisito!

— Por quê? — indagou Lydia, encarando.

— Bem, é... é que você não entenderia. Ele vem se encontrando com você no bosque durante um ano inteiro?

— Não, porque papai me mandou para Bath, e Sir Jasper proibiu-o de continuar a me ver, e até Lady Luttrell disse que éramos muito jovens. Mas nós nos amamos!

— Parece-me extraordinário — disse Pen, balançando a cabeça. — Sabe, acho difícil de acreditar!

— Você é o rapaz mais detestável! É a mais pura verdade, e se conhece Piers pode mesmo perguntar-lhe! Quem me dera nunca ter posto os olhos em você!

— Quem me dera a mesma coisa — replicou Pen, com franqueza.

A Srta. Daubenay desmanchou-se em lágrimas. Pen examinou-a com interesse e logo perguntou com voz de curiosidade:

— Você sempre chora tanto assim? Chora... chora diante de Piers?

— Eu não choro *diante* das pessoas! — soluçou a Srta. Daubenay. — E se Piers soubesse como você tem sido desagradável comigo seria muito provável que lhe batesse!

Pen deu um soluço por causa da gargalhada. Isto enfureceu tanto Lydia que ela parou de chorar, e ordenou dramaticamente que Pen deixasse o pomar naquele instante. Entretanto, quando descobriu que Pen estava muito disposta a tomar suas palavras ao pé da letra, correu atrás dela e agarrou-a pelo braço.

— Não, não, você não pode ir embora enquanto não tivermos resolvido o que deve ser feito. Você não há... ah, você *não pode* ser cruel o suficiente para negar minha história para papai!

Pen pensou nisso.

— Bem, desde que você não espere que eu peça sua mão...

— Não, não, eu prometo que não esperarei.

Pen franziu as sobrancelhas.

— Está bem, mas não vai adiantar. Só existe uma coisa a fazer: você terá de fugir.

— Mas...

— Agora, não me venha falar de escândalo, e de estragar seu vestido! — suplicou Pen. — Por um lado, é detestavelmente afetado, e por outro lado Piers nunca será capaz de suportar isso.

— Piers — falou a Srta. Daubenay, com o busto inflando — acha que eu sou perfeita!

— Há muito tempo que não vejo Piers, mas é impossível que tenha se tornado tão idiota assim! — observou Pen.

— Sim, ele... ah, eu te odeio! — gritou Lydia, batendo com os pés. — Além disso, como é que eu posso fugir?

— Ah, Piers terá de arranjar isso! Se Richard não se opuser, ouso afirmar que posso ajudá-lo — assegurou-lhe Pen. — Você terá de fugir bem tarde da noite, claro, o que me põe na cabeça um detalhe muito importante: precisará de uma escada de corda.

— Eu não tenho escada de corda — interpôs Lydia.

— Bem, Piers tem de fazer uma para você. Se ele a jogar para a sua janela, você pode amarrá-la com segurança, não pode, e descer por ela?

— Prefiria fugir pela porta — disse Lydia, encarando-a, desamparada.

— Ah, muito bem, mas parece muito maçante! Entretanto, isso não é nada da minha conta. Piers estará esperando por você com uma carruagem e quatro cavalos. Você entra nela, e os cavalos dispararão, e você fugirá para a fronteira! Posso ver tudo! — declarou Pen, com os olhos brilhando.

Lydia deu a impressão de ter-se contagiado pelo entusiasmo de Pen.

— Para falar a verdade, parece mesmo romântico — admitiu. — Só que é um caminho longo até a fronteira, e todos ficariam bastante zangados conosco!

— Desde que se casem, isso não terá importância.

— Não, não teria, não é? Mas acho que Piers não tem dinheiro nenhum.

— Ah! — O rosto de Pen murchou. — Isto torna as coisas bastante constrangedoras. Mas ouso afirmar que daremos um jeito.

Lydia falou:

— Bem, se não se importa, preferiria não ir para Gretna, porque embora seja romântico não posso deixar de achar que é muito desconfortável. Além disso, não poderia ter damas de honra, ou vestido de noiva, ou véu de renda, ou qualquer coisa.

— Não fique tagarelando! — disse Pen. — Eu estou pensando.

Lydia ficou obedientemente calada.

— Precisamos amansar o coração de seu pai! — declarou Pen, afinal.

Lydia deu a impressão de estar em dúvida.

— Gostaria disso mais do que qualquer coisa, mas como?

— Ora, tornando-o agradecido a Piers, claro!

— Mas por que ele haveria de ficar agradecido a Piers? Ele diz que Piers é um jovem idiota.

— Piers — disse Pen — deve resgatá-la de um perigo mortal.

— Ah, não, por favor! E pense só como seria horrível se ele não me resgatasse?

— Como você é bobinha! — exclamou Pen desdenhosamente. — Não vai haver nenhum perigo mortal!

— Mas se não há perigo, como é que Piers...?

— Piers vai salvá-la de mim! — explicou Pen.

Lydia piscou para ela.

— Eu não compreendo. Como pode Piers...?

— Pare de dizer: "Como pode Piers?"! — suplicou Pen. — Temos de fazer seu pai acreditar que eu sou um jovem sem eira nem beira, sem nenhuma perspectiva absolutamente, e depois fugiremos juntos!

— Mas eu não quero fugir com você!

— Não, idiota, e não quero fugir com você! Será só um plano. Piers deve cavalgar atrás de nós e nos pegar, e então devolvê-la a seu pai. E ele ficará tão satisfeito que permitirá que você se case com Piers, afinal de contas! Porque Piers tem muito boas perspectivas, a senhorita sabe.

— É, mas você está se esquecendo de Sir Jasper — argumentou Lydia.

— Talvez possamos não ser perseguidos por Sir Jasper — disse Pen, impaciente. — Além disso, ele está fora. Agora, não faça mais objeções! Tenho de voltar à hospedaria e avisar Sir Richard. E também vou conversar com Piers, ouso afirmar que teremos tudo arranjado bem depressa. Vou encontrá-la no bosque esta noite, para lhe dizer o que deve fazer.

— Ah, não, não, não! — Lydia tremeu. — No bosque não! Nunca mais hei de botar o pé ali outra vez!

— Bem, aqui, então, já que você é tão sensível. Por falar nisso, você contou tudo a seu pai? Quero dizer, como você viu o capitão Trimble matar o gago?

— Contei, claro que contei, e ele me falou que devo contar ao Sr. Philips! É tão horrível para mim! Pensar que meus problemas me tiraram aquilo da cabeça!

— Como você é maçante! — desabafou Pen. — Você não devia ter dito uma palavra a esse respeito! Aposto, ficaremos atrapalhados agora, porque Richard já contou ao Sr. Philips a história *dele*, e eu contei a minha a ele e agora é bem provável que você diga alguma coisa completamente diferente. Por acaso mencionou Richard a seu pai?

— Não — confessou Lydia, deixando pender a cabeça. — Só disse que fugi.

— Ah, bem, neste caso talvez não tenha prejudicado em nada! — falou Pen, com otimismo. — Agora eu vou embora. Encontrarei você aqui depois do jantar.

— Mas e se eles me vigiarem, e eu não puder escapar? — gritou Lydia, tentando detê-la.

Pen já tinha subido no muro, e agora preparava-se para saltar para a estrada.

— Você tem de pensar em alguma coisa — disse ela duramente, e sumiu da visão da Srta. Daubenay.

Quando Pen chegou à hospedaria The George, Sir Richard ainda não tinha terminado o desjejum, mas estava prestes a sair à procura de seu encargo errante. Ela entrou na sala de estar, corada e bastante ofegante, e disse impetuosamente:

— Ah, Richard, que aventura! Tenho tanta coisa para lhe contar! Todos os nossos planos têm de ser mudados!

— É muito repentino! — falou Sir Richard. — Posso perguntar por onde andou?

— Pode, claro — disse Pen, sentando-se à mesa e passando manteiga prodigamente numa fatia de pão. — Estive com aquela mocinha idiota. Não poderia imaginar que alguém fosse tão idiota, senhor!

— Acho que poderia. O que ela anda fazendo, e por que você foi vê-la?

— Bem, é uma história longa e *a mais* atrapalhada!

— Nesse caso — falou Sir Richard —, talvez eu entenda melhor se você não me contar com a boca cheia.

Os olhos dela iluminaram-se com a risada. Engoliu o pão com manteiga e disse:

— Ah, sinto muito! Estou com tanta fome...

— Coma uma maçã — sugeriu ele.

Ela piscou em sinal de compreensão.

— Não, obrigada, vou comer um bocado desse presunto. Caro senhor, o que supõe que aquela maldita moça fez?

— Não tenho a menor ideia — respondeu Sir Richard, cortando várias fatias de presunto.

— Ora, contou ao pai que tinha ido ao bosque ontem à noite a fim de se encontrar *comigo*!

Sir Richard descansou a faca e o garfo.

— Santo Deus, por quê?

— Ah, por uma razão tão idiota que nem vale a pena contar! Mas acontece o seguinte, senhor, o pai dela está vindo para falar-lhe a esse respeito hoje de manhã. Ela esperava, não é, que se dissesse que vinha se encontrando comigo clandestinamente em Bath...

— Em Bath? — interrompeu Sir Richard com uma voz sumida.

— É, ela disse que vinha se encontrando comigo em Bath, porque não queria ser mandada para a tia-avó dela, Augusta, outra vez. Entendo muito bem *isso*, mas...

— Então seu entendimento é muito melhor do que o meu — observou Sir Richard. — Até agora não tive o privilégio de entender uma palavra dessa história. O que a tia-avó Augusta tem a ver com isso?

— Ah, eles mandaram Lydia para ficar com ela, percebe, e ela não gostou! Disse que era só jogar gamão e ser espionada. Não pude deixar de me comover com isso, porque sei exatamente o que isso significa.

— Fico satisfeito — disse Sir Richard, com ênfase.

— Acontece que ela achou que, se dissesse ao pai que me vinha encontrando às escondidas em Bath, ele não a mandaria para lá outra vez.

— Para mim, isso parece claramente loucura na forma mais aguda.

— É, parece-me também. Mas o pior ainda está para vir. Ela disse que em vez de ficar zangado, o pai se sente disposto a ficar satisfeito!

— A loucura parece ser hereditária.

— Foi o que eu pensei, mas parece que Lydia disse ao pai que meu nome era Wyndham, e agora ele pensa que talvez ela esteja prestes a fazer um grande casamento.

— Santo Deus!

— Eu sabia que você ia ficar surpreso. E há uma outra circunstância também, que torna tudo isso complicado. — Ela levantou o olhar do prato rapidamente e disse com um pouco de dificuldade: — Descobri uma coisa que... que me deixou bem surpresa. Ela me disse com quem foi se encontrar no bosque ontem à noite.

— Entendo — disse Sir Richard.

Ela corou.

— Senhor... então sabia?

— Eu imaginava, Pen.

Ela fez um movimento de cabeça.

— Fui idiota por não suspeitar. Para falar a verdade, eu pensei... Entretanto, isso não tem importância. Esperava que você não fosse querer me contar.

— Você dá muita importância a isso? — indagou ele abruptamente.

— Bem, eu... isso... entende?, tinha enfiado na cabeça que Piers... e eu... Por isso ouso afirmar que só levarei pouco tempo para me acostumar a isso! Agora temos de considerar o que devemos fazer para ajudar Piers e Lydia.

— Nós? — interrompeu Sir Richard.

— É, porque depende muito de você persuadir o pai de Lydia de que eu não sou um pretendente qualificado. É o mais importante!

— Você está querendo me dizer que aquele louco vem aqui a fim de obter meu consentimento para que você se case com a filha dele?

— Acho que ele vem para descobrir se eu sou muito rico, e se minhas intenções são honradas — falou Pen, servindo-se de uma xícara de café. — Mas ouso afirmar que Lydia confundiu tudo, porque é espantosamente idiota, não é? E talvez ele venha queixar-se a respeito de minha conduta vergonhosa, encontrando com Lydia em segredo.

— Estou prevendo uma manhã agradável — falou Sir Richard secamente.

— Bem, devo dizer que acho que será muito divertida — admitiu Pen. — Porque... ora, o que aconteceu, senhor?

Sir Richard cobriu os olhos com uma das mãos.

— Você acha que será muito divertido! Santo Deus!

— Ah, agora você está rindo de mim outra vez!

— Rindo! Estou relembrando da minha casa confortável, minha vida organizada, minha reputação imaculada até agora, e conjecturando o que algum dia fiz por merecer, para ser empurrado nesta confusão desavergonhada! Aparentemente, devo passar à história não só como o primo que era um monstro completo de depravação, mas o que na realidade o ajudou e o tornou cúmplice na tentativa de seduzir uma jovem respeitável.

— Não, não! — explicou Pen veementemente. — Não é nada disso, asseguro-lhe! Já tenho tudo arrumado da melhor maneira possível, e *sua* parte será alguma coisa das mais apropriadas!

— Ah, bem, *neste* caso...! — disse Sir Richard baixando a mão.

— Agora eu sei que está rindo de mim! Eu vou ser o filho único de uma viúva.

— Essa mulher infeliz tem toda a minha solidariedade.

— Sim, porque sou muito rebelde, e ela não consegue fazer nada a respeito. É por isso que você está aqui, claro. Não posso deixar de ver que não pareço ter a idade suficiente para ser um pretendente adequado. Acha que pareço, senhor?

— Não, não acho. Na verdade, não ficaria surpreso se o pai de Lydia viesse com uma vara de marmelo.

— Santo Deus, que coisa horrível! Nunca pensei nisso! Bem, dependerei de você.

— Pode depender, com toda confiança, para contar ao major Daubenay que a história da filha é uma mixórdia de mentiras.

Pen balançou a cabeça.

— Não, não podemos fazer isso. Eu mesma disse exatamente isso, mas você tem de ver como seria difícil persuadir o major Daubenay de que estamos falando a verdade. Pense, senhor! Ela contou a ele que eu a segui até aqui, e devo admitir que parece muito obscuro, porque eu *estava* no bosque ontem à noite, e você possivelmente não conseguirá explicar a história verdadeira. Não, devemos nos esforçar ao máximo. Além disso, sinto que devemos ajudar Piers, se ele quiser de verdade se casar com aquela criatura tola.

— Não tenho a menor intenção de ajudar Piers, que me parece estar se comportando da maneira mais repreensível.

— Ah, não, na realidade ele não pode deixar de agir assim! Vejo que o melhor é contar-lhe a história inteira.

Sem dar tempo a Sir Richard para reclamar, lançou-se num relatório rápido e colorido das tribulações dos jovens namorados. O relato, sendo livremente embelezado com seus próprios comentários, foi demasiado envolvente, e Sir Richard várias vezes interrompeu solicitando esclarecimentos sobre alguns pontos obscuros. No fim, observou, sem demonstrar entusiasmo digno de nota:

— Uma história das mais sentimentais. Por mim, acho que o tempo de Montecchio e Capuleto está irremediavelmente fora de moda, apesar de tudo.

— Bem, eu já decidi quanto a isso que só há uma coisa a fazer por eles. Eles têm de fugir para casar.

Sir Richard, que estivera brincando com o monóculo, deixou-o cair e falou com severidade espantosa:

— Já basta! Agora, compreenda-me, pirralha, vou me comprometer a enganar o pai irado, mas deve acabar aí! Este casal extremamente tedioso pode fugir para casar amanhã pelo pouco que me importa, mas não vou me intrometer nisso, e não permitirei que você se intrometa também. Entende?

Pen olhou-o especulativamente. Não havia sorriso visível nos olhos dele, que na realidade pareciam muito mais severos do que jamais havia creditado que pudessem parecer. Estava claro que ele não daria nenhum apoio àquele plano que ela havia elucubrado de fugir ela mesma com a Srta. Daubenay. Seria melhor, resolveu Pen, não lhe contar nada disso. Porém não era daquelas que deixam um desafio sem resposta, e replicou com graça:

— Você pode agir como quiser, mas *não* tem o direito de me dizer o que eu devo ou não fazer! Não é nem um pouco da sua conta.

— Vai ser muito da minha conta — replicou Sir Richard.

— Eu não compreendo o que você possivelmente quer dizer com uma coisa tão idiota!

— Acho que você não compreende, mas compreenderá.

— Bem, não vamos discutir por causa disso — falou Pen, apaziguadora.

De repente ele riu.

— Na verdade, espero que não discutamos!

— E você não vai contar para o major Daubenay que a história de Lydia é falsa?

— O que você quer que eu lhe diga? — indagou ele, sucumbindo à nota persuasiva na voz dela, e ao olhar suplicante nos olhos inocentes.

— Ora, que eu estava com meu professor particular em Bath, mas que eu era tão impertinente que minha mãe...

— A viúva?

— É, e *agora* você entende por que ela é viúva!

— Se você deve favorecer seu pai fictício, compreendo mesmo. Ele faleceu na forca.

— É isso que Jimmy Yarde chama de Morte Vil.

— Acho que sim, mas você não morrerá assim.

— Ah, muito bem! Onde é que eu estava?

— Com o professor particular.

— Pode ter certeza. Bem, eu era tão impertinente que minha mãe o chamou para me trazer para casa. Espero que você seja um tutor, ou qualquer coisa dessa natureza. E pode dizer todas as coisas mais horríveis a meu respeito para o major Daubenay. Na verdade, é melhor o senhor dizer-lhe que não presto para *nada*, além de ser muito pobre.

— Não tenha receio! Vou pintar um quadro tão horrível que o faça ficar grato que sua filha tenha escapado de se comprometer com um monstro como você.

— É, faça isso! — disse Pen cordialmente. — E depois eu devo me encontrar com Piers.

— E depois? — perguntou Sir Richard.

Ela suspirou.

— Ainda não tinha pensado nisso. Realmente, temos tantas coisas nas mãos que não posso ser criticada por não arquitetar mais planos agora mesmo!

— Poderia sugerir-lhe um plano, Pen?

— Pode, claro, se consegue pensar em algum. Mas primeiro eu gostaria de me encontrar com Piers, porque ainda não consigo compreender muito que ele deseje realmente se casar com Lydia. Ora, ela não sabe fazer nada além de chorar, Richard!

Sir Richard fitou Pen com olhos enigmáticos.

— É — falou ele. — Talvez seja melhor que você veja Piers antes. As pessoas... especialmente os jovens... mudam muito em cinco anos, fedelha.

— É verdade — falou ela, em tom melancólico. — Mas *eu* não mudei!

— Eu acho que talvez você tenha mudado — disse ele gentilmente.

Ela deu a impressão de não se convencer, mas não insistiu no ponto. O garçom entrou para tirar a mesa, e mal tinha saído quando foi trazido o cartão do major Daubenay para Sir Richard.

Pen, empalidecendo, exclamou:

— Ah, Deus, quem me dera não estar aqui agora! Suponho que é tarde para escapar, não é?

— Claro que é. Sem dúvida você iria se encaminhar diretamente para os braços do major. Mas não deixarei que ele te bata.

— Bem, espero que não permita! — disse Pen ardentemente. — Diga-me depressa, qual é a aparência de uma pessoa depravada? *Eu* pareço depravada?

— Nem um pouco. O melhor que você pode esperar é parecer intratável.

Ela se afastou para uma cadeira no canto e se esparramou nela, tentando lançar um olhar mal-humorado.

— Assim?

— Excelente! — aprovou Sir Richard.

Um minuto depois, o major Daubenay foi introduzido na sala de estar. Era um homem de aparência hostil, muito vermelho, e ao encontrar-se frente a frente com a figura alta, imaculada de um janota, exclamou:

— Santo Deus! O senhor *é* Sir Richard Wyndham!

Pen, carrancuda no canto, só pôde admirar a reverência perfeita de Sir Richard. Os olhos ligeiramente esbugalhados do major descobriram-na.

— E *isto* é o jovem cachorro que vem tapeando minha filha!

— *Outra vez?* — falou Sir Richard, aborrecido.

Os olhos do major ficaram esbugalhados.

— Por minha alma, senhor! O senhor está me dizendo que este... este jovem patife tem o hábito de seduzir moças inocentes?

— Sinto muito, é mesmo assim tão grave? — indagou Sir Richard.

— Não, senhor, não é! — respondeu o major, enfurecido. — Mas quando lhe contar que minha filha confessou que ontem à noite foi encontrar-se com ele clandestinamente num bosque, e vinha encontrando-o muitas vezes antes em Bath...

Sir Richard ergueu o monóculo.

— Eu me compadeço do senhor — disse ele. — Sua filha parece ser uma jovem dama de iniciativa.

— Minha filha — declarou o major — é uma jovem tola! Não sei onde vão parar os jovens! Este rapaz... meu Deus, não parece mais do que um menino!... é, compreendo, seu parente?

— Meu primo — declarou Sir Richard. — Eu sou... hã... o curador de sua mãe, que é viúva.

— Vejo que me dirigi à pessoa certa! — falou o major.

Sir Richard levantou a mão lânguida.

— Suplico-lhe que me livre de toda a responsabilidade, senhor. Minha parte é apenas tirar meu primo dos cuidados de um professor particular que demonstrou ser totalmente incapaz de controlar-lhe as... hã... atividades, e levá-lo à casa de sua mãe.

— Mas o que o senhor está fazendo em Queen Charlton, então? — inquiriu o major.

Estava claro que Sir Richard considerou a pergunta uma impertinência.

— Tenho amizades nos arredores, senhor. Acho que praticamente não preciso aborrecê-lo com os motivos que me levaram a interromper uma viagem que não pode ser outra coisa a não ser... hã.. excessivamente desagradável para mim. Pen, cumprimente o major!

— Pen? — repetiu o major, encarando-a.

— Deram-lhe o nome em homenagem ao grande quacre — explicou Sir Richard.

— Realmente! Então gostaria que soubesse, senhor, que o comportamento dele praticamente não condiz com o nome!

— O senhor tem toda a razão — concordou Sir Richard. — Lamento dizer que ele tem sido fonte constante de ansiedade para sua mãe viúva.

— Ele parece muito jovem — observou o major, examinando Pen criticamente.

— Mas, quem diria, velho na trilha do pecado!

O major ficou ligeiramente surpreso.

— Ah, vamos, vamos, senhor! Acho que não é tanto assim! Devemos fazer concessões aos jovens. Para falar a verdade, é muito reprovável, e de modo nenhum isento minha filha de culpa, mas a primavera da vida, o senhor sabe! Os jovens metem tantas ideias românticas na cabeça... apesar disso, fiquei excessivamente consternado ao saber de encontros clandestinos! Mas, quando dois moços se apaixonam, creio...

— Apaixonar! — interveio Sir Richard, aparentemente aterrado.

— Bem, bem, ouso afirmar que o senhor está surpreso! Sempre se acha que as aves são muito crianças para abandonarem o ninho, hã? Mas...

— Pen! — chamou Sir Richard, virando-se de modo a infundir respeito a seu suposto primo. — É possível que você tenha feito ofensas graves à Srta. Daubenay?

— Eu nunca falei em *casamento* — respondeu Pen, deixando a cabeça pender.

O major parecia correr o risco de sofrer um ataque de apoplexia. Antes que recuperasse a fala, Sir Richard tinha intervindo. O major estupidificado ouviu a descrição da precocidade desavergonhada de Pen fazendo com que a causa disso virasse a cabeça com pressa para esconder o riso. De acordo com a língua maliciosa de Sir Richard, Bath estava coalhada de vítimas inocentes. Quando Sir Richard revelou a informação de que este jovem era uma verdadeira praga moral e não tinha modos nem esperanças, o major encontrou fôlego suficiente para declarar que o patife deveria ser chicoteado.

— Exatamente o meu ponto de vista — concordou Sir Richard numa reverência.

— Dou minha palavra, não tinha sonhado uma coisa dessas! Sem eira nem beira, o senhor diz?

— Pouco mais do que um mendigo — falou Sir Richard.

— Santo Deus, de que escapei! — arfou o major. — Não sei o que dizer! Estou estupefato!

— Ai de mim! — exclamou Sir Richard. — O pai dele era a mesma coisa! O mesmo ar cândido de inocência escondendo um coração de lobo.

— O senhor me deixa estarrecido! — declarou o major. — Contudo, parece um simples menino.

Pen, sentindo que era tempo de tomar parte na cena, disse com um ar de inocência que horrorizou o major:

— Mas se Lydia contou que eu a pedi em casamento não é verdade. Não foi nada sério. Eu não quero me casar.

O pronunciamento mais uma vez deixou o major sem fala. O indicador de Sir Richard ordenou que Pen voltasse para o seu canto, e quando o pai ultrajado parou de grugulejar, ele já tinha outra vez tomado conta da situação. Concordou que o caso inteiro tinha de ser abafado a qualquer custo, prometeu cuidar com diligência de Pen, e finalmente acompanhou o major que se retirava da sala de visitas, com afirmações de que tanta devassidão não devia ficar impune.

Pen, que vinha lutando com um desejo avassalador de rir, deu uma gargalhada tão logo o major se afastou o suficiente para não escutar, e teve mesmo de agarrar o espaldar da cadeira para se apoiar. Nesta posição foi encontrada pelo Sr. Luttrell, que, assim que Sir Richard e o major passaram pelo vestíbulo, não se dando conta de sua presença ali, saltou sobre Pen e disse com os dentes cerrados:

— Então! Você acha incrivelmente divertido, não acha, seu patifezinho? Bem, eu *não* acho!

Pen levantou a cabeça, e através de olhos embaçados viu o rosto do antigo companheiro de folguedos oscilar diante dela.

O Sr. Luttrell, gaguejando de raiva, disse ameaçadoramente:

— Eu ouvi o que você disse! Não podia deixar de ouvir! Então você não pretende se casar, hã? Você... você se *gaba* de ter b-brincado com uma moça inocente! E pensa que pode deixá-la sem reparar o mal, não é? *Vou lhe* dar uma lição!

Para seu espanto, Pen descobriu que o Sr. Luttrell avançava na sua direção com os punhos fechados. Usou a mesa como proteção e gritou:

— Piers! Você não está me *reconhecendo*? Piers, olha para mim! Sou *Pen*!

O Sr. Luttrell baixou os punhos e ficou arfando:

— Pen? — conseguiu proferir. — *Pen?*

XI

Ficaram encarando um ao outro. O cavalheiro conseguiu falar primeiro, mas apenas para repetir em tom de espanto ainda muito profundo:

— *Pen?* Pen Creed?

— É, sou eu mesma! — assegurou-lhe Pen, mantendo a mesa entre eles.

Os punhos se abriram.

— Mas... mas o que você está fazendo aqui? E com essas roupas? Eu não compreendo!

— Bem, é uma história muito longa — falou Pen.

Ele dava a impressão de estar um pouco estonteado. Passou a mão pelo cabelo num gesto que ela conhecia bem e disse:

— Mas o major Daubenay... Sir Richard Wyndham...

— Os dois fazem parte da história — replicou Pen. Ficara olhando-o atentamente e, pensando que não tinha mudado muito, acrescentou: — Eu o teria reconhecido em qualquer lugar! Mudei muito?

— Mudou. Pelo menos, não sei. É o cabelo, suponho, cortado assim curto, e... e essas roupas!

Ele dava a impressão de estar chocado, o que a fez pensar que talvez tivesse mudado um pouco.

— Bem, na verdade eu sou Pen Creed — falou ela.

— É, estou vendo que é, agora que tive tempo para olhar para você. Mas não consigo entender! Não pude deixar de ouvir alguma coisa do que foi dito, embora tentasse não ouvir... até que escutei o nome da Srta. Daubenay!

— Por favor, Piers, não tenha outro ataque de raiva! — disse Pen, bastante nervosa, porque ouvira claramente os dentes rilharem. — Posso explicar tudo!

— Estou me sentindo completamente confuso! — queixou-se. — Você estava se interessando por ela! Como é que você pôde fazer uma coisa dessas? *Por quê?*

— Não estava! — respondeu Pen. — E devo dizer, acho mesmo que você podia se mostrar um pouco mais alegre por me ver!

— Claro que estou satisfeito! Mas convenhamos, vestida como um rapaz, e fingindo enganar uma jovem indefesa... Foi por *isso* que ela não apareceu ontem à noite!

— Não, não foi! Ela viu o gago ser assassinado e fugiu, sua criatura idiota!

— Como é que você sabe? — indagou ele, com suspeitas.

— Eu estava lá, claro.

— Com ela?

— É, mas...

— Você estava abusando dela?

— Eu lhe conto, não é nada disso! Encontrei-a por puro acaso.

— Conte-me isso! — ordenou Piers. — Ela sabe que você é uma moça?

— Não, mas...

— Eu sabia — declarou ele. — E ouvi claramente o major dizer que ela a conheceu em Bath! Não sei por que você fez isso, mas é o truque mais condenável do mundo! E Lydia... enganando-me... encorajando seus excessos... ah, meus olhos estão abertos agora!

— Se você disser mais uma palavra, hei de esmurrar-lhe as orelhas! — falou Pen, indignada. — Não teria acreditado que você tivesse se tornado uma criatura tão idiota e maçante! Nunca encontrei Lydia Daubenay na minha vida até ontem à noite, e se você não acredita em mim pode ir perguntar a ela!

Ele deu a impressão de ter ficado bastante surpreso e disse num tom incerto:

— Mas se você não a conhecia, como é que esteve com ela no bosque ontem à noite?

— Foi por acaso. Aquela coisinha boba desmaiou, e eu...

— Ela não é uma coisinha boba! — interrompeu Piers, enfurecido.

— É, ela é, muito tola. Porque senão ela não teria dito ao pai que em vez de ir se encontrar com você foi se encontrar comigo!

Esta afirmação o surpreendeu. Os olhos cinzentos, desnorteados, procuravam esclarecimento no rosto de Pen; ele falou com um sorriso forçado, triste:

— Ah, Pen, sente-se e explique! Você nunca conseguiu contar uma história de modo que se pudesse entender!

Afastou-se da mesa e sentou-se no banco sob a janela. Depois de lançar um olhar tristonho para as roupas que ela usava, Piers sentou-se a seu lado. Cada um examinava o outro criticamente, mas, enquanto Pen olhava para Piers com franqueza, ele a avaliava com bastante timidez, e mostrava tendência para evitar-lhe o olhar quando o encontrava.

Ele era um jovem de boa aparência, não exatamente bonito, mas com rosto agradável, ombros fortes e modos francos, abertos. Como era quatro anos mais velho, sempre lhe parecera nos velhos dias muito grande, muito mais experiente do que ela, e merecia que reparassem nele. Quando ela se sentou ao lado dele no banco sob a janela, estava consciente de uma vaga sensação de decepção. Parecia-lhe pouco mais do que um menino, e em vez de assumir o velho controle quando lidava com ela, sentia-se obviamente tímido e incapaz de pensar em alguma coisa para dizer. O encontro inicial, claro, fora infeliz, mas Pen achou que ele podia, ao descobrir sua identidade, ter demonstrado mais prazer ao reencontrá-la. Sentiu-se abandonada imediatamente, como se tivessem fechado uma porta no seu rosto. Uma suspeita vaga de que aquilo que estava por trás da porta fechada não era o que tinha imaginado fez apenas com que se sentisse mais melancólica. A fim de esconder este sentimento, falou alegremente:

— Há séculos que eu não vejo você, e há tanta coisa para falar! Eu não sei por onde começar!

Ele sorriu, mas havia uma ruga entre suas sobrancelhas:

— É, realmente, mas parece tão estranho! Por que ela disse que tinha ido encontrar-se com você, fico cogitando!

Para Pen, tornou-se evidente que a Srta. Daubenay ocupava-lhe todos os pensamentos, excluindo todas as outras pessoas. Reprimindo o desejo ardente de transmitir-lhe a opinião que tinha sobre aquela jovem dama, contou tão resumidamente quanto foi capaz o que se passara entre Lydia e ela no pomar. Qualquer esperança que ela pudesse ter tido de Piers ver sua prometida sob a mesma luz que ela foi banida quando ele exclamou, enlevado:

— Ela é uma coisinha tão inocente! É bem próprio dela dizer uma coisa dessas! Agora compreendo tudo!

Isto foi demais para Pen.

— Bem acho que foi ridículo dizer uma coisa dessas.

— Está vendo, ela não conhece nada do mundo, Pen — disse ele como veemência. — Depois, também, é impulsiva! Sabia que ela sempre me faz pensar numa ave?

— Uma pata, suponho — observou Pen, um tanto mordaz.

— Falo numa ave silvestre — replicou ele, com dignidade. — Esvoaçante, amedrontada, pequena...

— Ela não me parece muito amedrontada — interrompeu Pen. — Na verdade, acho-a extremamente atrevida por pedir a um jovem completamente desconhecido para fingir estar apaixonado por ela.

— Você não a compreende. Ela confia em todo mundo. Precisa de alguém para cuidar dela. Nós nos amamos desde a primeira vez que nos vimos. Já devíamos estar casados a essa altura se meu pai não tivesse provocado aquela discussão idiota com o major. Pen, você não pode calcular o que nós temos sofrido! Parece que nunca há de acabar! Jamais induziremos nossos pais a consentir o nosso casamento, nunca!

Ele levou as mãos à cabeça com um suspiro, mas Pen falou bruscamente:

— Bem, vocês casarão sem o consentimento deles... Só que vocês dois parecem ter tão pouca coragem que não fazem outra coisa a não ser gemer e se encontrar no bosque! Por que não fogem a fim de casar?

— Fugir a fim de casar! Você não sabe o que está dizendo, Pen! Como é que posso pedir a uma criaturinha frágil para fazer algo desse tipo? É inadequado, também! Estou certo de que ela se sentiria diminuída só de pensar nisso!

— É, ela se sentiu diminuída — concordou Pen. — Disse que não seria capaz de dispensar as damas de honra, ou o véu de renda.

— Está vendo, ela foi criada com muito rigor... levou uma vida muito protegida! Além disso, por que não haveria de ter véu de renda, e... e aquelas coisas que as mulheres esperam ter no casamento?

— Da minha parte — falou Pen —, não daria a menor importância a tais preciosismos se amasse um homem!

— Ah, você é diferente! — disse Piers. — Você sempre pareceu mais um menino do que uma menina. Olha só para você agora! *Por que* está disfarçada de rapaz? Parece-me muito estranho, e não muito apropriado, você sabe.

— Existiam circunstâncias em que... em que se tornou necessário — falou Pen com bastante dureza. — Tive de fugir da casa de minha tia.

— Bem, ainda não vejo por que...

— Porque fui obrigada a pular a janela! — atalhou Pen. — Além do mais, não poderia ter viajado sozinha como mulher, poderia?

— Não, suponho que não. Só que você não deveria estar viajando sozinha de modo algum. Como você é doida! — Ocorreu-lhe uma ideia; olhou para Pen com um franzir de sobrancelhas repentino. — Mas você estava com Sir Richard Wyndham quando eu entrei, e parecia estar em termos muito íntimos com ele, também! Pelo amor de Deus, Pen, o que você anda fazendo? Como é que foi parar na companhia dele?

O encontro com o velho companheiro de infância parecia estar fadado não apenas a decepções, mas também a dificuldades não previstas. Pen nada podia fazer a não ser dar-se conta de que o Sr. Luttrell não estava solidário com ela.

— Ah, isso... isso também é uma longa história a contar! — replicou evasivamente. — Houve motivos para que eu desejasse voltar para casa de novo, e... e Sir Richard não permitiu que eu fosse sozinha.

— Mas Pen! — Ele dava a impressão de estar horrorizado. — Com certeza você não está viajando com ele, está?

O tom dele ignorava-lhe o espírito de aventura e marcava sua façanha com o estigma da indecência. Ela ruborizou violentamente, procurando uma explicação na cabeça que satisfizesse Piers quando a porta se abriu, e Sir Richard entrou na sala.

Um relance para o rosto do Sr. Luttrell, que demonstrava total reprovação, uma olhada para as faces vermelhas e olhos muito brilhantes de Pen foram suficientes para dar a Sir Richard uma ideia muito justa do que estava acontecendo na sala de visitas. Fechou a porta, dizendo na fala arrastada e agradável:

— Ah, bom dia, Sr. Luttrell! Acredito que... hã... os acontecimentos surpreendentes de ontem à noite não lhe tenham tirado o sono.

Pen deixou escapar um suspiro de alívio. Quando Sir Richard entrou, o mundo que desabava pareceu milagrosamente ter entrado nos eixos. Ela se levantou do assento sob a janela e dirigiu-se instintivamente para ele.

— Senhor, Piers diz... Piers acha... — Parou e levou a mão ao rosto que pegava fogo.

Sir Richard olhou para Piers com as sobrancelhas ligeiramente levantadas.

— Bem? — falou suavemente. — O que Piers acha?

O Sr. Luttrell levantou-se. Sob o olhar irônico, tolerante, ele também começou a ficar ruborizado.

— Disse apenas... só fiquei pensando como é que Pen veio a viajar na sua companhia!

Sir Richard abriu a caixa de rapé e pegou uma pitada.

— E nenhuma explicação se ofereceu ao senhor? — indagou.

— Bem, senhor, devo dizer que me parece... quero dizer...

— Talvez eu devesse ter-lhe dito — falou Sir Richard, passando o braço de Pen pelo seu e segurando sua mão com firmeza — que você está se dirigindo à futura Lady Wyndham.

A mão dela se retorceu na de Sir Richard, mas obedecendo à pressão que ele fazia, a Srta. Creed continuou calada.

— Ah, entendo! — disse Piers, desanuviando o semblante. — Peço desculpas! É uma novidade auspiciosa realmente! Desejo que sejam muito felizes! Mas... mas por que ela deve vestir essas roupas, e o que estão fazendo aqui? Ainda me parece muito estranho! Suponho que uma vez que estejam comprometidos pode-se argumentar que... Mas é muito excêntrico, senhor, e eu não sei o que as pessoas podem dizer!

— Como passamos dificuldades consideráveis para não contar a ninguém a não ser a você, praticamente acho que ninguém vai dizer nada absolutamente — replicou Sir Richard, com calma. — Se o segredo for descoberto... ora, a resposta é que somos um casal excêntrico!

— Por mim nunca há de ser descoberto! — assegurou Piers. — Não é da minha conta, naturalmente, mas eu não podia deixar de me perguntar o que os trouxe aqui, e por que Pen teve de pular uma janela. Contudo, não desejo ser indiscreto, senhor. Foi só que... tendo conhecido Pen minha vida inteira, o senhor entende!

Agora foi a vez de a Srta. Creed dar um beliscão no braço de Sir Richard. Na verdade, foi tão forte o aperto que ele a olhou com um sorrisinho consolador.

— Temo não lhe poder dizer as razões por que viemos para cá — disse ele. — Surgiram certas circunstâncias que tornaram a viagem necessária. O traje de Pen, entretanto, é facilmente explicado. Nenhum de nós dois desejava ficar embaraçado com uma acompanhante numa missão de extrema delicadeza; e pelo fato do mundo, meu caro Luttrell, ser lugar de censura, foi julgado conveniente que Pen fingisse ser, em vez de minha noiva, meu jovem primo.

— Para falar a verdade, é! Claro! — disse Piers, enganado, mas dominado pelo ar de segurança do elegante.

— Entrementes — disse Sir Richard —, deveríamos estar de volta a Londres, não fossem duas circunstâncias infelizes. Por uma das quais, você, devo lamentavelmente destacar, é responsável.

— Eu? — arfou Piers.

— Você — insistiu Sir Richard, soltando o braço de Pen. — A dama com quem, suponho, você está secretamente comprometido, numa tentativa um tanto mal orientada de evitar que o pai suspeitasse da verdade, informou que Pen era o homem com quem tinha um encontro no bosque ontem à noite.

— Foi, Pen me contou. Na realidade, gostaria que Lydia não tivesse feito isso, senhor, mas ela é tão impulsiva...

— Assim fui levado a supor — disse Sir Richard. — Infelizmente, como no presente sou forçado a ficar em Queen Charlton, a impulsividade da Srta. Daubenay tornou nossa situação um pouco embaraçosa.

— Foi, compreendo — replicou Piers. — Sinto muito, senhor. Mas têm de ficar aqui?

— Temos — replicou Sir Richard. — Sem dúvida, escapou da sua memória, mas foi cometido um assassinato no bosque ontem à noite. Fui eu que descobri o corpo de Brandon e informei o fato aos canais competentes.

Piers deu a impressão de estar perturbado diante disso e falou:

— Eu sei, senhor, e não gosto nem um pouco! Porque, na realidade, quem encontrou Beverley primeiro fui *eu*, só que o senhor disse para eu não falar isso!

— Espero que não o tenha feito!

— Não, porque é excessivamente inconveniente, por causa da presença da Srta. Daubenay no bosque! Mas se ela disse que foi lá para encontrar com Pen...

— O melhor que você tem a fazer é preservar silêncio discreto, meu caro rapaz. Saber que você também esteve no bosque simplesmente confundiria o pobre Sr. Philips. Você sabe, eu tenho a vantagem de saber quem matou Brandon.

— Eu acho — falou Pen judiciosamente — que temos de contar a Piers sobre o colar de brilhantes, senhor.

— Certamente — concordou Sir Richard.

A história do colar de brilhantes, como foi contada pela Srta. Creed, fez com que o Sr. Luttrell esquecesse por alguns momentos suas preocupações mais graves. Parecia muito mais o Piers de sua infância quando exclamou: "Que aventura!", e depois que descreveu para ela a surpresa ao receber a visita de Beverley, a quem conhecera apenas ligeiramente em Oxford; e trocado impressões sobre o capitão Trimble: estavam outra vez em bons termos. Sir Richard, que achava que seus interesses seriam mais bem atendidos permitindo o relacionamento sem interrupções de Pen com o Sr. Luttrell, logo os deixou sozinhos; e depois que Piers felicitara Pen mais uma vez por ter escolhido Sir Richard para marido — felicitações que ela recebeu em silêncio constrangido —, a conversa voltou logo para as dificuldades dele.

Ela ouviu a descrição enlevada que Piers fez da Srta. Daubenay com tanta paciência quanto podia reunir, mas quando ele lhe suplicou para não revelar seu sexo à dama por medo de que seu belo senso de dignidade pudesse sofrer um grande choque, ficou tão irritada que se traiu transmitindo-lhe a opinião que tinha a respeito da moral e dos modos da Srta. Daubenay. Um belo bate-boca explodiu imediatamente, e podia ter terminado com Piers afastando-se da vida de Pen para sempre se ela não tivesse lembrado, assim que ele alcançou a porta, que se tinha comprometido a ajudar na sua pretensão à mão de Lydia.

Levou alguns instantes adulando-o a fim de persuadi-lo a abandonar a aparência de dignidade ofendida, mas, quando foi inteirado de que Pen fora chamada à presença de Lydia naquela manhã, deu a impressão de achar que uma conduta assim tão avançada exigia uma explicação. Pen dispensou as desculpas, contudo.

— Não ligaria para isso, se ao menos ela não chorasse tanto! — disse ela.

O Sr. Luttrell disse que Lydia era toda sensibilidade e condenou, com sinceridade evidente, a sugestão de que uma mulher sofrendo de excesso de sensibilidade pudesse vir a ser uma aquisição cansativa. À medida que percebia que apoiar Lydia era seu encargo na vida, Pen abandonou todas as ideias de tentar afastá-lo de sua ligação com a dama e avisou-o dos planos de casamento rápido.

Estes deixaram o Sr. Luttrell palpavelmente surpreso. Achou tão natural quanto covarde Lydia recusar-se a fugir a fim de casar com ele, e quando o esquema de Pen do falso rapto foi descrito com entusiasmo, disse que ela devia estar louca por pensar numa coisa daquelas.

— Afirmo que tive a boa intenção de lavar minhas mãos por causa deste caso todo! — falou Pen. — Nenhum de vocês tem a coragem para fazer o menor esforço neste assunto! Vai acabar sua preciosa Lydia se casando com outra pessoa, e depois você vai se arrepender!

— Ah, nem fale uma coisa dessas! — suplicou ele. — Se ao menos meu pai fosse um pouco conciliador! Ele gostava bastante do major antes de discutirem.

— Você tem de amansar o coração do major.

— Tenho, mas como? — indagou ele. — Agora, por favor, não me sugira mais nenhum esquema tolo de rapto, Pen! Acho que você o acha muito bom, mas se levar em consideração as dificuldades! Ninguém acreditaria que não tivéssemos planejado tudo, porque, se ela fugisse para se casar com você, ela não iria querer casar comigo agora, não é?

— Não, mas poderíamos dizer que eu a tinha raptado à força. Aí você poderia resgatá-la das minhas mãos.

— Como é que eu saberia que você a tinha raptado? — objetou Piers. — E pense só em que embrulhada todos estariam metidos! Não, realmente, Pen, não tem resposta! Santo Deus, teria de lutar em duelo com você, ou qualquer coisa dessa natureza! Quero dizer, como ia parecer estranho se tudo o que eu fizesse fosse levar Lydia para casa!

— Bem, nós poderíamos! — disse Pen, com os olhos brilhando, com novos horizontes pairando na sua percepção. — Poderia pendurar meu braço numa tipoia e dizer que você tinha me atingido! Ah, vamos, Piers! Ia ser uma aventura de primeira!

— Parece que você não mudou nem um pouquinho! — declarou Piers, num tom que dava a ideia de um cumprimento. — Você é a ajuda mais completa realmente! Não consigo conceber como é que se comprometeu com um homem elegante como Wyndham! Você sabe, terá de mudar seus modos! Na verdade, não consigo conceber você casada de maneira nenhuma! Você não passa de uma criança.

Outra discussão ia explodir entre eles naquele ponto se Sir Richard não tivesse voltado à sala naquele exato momento, com o Sr. Philips no rastro. Parecia ligeiramente divertido, e a expressão momentânea de agitação extrema do jovem casal que transformava o rosto do jovem par junto à janela fez com que seus lábios se torcessem involuntariamente. Contudo, falou sem tremor na voz:

— Ah, Pen! Por favor, gostaria de explicar a... hã... história da coruja para o Sr. Philips?

— Ah! — exclamou Pen, corando violentamente.

O juiz olhou-a com severidade.

— Segundo informações que recebi desde então, jovem, sou forçado a chegar à conclusão de que sua história era falsa.

Pen virou-se na direção de Sir Richard. Em vez de ele vir em seu socorro, sorriu maliciosamente e disse:

— Levante-se, meu rapaz, levante-se, quando o Sr. Philips se dirigir a você!

— Ah, sim, claro! — disse Pen, levantando-se às pressas.

— Desculpe! A minha história da coruja! Bem, eu não sabia o que dizer quando o senhor me perguntou por que eu não estava com meu primo ontem à noite.

— Não sabia o que dizer! Só tinha uma coisa a dizer, e era a verdade! — falou o Sr. Philips, com austeridade.

— Eu não podia — replicou Pen. — Estava em jogo a reputação de uma dama!

— Fui informado disso. Bem, não digo que preste minha solidariedade a seu motivo, mas devo avisá-lo, meu jovem, que qualquer outra prevaricação de sua parte pode colocá-lo em problemas sérios. Problemas sérios! Não digo nada quanto à sua conduta encontrando-se com a Srta. Daubenay de um modo que só posso classificar como clandestino. Não é da minha conta, não é absolutamente da minha conta, mas se você fosse meu filho... Contudo, não é nada disso! Felizmente... — lançou um olhar reprovador a Sir Richard — ...felizmente, repito, os indícios da Srta. Daubenay corroboram a informação de que esse crime chocante foi perpetrado por uma pessoa que corresponde à descrição que me foi fornecida do homem chamado Trimble. Não fosse por esta circunstância... porque não esconderei de você que estou longe de me sentir satisfeito! Muito longe, na verdade! O senhor deve permitir-me dizer, Sir Richard, que sua presença no bosque ontem à noite mostra que positivamente o senhor ajudou e apoiou seu primo no comportamento repreensível. Mas estou ciente de que *isso* é da conta do major Daubenay!

— Não, não, o senhor se engana! — assegurou-lhe Pen. — Meu primo estava procurando por mim! Na verdade, ele estava muito zangado comigo por ter ido para o bosque, não estava, Richard?

— Estava — admitiu Sir Richard. — Muito.

— Bem, este caso todo me parece muito estranho! — falou Philips. — Não direi mais nada *por enquanto*!

— Senhor, eis-me aqui... cheio de remorsos — disse Sir Richard. O magistrado bufou, fez uma reverência desajeitada e saiu.

— Minha reputação! Ah, minha reputação! — lamentou Sir Richard. — Pirralha horrível e sem princípios, *por que* a coruja?

— Bem, eu tinha de dizer alguma coisa! — afirmou Pen.

— Acredito — falou Piers, com a consciência pesada — que isso é *um pouco* culpa de Lydia. Mas realmente, senhor, ela não pretendia prejudicar!

— Eu sei — disse Sir Richard. — Ela é muito impulsiva! Eu me sinto como se tivesse cem anos.

Falando isso retirou-se, e Pen imediatamente virou-se para o Sr. Luttrell, falando em tom acusador:

— Está vendo! Está vendo agora o que sua querida Lydia fez?

— Ela não é pior do que você! Na verdade, não é tão ruim — retorquiu Piers. — *Ela* não se disfarçaria de homem para viajar pelo campo! Fico cogitando por que Sir Richard se sente com cem anos. Se você fosse minha noiva, haveria de me sentir da mesma maneira!

Os olhos da Srta. Creed soltaram faíscas.

— Bem, vou lhe contar uma coisa, Piers Luttrell! Tenho um primo que tem cara de peixe, e ele quer se casar comigo, foi por isso que fugi pela janela. Mas... você está me ouvindo?... preferia mil vezes me casar com ele a casar com você. Se eu tivesse de me casar com você, eu me afogaria! Você é idiota, grosseiro e covarde!

— Só porque eu tenho um pouco de bom senso — começou Piers, muito duro, e bastante ruborizado.

Foi interrompido. Entrou um garçom com a notícia de que uma jovem desejava uma palavra com o Sr. Wyndham.

Certamente adivinhando que este ser místico era ela mesma, Pen falou:

— O que esta moça sem juízo quer agora? Quem me dera nunca ter vindo a Queen Charlton! Ah, muito bem! Mande a jovem entrar!

— Santo Deus, será que é Lydia? — exclamou Piers, quando o garçom se retirou.

A jovem não era a Srta. Daubenay, mas sua criada particular, uma mocinha rosada, que parecia fortemente imbuída dos ideais românticos da patroa. Veio coberta de véus e entregou a Pen uma carta selada. Quando Pen a abriu e leu o recado agitado, Piers cercou a moça com perguntas nervosas, para as quais, entretanto, ela só tinha respostas evasivas, pontuadas por risadinhas.

— Santo Deus! — exclamou Pen, decifrando os garranchos da Srta. Daubenay. — As coisas agora estão desesperadas! Ela diz que vai fugir para se casar com você.

— O quê? — Piers abandonou a criada, e foi se postar ao lado de Pen. — Dê-me aqui!

Pen afastou-se dele.

— Diz que eles querem mandá-la para os ermos de Lincolnshire.

— Sei, sei, é onde a avó dela mora! Quando é que ela vai?

— Não consigo ler... ah, sim, entendo! Amanhã de manhã com o pai. Ela diz para eu lhe falar para arranjar a fuga para esta noite, sem falta.

— Santo Deus! — Piers arrancou a carta das mãos dela e a leu sozinho. — É, você tem razão: ela diz mesmo amanhã de manhã! Pen, se ela for, será o fim de tudo! Nunca tive intenção de fazer algo tão condenável como fugir para me casar com ela, mas não tenho escolha! Não é que os pais dela não me aceitem, ou... ou que eu não seja adequado. Se fosse *isso*, seria diferente. Mas enquanto estiverem brigados... entretanto, falar não adianta nada! — Virou-se para a criada, que neste momento tinha recolocado o véu e estava escutando-o com a boca aberta. — Sua patroa confia em você? — indagou ele.

— Ah, confia sim, senhor! — assegurou-lhe, acrescentando um outro risinho: — Embora o patrão me arrancasse os braços e as pernas se soubesse que estou trazendo cartas para o senhor.

Piers ignorou esta declaração um tanto exagerada.

— Diga-me, sua patroa está mesmo resolvida a dar esse passo?

— Ah! — disse a aia, cruzando as mãos gorduchas —, nunca esteve tão decidida na vida, senhor! "Tenho de fugir!", disse, claramente perturbada. "Lucy," disse ela, "estou completamente perdida, porque descobriram tudo!" Assim, enfiei meu chapéu, senhor, e saí de mansinho quando o cozinheiro virou as costas, "porque", diz minha pobre jovem patroa, com lágrimas nos olhos dignas de partir o coração de qualquer pessoa, "se eu for levada para Lincolnshire, morrerei!". E morrerá mesmo, não há dúvida.

Pen sentou-se novamente, abraçando os joelhos.

— Não podia ser melhor! — declarou. — Sempre gostei da ideia de vocês fugirem para Gretna Green. Na verdade, a sugestão foi minha. Só que Lydia me disse que você não tem dinheiro, Piers. Devemos pedir a Richard para pagar a carruagem?

— É claro que não! — replicou ele. — Claro que tenho dinheiro suficiente para *isso*!

— Acho que deviam ter quatro cavalos — avisou-o ela. — As tarifas das postas são muito altas, você sabe.

— Santo Deus, Pen, não estou sem tostão! Lydia só quis dizer que dependo de meu pai. Se ele se recusar a nos perdoar, serei obrigado a encontrar alguma ocupação digna, mas estou convencido de que uma vez que o fato esteja consumado, logo, logo ele vai se aproximar. Ah, Pen! Ela não é um anjo? Estou completamente conquistado! Não é comovente a maneira como confia em mim tão implicitamente?

Pen arregalou os olhos diante disto.

— Por que não haveria de confiar? — perguntou surpresa.

— Por que não haveria de confiar? Realmente, Pen, você não compreende nem um pouco! Pense que ela está colocando sua vida, sua honra, tudo nas minhas mãos!

— Não vejo nada de maravilhoso nisso — replicou Pen desdenhosamente. — Acho que seria bem mais extraordinário se ela não confiasse em você.

— Lembro agora que você nunca teve muita sensibilidade — falou Piers. — Você é tão criança! — Virou-se novamente para a criada interessada: — Agora, Lucy, preste atenção! Você vai levar uma carta para sua patroa e, além disso, assegure-lhe de que não vou falhar. Você está preparada para nos acompanhar à Escócia?

Ela ficou de boca aberta por um momento, mas conquanto a ideia lhe parecesse estranha, aparentava estar satisfeita, porque confirmou violentamente com a cabeça e disse:

— Ah, estou, obrigada senhor!

— Quem algum dia ouviu falar de uma criada numa fuga para se casar? — indagou Pen.

— Não vou pedir a Lydia para fugir comigo sem ser com uma companhia feminina — declarou Piers nobremente.

— Caramba, devia achar que ela quisesse ser a moça de Jericó!

— Lydia não está acostumada a se cuidar sozinha — disse Piers. — Além do mais, a presença da criada vai proporcionar respeitabilidade à nossa fuga.

— Ela não tem também um cachorrinho de estimação para levar junto? — perguntou Pen inocentemente.

Piers lançou-lhe um olhar indagador e começou a andar empertigado pela sala para a escrivaninha perto da janela. Depois de experimentar a pena que estava ali, consertando-a e mergulhando-a no tinteiro, ficou sentado enquanto a tinta secava, de cenho franzido, pensando o que escrever para a noiva. Finalmente mergulhou a pena outra vez no tinteiro e começou a escrever, pontuando o trabalho com recomendações a Lucy para providenciar um manto quente para a patroa e para não trazer bagagem grande demais com ela.

— Ou o papagaio — intrometeu-se Pen.

— Senhor, a Srta. Lydia não tem nenhum papagaio!

— Se você não cuidar dessa língua, Pen...!

— Nem cachorrinho de estimação? — perguntou Pen incredulamente.

— Não, senhor, realmente não! Só os periquitos, as coisinhas mais lindas, e as pombas!

— Bem, vocês não vão ter espaço na carruagem para um pombal, mas devem levar com certeza os periquitos — falou Pen, com um risinho irreprimível.

Piers mergulhou a pena.

— Mais uma palavra, e eu ponho você para fora da sala!

— Não, você não vai fazer isso, porque esta é uma sala particular, e você é meu convidado.

— Mas devo dizer à senhorita para trazer os periquitos? — indagou Lucy, confusa.

— Não! — respondeu Piers. — Ah! Pare, Pen! Você está me atrapalhando! Escute, diga a Lydia que estarei com a carruagem esperando no beco atrás da casa à meia-noite. Você acha que é muito cedo? Será que os pais dela vão ao quarto dela numa hora assim tão tardia?

— Não, senhor, não vão, não! — disse Lucy. — O major é daqueles que vão para a cama cedo! Estará na cama e dormindo lá pelas onze da noite, asseguro-lhe, senhor!

— Felizmente, há luar — falou Piers, sacudindo a carta. — Escuta, Lucy! Depende de você que sua patroa vá para a cama cedo; ela deve dormir tanto quanto puder! E você deve acordá-la à hora apropriada, entende? Posso confiar em que você vai fazer-lhe as malas e me trazê-la em segurança?

— Ah, pode, sim senhor! — replicou Lucy, fazendo uma reverência. — Porque eu não poderia ficar para enfrentar o major, por causa disso!

— É melhor você voltar para casa com toda a rapidez possível — falou Piers, colocando um selo na carta dobrada e entregando-a a ela. — Agora, preste atenção! Esta carta não deve cair em mãos erradas!

— Se alguém tentar tirá-la de você, você deve engoli-la — acrescentou Pen.

— Engolir, senhor?

— Não dê atenção ao meu amigo! — disse Piers apressadamente. — Agora vá embora e lembre que eu dependo da sua fidelidade!

Lucy fez uma reverência e saiu da sala. Piers olhou para Pen, ainda abraçando os joelhos no assento sob a janela, e disse com severidade:

— Acho que está se gabando de ter sido útil!

Um brilho malicioso brotou nos olhos dela.

— Ah, eu fui! Pense só se você tivesse de voltar para pegar os periquitos, que muito provavelmente teria de fazer se eu não os tivesse lembrado à criada.

Ele não pôde deixar de rir.

— Pen, se ela trouxer os periquitos, voltarei... voltarei para torcer-lhe o pescoço! Agora tenho de ir para ver se consigo alugar uma carruagem e quatro cavalos rápidos.

— Onde é que você vai arranjar isso? — perguntou Pen.

— Existe uma casa de muda em Keynsham onde há cavalos toleráveis. Devo partir imediatamente.

— Formidável. Vá aonde você é conhecido e deixe que a notícia de que você está querendo uma carruagem para a meia-noite se espalhe por todo o interior dentro de três horas!

Ele se deteve.

— Não tinha pensado nisso! Diabos! Isso quer dizer que tenho de ir a Bristol, e não posso desperdiçar tempo, com tanta coisa para providenciar.

— Nada disso! — falou Pen, pondo-se de pé num salto. — Agora serei realmente útil! Eu vou a Keynsham com você e *eu* encomendo a carruagem.

A testa dele se desanuviou.

— Ah, Pen, você fará isso? Mas Sir Richard! Ele não se oporá, você acha? Claro, tomarei todo o cuidado com você, mas...

— Não, não, ele não fará objeção, asseguro-lhe! Não direi nada a ele sobre isso — disse Pen engenhosamente.

— Mas isso não seria direito! E eu não gostaria de fazer nada...

— Deixarei um recado para ele com o hospedeiro — prometeu Pen. — Você veio a pé para a aldeia, ou tem uma carruagem aqui?

— Ah, eu vim conduzindo o cabriolé! Ele está no pátio agora. Confesso que se você acha que não seria errado você vir comigo, ficaria satisfeito com sua ajuda.

— Espera só um pouco enquanto pego meu chapéu! — falou Pen, e disparou à procura do chapéu.

XII

A Srta. Creed e o Sr. Luttrell, compartilhando a refeição do meio-dia na melhor hospedaria de Keynsham e discutindo exaustivamente os detalhes da fuga, não estavam preocupados se era sensato o cavalheiro raptar sua prometida para a Escócia justo quando a dama em questão se envolvera num caso do assassinato. Na realidade, o Sr. Luttrell, jovem simplório, estava aos poucos se esquecendo de que algum dia Beverley Brandon hospedara-se na casa dele. Deixara a mãe tentando escrever uma carta adequada a Lady Saar, e se pensasse no caso infeliz de alguma maneira era a fim de refletir confortavelmente que Lady Luttrell faria tudo o que fosse conveniente. A conversa versava exclusivamente sobre seus próprios problemas imediatos, mas fez digressões várias vezes para censurar as proezas inadequadas de Pen.

— Claro — admitiu ele —, não é tão chocante agora que eu sei que você está comprometida com Wyndham, mas confesso que me surpreendo que ele... homem experiente... devesse apoiar uma brincadeira assim. Mas creio que esses dândis se divertem com essas coisas estranhas! Posso dizer que ninguém vai conjecturar muito sobre isso. Se você não estivesse noiva seria diferente, claro!

O olhar penetrante de Pen encontrou o dele com firmeza.

— Acho que você fez grande alvoroço por coisa nenhuma — disse ela.

— Minha cara Pen! — Deu uma risadinha. — Você é tão criança. Creio que não tem a menor ideia de como são as coisas no mundo!

Ela foi obrigada a admitir que isso era verdade. Ocorreu-lhe que, como Piers era muito bem informado nesse assunto, podia com vantagem aprender um pouco com ele.

— Se eu não estivesse para me casar com Richard, seria muito espantoso? — perguntou.

— Pen! Você diz cada coisa! — exclamou ele. — Pense só na sua situação viajando de Londres na companhia de Wyndham, sem ao menos uma criada com você! Ora, você *tem* de casar com ele agora!

Ela inclinou o queixo.

— Não acho absolutamente que tenha de me casar.

— Depende, se você não acha, ele acha. Devo dizer, acho estranho demais que um homem da idade dele e... do seu *milieu*... desejasse casar-se com você, Pen. — Percebeu que o que tinha dito não era praticamente lisonjeiro e apressou-se a acrescentar: — Não quis dizer exatamente *isso*, só que você é muito mais moça do que ele, e tão inocentezinha!

Diante disso ela reagiu:

— Bem, é uma razão muito boa para que eu não precise me casar com ele! — falou. — Ele é tão mais velho do que eu, que ouso afirmar que ninguém acharia nem um pouco estranho que fizéssemos esta viagem juntos.

— Santo Deus, Pen, ele não é tão velho assim! Que menina esquisita que você é! Você não quer se casar com ele?

Ela o encarou com as sobrancelhas franzidas. Pensou em Sir Richard, nas aventuras que tinha encontrado em sua companhia, no riso em seus olhos, no tom brincalhão da voz. Ruborizou subitamente, e os olhos encheram-se de lágrimas.

— Quero. Ah, quero sim! — respondeu ela.

— Bem! Mas então o que há para chorar? — indagou Piers. — Por um momento, cheguei a pensar... Ah, não seja tola Pen!

Ela assoou o nariz desafiadoramente e disse num tom choroso:

— Eu não estou chorando!

— Realmente, não consigo conceber por que você haveria de chorar. Acho Wyndham um bom tipo de homem... um camarada famoso! Suponho que você vai se tornar muito elegante, Pen, e fazer sucesso na cidade!

Pen, que não conseguia ver nenhum futuro além de passar a vida dentro das paredes da casa respeitável de sua tia, concordou e apressou-se em dirigir a conversa para assuntos menos dolorosos.

Embora Keynsham se situasse a apenas poucos quilômetros de distância de Queen Charlton, estava perto da hora do jantar quando Piers deixou Pen outra vez na hospedaria. Neste momento, uma carruagem fora contratada e quatro cavalos bons escolhidos para puxá-la, tudo pronto para chegar a um ponto de encontro fora dos portões de Crome Hall às 23h30 naquela noite. Além de um certo grau de ansiedade em relação ao tamanho da bagagem que sua noiva devia querer levar consigo, e alguns temores de que a fuga pudesse ser interceptada no final, o Sr. Luttrell não tinha nada mais com que se preocupar, como seu guia e mentor assegurava-lhe com frequência.

Pen teria gostado de estar presente na hora fatal, mas Piers recusou o oferecimento. Portanto, despediram-se na porta da hospedaria The George, nenhum dos dois sofrendo a menor angústia diante da ideia de que cada um estava prestes a se prender pelos laços do matrimônio a outra pessoa.

Tendo acenado o último adeus ao velho companheiro de folguedos, ela entrou na hospedaria e foi recebida por Sir Richard, que a olhou de alto a baixo e falou:

— Fedelho abominável, é melhor esclarecer tudo! Por onde você andou e que traquinagem andou fazendo?

— Ah, mas eu deixei um bilhete — protestou Pen. — Não lhe entregaram, senhor?

— Entregaram. Mas a informação de que você tinha saído com o jovem Luttrell simplesmente me deixou cheio de apreensão. Confesso!

Ela o encarou com olhos brilhantes.

— Bem, talvez não vá ficar *muito* satisfeito, mas realmente fiz tudo com a melhor das intenções, Richard!

— Esta história está ficando cada vez mais ameaçadora. Estou certo de que você andou fazendo alguma diabrura.

Ela entrou na sala de visitas e foi para o espelho acima da lareira para pôr em ordem os cachos crespos, embaraçados.

— Nenhuma *diabrura*, exatamente — contestou ela.

Sir Richard, que a estivera observando com certo divertimento, falou:

— Estou aliviado. É, mas quanto mais cedo você se vestir de mulher novamente, melhor, Pen. Isso é um trejeito muito feminino, deixe que eu lhe diga.

Ela corou, riu e afastou-se do espelho.

— Eu esqueci. Bem, afinal de contas, isso não tem importância, porque parece que cheguei ao fim da minha aventura.

— Não é bem assim — replicou ele.

— Cheguei, sim. Você não sabe!

— Você parece extremamente maliciosa. Pare com isso!

— Piers e Lydia vão fugir, hoje à noite, para se casar!

O riso morreu nos olhos de Sir Richard.

— Pen, foi você que fez isso?

— Ah, não, na realidade, não fiz, senhor! Na verdade, eu tinha um plano muito diferente, só que não ousei lhe contar e, por falar nisso, Piers não gostou do plano. Eu queria raptar Lydia de modo que Piers pudesse resgatá-la de mim, e dessa maneira amolecer o coração do pai dela. Entretanto, ouso afirmar que você não teria aprovado isso.

— Não teria mesmo — falou Sir Richard com ênfase.

— Não, foi por isso que não lhe contei nada. No fim, Lydia resolveu fugir para se casar.

— Você quer dizer que provocou a coitada da moça...

— Não! Está sendo muito injusto, senhor! Palavra de honra que não provoquei! Não digo que não tenha posto a ideia na cabeça dela, mas foi tudo culpa do major. Ele ameaçou levá-la para Lincolnshire amanhã de manhã, e claro que ela não podia suportar a vida lá! Ah, lá vem o garçom! Vou contar a história inteira daqui a pouco.

Ela se retirou para seu lugar favorito no banco da janela enquanto a mesa era posta, e Sir Richard, de pé com as costas para a imensa lareira, pôs-se a observá-la. O garçom fez os preparativos para o jantar sem pressa, e durante uma de suas saídas da sala, Pen disse, repentinamente:

— Você estava com toda a razão: ele mudou, senhor. Só que você estava errado a respeito de uma coisa: ele acha que eu não mudei absolutamente.

— Não suspeitava de que ele fosse capaz de te fazer um elogio tão grande — disse Sir Richard, levantando as sobrancelhas.

— Bem, acho que ele não pretendia que fosse um elogio — rebateu Pen incerta.

Ele sorriu mas não disse nada. O garçom voltou à sala com uma bandeja carregada e começou a colocar os vários pratos na mesa. Quando se retirou, Sir Richard puxou a cadeira para Pen e disse:

— Sirva-se, pirralha. Está com fome?

— Não muita — replicou, sentando-se.

Dirigiu-se para seu próprio lugar.

— Ora, que tal está isso?

— Bem, eu não sei. À meia-noite, Piers vai fugir para casar-se com Lydia.

— Espero que isso não lhe tenha tirado o apetite.

— Ah, não! Acho que vão se dar muito bem juntos, porque ambos são muito tolos.

— Verdade. Qual foi sua participação na fuga?

— Ah, muito pouca, asseguro-lhe, senhor. Lydia se convenceu sem qualquer pressão da minha parte. Tudo o que fiz foi alugar a carruagem para Piers, porque ele é muito conhecido em Keynsham.

— Suponho que isso significa que serei obrigado a aturar outra visita do major Daubenay. Parece-me que estou mergulhando cada vez mais fundo na vida do crime.

Ela o observou inquisitivamente.

— Por que, senhor? Você não fez nada!

— Estou ciente. Mas sem dúvida deveria ter feito alguma coisa.

— Ah, não, já está tudo arranjado! Não há nada realmente a ser feito.

— Você não acha que era de esperar que eu... por ter alcançado a idade da razão... talvez pudesse impedir esse ato chocante no nascedouro?

— Contar ao major, é isso que quer dizer? — explodiu Pen. — Ah, Richard, você não faria uma coisa assim tão cruel! Tenho certeza de que não conseguiria.

Ele encheu novamente o copo.

— Conseguiria com muita facilidade, mas não o farei. Não estou, para falar a verdade, muito interessado no caso de um casal de namorados que, desde o princípio, achei muito maçante. Vamos discutir o nosso caso?

— Vamos. Acho que devemos — concordou ela. — Estive tão ocupada o dia inteiro que quase esqueci o gago. Espero mesmo, Richard, que você não seja preso!

— Na verdade, eu também! — disse ele rindo.

— Rir é muito bom, mas pude ver que o Sr. Philips não gostou absolutamente de nós.

— Temo que nossas atividades desregularam-lhe a cabeça. Felizmente, recebeu notícias de que um homem que eu suspeito que seja ninguém mais do que o famigerado capitão Trimble foi preso pelas autoridades de Bath.

— Santo Deus, nunca pensei que ele fosse ser apanhado! Diabos, ele estava com o colar?

— Isso, não sou capaz de te dizer. Mas deve-se esperar que Luttrell e a noiva não prolonguem a lua de mel, porque calculo que vão querer que Lydia identifique o prisioneiro.

— Se ela soubesse disso, ouso afirmar que jamais haveria de voltar — disse Pen.

— Uma mulher de coragem pública — comentou Sir Richard.

Pen deu um risinho.

— Ela não tem coragem de espécie alguma. Eu lhe disse *isso*, senhor! Será que... que as autoridades vão desejar me ver?

— Acho muito difícil. De qualquer maneira, eles não pretendem ver você.

— Não, devo dizer que acho que poderia ser extremamente estranho se eu fosse forçada a aparecer — observou Pen. — Na verdade, senhor, acho... acho melhor eu voltar para casa, não acha?

Olhou-a.

— Para a tia Almeria, pirralha?

— É claro. Não tenho outro lugar para ir.

— E o primo Fred?

— Bem, espero que depois de todas as aventuras por que passei ele não deseje casar-se comigo — falou Pen, otimista. — Ele fica escandalizado com muita facilidade.

— Um homem daqueles não é absolutamente o marido para você — disse ele, balançando a cabeça. — Sem dúvida, você deve escolher alguém que não se escandalize de maneira nenhuma.

— Talvez seja melhor eu me comportar — falou Pen, mudando rapidamente para um sorriso triste.

— Seria uma pena, porque seu comportamento é delicioso. Tenho um plano melhor do que o seu, Pen.

Ela se levantou rapidamente da mesa.

— Não, não! Por favor, não, senhor! — disse com voz engasgada.

Ele também se pôs de pé e estendeu-lhe a mão.

— Por que você diz isso? Eu quero me casar com você, Pen.

— Ah, Richard, quem me dera que você não quisesse! — suplicou ela, retirando-se para a janela. — Na verdade, você não quer pedir minha mão. É muita gentileza de sua parte, mas eu não poderia aceitar!

— Gentileza de minha parte! Que absurdo é esse?

— É, é, eu sei por que você disse isso! — falou ela, aflita. — Você acha que me comprometeu, mas na realidade não comprometeu porque ninguém jamais vai saber a verdade!

— Pressinto a mão do Sr. Luttrell — disse Sir Richard, bastante severo. — Que maravilha de lixo ele andou botando na sua cabeça, minha pequenina?

Essa expressão de afeto fez com que Pen afastasse uma lágrima súbita.

— Ah, não! Só que eu fui estúpida demais para não pensar nisso antes. Realmente, não tenho mais juízo do que Lydia! Mas você é tão mais velho do que eu que verdadeiramente não me ocorreu... até que Piers chegou e você lhe disse, para salvar-me, que estávamos comprometidos! *Então* eu vi que tolinha eu tinha sido! Mas isso não significa nada, senhor, porque Piers jamais vai dizer uma palavra, até para Lydia, e tia Almeria não precisa saber que eu estive com você o tempo todo.

— Pen, quer parar de dizer disparates? Não estou sendo nem um pouco cavalheiro, minha querida: você pode perguntar à minha irmã, e ela lhe dirá que eu sou a criatura mais egoísta da face da Terra. Nunca faço nada para agradar qualquer pessoa a não ser a mim mesmo.

— Você sabe que isso não é verdade! — disse Pen. — Se sua irmã acha isso, ela não te conhece. E não estou falando disparates. Piers ficou escandalizado ao me encontrar com você, e você achava, sim, que ele tinha razão, ou não teria falado o que falou.

— Ah, achava! — respondeu ele. — Sei muito bem o que o mundo achará desta fuga, mas creia-me, meu amorzinho, não a pedi em casamento por motivos nobres. Para ser franco com você, comecei esta aventura porque estava embriagado, porque estava aborrecido e porque achei que eu tinha de fazer alguma coisa que não me agradasse. Continuei porque descobri que estava me divertindo como não me divertia havia anos.

— Você não apreciou mesmo a diligência — lembrou-lhe ela.

— Não, mas não precisamos tornar um hábito viajar de diligência, precisamos? — falou ele, sorrindo para ela. — Em resumo, Pen, quando a encontrei estava prestes a contrair núpcias de conveniência. Vinte e quatro horas depois de ter conhecido você, eu sabia que não importava o que pudesse acontecer, *aquele* casamento não haveria de se realizar. Vinte e quatro horas depois, minha querida, sabia que tinha encontrado o que chegara a acreditar que não existia.

— O que foi isso? — perguntou ela timidamente.

O sorriso dele estava um pouco contorcido.

— Uma mulher... não, um projeto de moça! Uma pirralha impertinente, detestável, audaciosa... sem a qual tenho muita certeza não consigo viver.

— Ah! — emitiu Pen, ruborizando furiosamente. — Quanta *bondade* de sua parte dizer-me isso! Sei muito bem por que você faz isso, e na realidade sinto-me muito grata por dizer de maneira tão linda!

— E não acredita em nenhuma palavra!

— Não, porque tenho muita certeza de que não teria pensado em casar-se comigo se Piers não estivesse apaixonado por Lydia Daubenay — falou simplesmente. — Você está com pena de mim, por causa disso, e por isso...

— Não tenho nem um pouco de pena de você.

— Acho que você tem um pouquinho, Richard. E posso ver muito bem que para uma pessoa como você... porque não adianta fingir que é egoísta, porque sei que você não é nada disso... deve ter a impressão de que por causa da honra, deve se casar comigo. Agora, confesse! É verdade, não é? Por favor... não seja cortês dizendo-me mentiras!

— Muito bem — replicou ele. — É verdade que, tendo atrapalhado você nesta situação, devo, por causa da honra, oferecer-lhe a proteção do meu nome. Mas o que te ofereço é meu coração, Pen.

Ela procurou, aflita, um lenço, e enxugou os olhos lacrimejantes.

— Ah, eu agradeço *muito*! — disse com voz abafada. — Suas maneiras são tão bonitas, senhor!

— Pen, você é uma criança insuportável! — exclamou. — Estou tentando dizer-lhe que te amo, e tudo o que você fala é que tenho maneiras bonitas!

— Não se pode se apaixonar por uma pessoa em três dias! — objetou ela.

Ele tinha dado um passo na direção dela, mas estancou ali.

— Entendo.

Ela enxugou pela última vez os olhos e disse, desculpando-se:

— Desculpe-me! Não pretendia chorar, só acho que estou um pouco cansada, além de ter tido um choque, por causa de Piers, você sabe.

Sir Richard, que conhecera intimamente muitas mulheres, achou que sabia.

— Temia isso — disse. — Você estava assim tão interessada, Pen?

— Não, mas achei que estava, e tudo é muito triste, se entende o que eu quero dizer, senhor.

— Suponho que sim. Eu sou velho demais para você, não é?

— Eu sou jovem demais para você — falou Pen, hesitante. — Ouso afirmar que você me acha divertida... na realidade, sei que acha, porque está sempre rindo de mim... mas logo, logo você ia ficar cansado de rir, e... e talvez se arrependesse de ter se casado comigo.

— Nunca fico cansado de rir.

— Por favor, não diga mais nada! — implorou ela. — Vinha sendo uma aventura esplêndida até que Piers surgiu, e o forcei a fazer o que fez! Eu... eu preferia que você não dissesse mais nada, por favor!

Ele percebeu que a estratégia cuidadosa de permitir que ela encontrasse o antigo companheiro de infância antes de se declarar fora um erro. Parecia que não havia jeito de explicar isso. Sem dúvida, pensou, desde o princípio ela o tinha olhado sob um aspecto avoengo. Conjecturou a que profundidade estava enraizada a afeição pela imagem de sonho de Piers Luttrell e, interpretando mal as lágrimas, teve medo que o coração dela realmente tivesse sofrido um abalo grave. Desejava ardentemente tomá-la em seus braços, sobrepujando-lhe a resistência e os escrúpulos, mas a própria confiança que ela tinha nele colocava uma barreira entre os dois. Falou com a sombra de um sorriso:

— Empenhei-me numa tarefa árdua, não foi?

Ela não o entendeu, e por isso não disse nada. Só depois que Piers mostrara uma expressão escandalizada, e Sir Richard a declarara sua futura esposa, é que tinha questionado seu próprio coração. Sir Richard vinha sendo apenas um delicioso companheiro de viagem, uma pessoa imensamente superior em quem se podia depositar confiança. O objetivo da viagem tinha obcecado seus pensamentos num grau tal que nunca parara para perguntar a si mesma se a entrada de um dândi na sua vida não tinha alterado toda a estrutura da aventura. Mas tinha; e quando encontrou Piers, subitamente surgiu-lhe a noção de que não dava a mínima importância a ele. O elegante o afastara da mente e do coração. Aí Piers tinha transformado a aventura numa intriga ligeiramente sórdida, e Sir Richard fizera a declaração, não porque desejasse (porque se quisesse, a troco de que teria segurado a língua até então?), mas por causa da honra se obrigara a dizer as palavras. Era absurdo pensar que um homem elegante, próximo dos trinta anos, pudesse ficar completamente apaixonado por uma senhorita que mal deixara os bancos escolares, ainda que a senhorita pudesse facilmente ter-se apaixonado por ele.

— Muito bem, Srta. Creed — disse Sir Richard. — Vou cortejá-la da maneira como se deve fazer, e de acordo com os ditames da convenção.

O garçom onipresente escolheu este momento para entrar na sala e tirar a mesa. Virando o olhar para a janela, a Srta. Creed refletiu que num mundo ideal nenhum criado se intrometeria a fim de cumprir seus deveres específicos em momentos inconvenientes. Enquanto o garçom, que por fungar intermitentemente parecia estar resfriado, arrastava os pés pela sala, batendo pratos e travessas na bandeja, resolutamente ela afastou mais uma lágrima e fixou a atenção num cão mestiço, coçando as pulgas no meio da rua. Mas este objeto de interesse foi logo afastado, correndo o perigo de ser atropelado por um cabriolé elegante puxado por uma parelha de baios excelentes e conduzido por um jovem janota com um sobretudo de lã branca, com nada menos do que quinze capas nos ombros, e duas fileiras de bolsos. Um lenço Belcher saindo de um bolso interno, e o sobretudo aberto para mostrar a visão estupenda de um colete de casimira, tecido em listras azuis e amarelas, e uma gravata de musselina branca com bolas pretas. Um buquê enfiado em uma casa de botão do sobretudo e um chapéu de copa cônica e aba Allen estava colocado num ângulo jovial na cabeça desse almofadinha.

A carruagem parou na porta da hospedaria The George, e um lacaio pequeno saltou da traseira do cabriolé e correu para a cabeça dos cavalos. O janota afastou a manta que lhe cobria as pernas e desceu, permitindo que a Srta. Creed vislumbrasse os culotes de veludo cotelê brancos e botas finas de cano alto. Entrou na hospedaria e chamou o dono, enquanto ela ainda piscava diante de uma figura assim.

— Santo Deus, senhor, acabou de chegar uma criatura tão esquisita! Gostaria que o senhor tivesse visto! — exclamou Pen. — Calcule só! Veste um colete listrado de azul e amarelo e gravata de bolinhas!

— Às vezes uso eu mesmo um traje assim — murmurou Sir Richard, como se estivesse se desculpando.

Virou-se, resolvida a manter a conversa em assuntos assim sem importância.

— Você? Não consigo acreditar que uma coisa dessas seja possível!

— Parece muito semelhante ao uniforme do clube Four-Horse — disse ele. — Mas, em nome de tudo o que é mais sagrado, o que um dos integrantes do nosso clube está fazendo em Queen Charlton?

Sons confusos de conversa os alcançaram vindos do vestíbulo. Acima disso, a voz do proprietário, que era bastante esganiçada, falou claramente:

— A melhor sala de visitas da hospedaria está ocupada por Sir Richard Wyndham, senhor, mas se Vossa Senhoria não se importar...

— *O quê?*

Não foi difícil absolutamente ouvir a interrogação, pois foi positivamente gritada.

— Ah, meu Deus! — disse Sir Richard, e virou-se para passar os olhos rapidamente pela Srta. Creed. — Cuidado agora, fedelho! Tenho para mim que conheço esse viajante. O que você fez com essa gravata? Venha cá!

Praticamente não teve tempo de ajeitar a gravada amassada da Srta. Creed quando a mesma voz penetrante proferiu:

— Onde? Ali dentro? Não seja idiota, homem! Eu o conheço muito bem! — E passos apressados soaram atravessando o vestíbulo.

A porta foi aberta para trás; entrou com o sobretudo de quinze capas, e, ao dar com os olhos em Sir Richard, tirou o chapéu e as luvas e adiantou-se exclamando:

— *Ricky!* Ricky, seu cachorro, o que está fazendo aqui?

Pen, encolhendo-se junto à janela, observou o jovem alto torcer a mão de Sir Richard e cogitou onde já o tinha visto antes. Parecia-lhe vagamente conhecido, e o próprio timbre da voz agitada despertou sua memória.

— Bem, por minha alma! — disse ele. — Se isto não supera tudo! Não sei que diabo você está fazendo aqui, mas era exatamente o homem que eu queria ver. Ricky, aquela oferta que me fez ainda está válida? Que me dane se está, estou de partida para a Península no primeiro navio! Desta vez há o diabo e tudo para pagar na família!

— Eu sei — falou Sir Richard. — Suponho que você tenha ouvido as notícias a respeito de Beverley?

— Meu Deus, não me diga que *você já* soube?

— Eu o encontrei — respondeu Sir Richard.

O honorável Cedric levou as mãos à cabeça.

— Encontrou-o? O quê, *você* não estava procurando por ele, Ricky, estava? Quantas pessoas sabem disso? Onde está aquele maldito colar?

— A menos que os funcionários da justiça o tenham pegado, calculo que esteja no bolso do capitão Trimble. Esteve certa vez nas minhas mãos, mas entreguei-o a Beverley, a fim... hã... de que ele devolvesse a seu pai. Quando ele foi assassinado...

Cedric recuou, o queixo caiu.

— O que é isso? Assassinado? Ricky, Bev não?

— Ah — disse Sir Richard —, então você *não* sabia?

— Santo Deus — falou Cedric. Os olhos errantes iluminaram-se diante da jarra e dos copos que o garçom tinha deixado na mesa. Serviu-se de um copo e emborcou. — Assim está melhor. Então Bev foi assassinado, não foi? Bem, eu vim aqui com uma ideia ligeira de assassiná-lo eu mesmo. Quem fez isso?

— Trimble, calculo — replicou Sir Richard.

Cedric parou no ato de encher de novo o copo e olhou para cima depressa.

— Por causa do colar?

— É de se presumir.

Para espanto de Pen, Cedric caiu na gargalhada.

— Ah, por Deus, mas esta é ótima! — arfou. — Ah, que me importa, Ricky, isso é mesmo muito próprio dele!

Sir Richard ajustou o monóculo, examinando o jovem amigo através dele com uma surpresa vaga.

— Não esperava, claro, que a notícia o abatesse com tristeza, mas confesso que praticamente não estava preparado...

— Imitação, velho camarada! Nada além de imitação! — falou Cedric, inclinando-se sobre o espaldar da cadeira.

O monóculo caiu.

— Caramba! — disse Sir Richard. — É, devia ter pensado nisso. Saar?

— Há anos! — falou Cedric, enxugando as lágrimas que corriam com o lenço Belcher. — Só se descobriu quando eu... preste atenção, Ricky!... botei os detetives de Bow Street no caso! Achei que meu pai estava diabolicamente calmo com o roubo. Nunca calculei, entretanto! Havia minha mãe mandando mensageiro atrás de mensageiro para Brook Street, e as meninas me aborrecendo, por isso lá fui eu até Bow Street. O fato é que minha cabeça nunca esteve em melhores condições do que naquela manhã. Assim que despachei os cães de caça atrás do maldito colar comecei a pensar. Eu te disse que Bev era um homem mau, Ricky. Aposto com você que ele roubou o colar.

Sir Richard fez que sim.

— É verdade.

— Diabos, isso é que eu chamo ir longe demais! Minha mãe tinha um compartimento secreto feito para isso na carruagem. Meu pai sabia. Eu sabia, Bev sabia. Posso dizer que as meninas sabiam. Mas ninguém mais sabia, você me entende? Pensei tudo isso no White's. Nada como conhaque para clarear as ideias! Então lembrei que Bev mesmo tinha partido para Bath na semana passada. Nunca poderia imaginar por quê! Achei melhor eu mesmo procurar. Assim, resolvi fazer uma pequena viagem a Bath, quando encontrei meu pai numa casa de jogos. Tinha sabido por Melissa que eu tinha ido a Bow Street. Saltou em mim, tão estranho como o diabo, querendo saber o que eu pretendia metendo os detetives na história. Agora, Ricky, meu caro rapaz, você haveria de dizer que eu era ingênuo? Dou-lhe minha palavra que nunca imaginei o que estava para vir! Sempre pensei que meu pai pretendia preservar os brilhantes! Ele os vendeu há três anos quando teve aquele período de falta de sorte! Mandou copiá-los, de modo que ninguém que não fosse perito, nem mesmo minha mãe, descobrisse! Ficou louco de raiva de mim, e diabos, não o culpo, porque se meu detetive conseguir reaver o colar vai haver o diabo para pagar, e nenhum tostão! Então é por isso que estou aqui. Mas o que me deixa intrigado é: o que afinal trouxe você aqui?

— Você me disse para fugir — murmurou Sir Richard.

— Disse mesmo, mas para falar a verdade nunca pensei que você fugiria, meu caro. Mas por que aqui? Conta logo, Ricky! Você não veio à procura de Bev!

— Não, não vim. Vim simplesmente por... hã... assuntos de família. Calculo que você nunca conheceu meu jovem primo, Pen Brown?

— Nunca soube que você tivesse um primo com esse nome. Quem é ele? — perguntou Cedric alegremente.

Sir Richard fez um movimento ligeiro mostrando a presença de Pen. A sala estava num clima bastante sombrio, porque o garçom ainda não tinha trazido as velas, e a noite estava caindo. Cedric voltou a cabeça e fixou os olhos semicerrados na direção do banco sob a janela, onde Pen estava sentada, meio escondida pelas cortinas.

— Diabos, nunca vi você! — exclamou. — Muito prazer.

— Sr. Brandon, Pen — explicou Sir Richard.

Ela deu um passo à frente para apertar-lhe a mão, no momento exato em que o garçom entrava com um par de castiçais. Colocou-os na mesa e andou pela sala a fim de fechar as cortinas. O brilho repentino da luz das velas ofuscou Cedric por um momento, mas quando soltou a mão de Pen a visão ficou nítida, e ficou absorvido pelos cachos cor de ouro. Um franzir pressagioso juntou-lhe as sobrancelhas, enquanto lutava com a memória que vagueava.

— Ei, espere um momento! — disse ele. — Não vi você antes, vi?

— Não, acho que não — replicou Pen com voz sumida.

— Foi o que eu pensei. Mas há alguma coisa em você... você disse que ele é seu primo, Ricky?

— Primo distante — emendou Sir Richard.

— Com o sobrenome Brown?

Sir Richard suspirou.

— É assim tão espantoso?

— Diabos, meu caro, conheço você desde o berço, mas nunca ouvi falar de nenhum parente seu chamado Brown! Qual é a piada?

— Se eu tivesse calculado que você estava tão interessado nas ramificações da minha família, Cedric, teria informado você da existência de Pen.

O garçom, curioso, mas sem condições de prolongar o trabalho na sala de visitas, retirou-se com lentidão e tristeza.

— Há alguma coisa diabolicamente esquisita nessa história! — pronunciou Cedric balançando a cabeça. — Alguma coisa também no fundo da minha mente. Onde está aquele borgonha?

— Bem, a princípio pensei que já o tivesse encontrado antes — falou Pen. — Mas era por causa da semelhança com o ga... com o outro Sr. Brandon.

— Não me diga que o conheceu! — exclamou Cedric.

— Não muito bem. Aconteceu de nos conhecermos aqui.

— Vou lhe dizer uma coisa, meu rapaz: ele não era companhia para uma criança como você — disse Cedric severamente. Franziu novamente as sobrancelhas para ela, mas aparentemente desistiu de se esforçar para trazer a lembrança fugida à memória e voltou-se para Sir Richard. — Mas seu primo não explica você estar aqui, Ricky. Diabos, o que o trouxe a este lugar?

— Acaso — replicou Sir Richard. — Fui... hã... compelido a acompanhar meu primo para estes arredores, por causa de negócios urgentes de família. No caminho, encontramos um indivíduo que estava sendo perseguido pelos detetives de Bow Street... o seu detetive, Ceddie... e que deixou cair um certo colar no bolso de meu primo.

— Não é possível! Mas você sabia que Bev estava aqui?

— De modo algum. Este fato me foi revelado quando o ouvi trocando recriminações um tanto descuidadas com o homem que suponho que o matou. Para resumir para você, havia três pessoas envolvidas neste caso lamentável, e uma delas tinha tapeado as outras duas. Devolvi o colar a Beverley, com o compromisso de que ele o entregasse outra vez a Saar.

Cedric elevou uma das sobrancelhas.

— Devagar agora, Ricky, devagar! Não sou tolo, meu velho camarada! Bev jamais concordaria em devolver os brilhantes... a menos que estivesse com medo que você fosse dar com a língua nos dentes. Poltrão diabólico, o Bev! Foi assim, não foi?

— Não — disse Sir Richard. — Não foi assim.

— Ricky, seu tolo, não me diga que o comprou dele!

— Não comprei.

— Prometeu comprar, hã? Eu te avisei! Avisei para não se meter com Bev! Entretanto, se ele está morto não houve prejuízo! Continue!

— Realmente há pouco mais a contar. Beverley foi encontrado... por mim... morto, num bosque não muito distante daqui, ontem à noite. O colar tinha sumido.

— O diabo que tinha! Você sabe, Ricky, isso é um negócio maldito e feio! E, quanto mais penso nisso, menos compreendo por que você saiu da cidade às pressas, sem dizer nada a ninguém. Agora não me diga que veio por causa de negócios urgentes de família, meu caro! Você estava dissimulado naquela noite! Nunca tinha visto você tão embriagado em toda a minha vida! Você disse ao porteiro que ia a pé para casa, e pelo que o porteiro contou a George você enfiou na cabeça que sua casa era em algum outro lugar na direção de Brook Street. Bem, direi a qualquer pessoa como pareceria estranho que você fosse fazer uma serenata para Melissa! Diabos, o que aconteceu com você?

— Ah, eu fui para casa — respondeu Sir Richard, placidamente.

— Foi, mas onde é que aparece esse jovem rebento? — inquiriu Cedric, lançando um olhar confuso para Pen.

— Na minha porta. Tinha vindo me procurar, entende?

— Não, para os diabos, Ricky, isso eu não compreendo! — protestou Cedric. — Não às três da madrugada, meu caro!

— Claro que não! — interpôs Pen. — Tinha ficado esperando por ele... hã, durante horas!

— Na porta de sua casa? — perguntou Cedric sem acreditar.

— Havia motivos para que eu não quisesse que os criados soubessem que eu estava na cidade — explicou Pen, com ar de falsa inocência.

— Bem, nunca ouvi uma história assim na minha vida! — replicou Cedric. — Não é próprio de você, Ricky, não é próprio de você! Fui visitá-lo na manhã seguinte e lá encontrei Louisa e George, e a casa inteira numa confusão, sem que qualquer empregado soubesse onde, diabos, você se tinha metido. Ah, por Júpiter, e George achava que você devia ter-se afogado!

— Ter-me afogado! Santo Deus, por quê?

— Melissa, meu caro, Melissa! — caçoou Cedric. — Cama intacta... gravata amassada na grade da lareira... mecha de... — Interrompeu-se, e num repelão virou a cabeça para encarar Pen. — Por Deus, descobri! *Agora* sei o que estava me confundindo! Aquele cabelo! Era seu!

— Ah, diabos! — explicou Sir Richard. — Então aquilo foi descoberto, não foi?

— Uma madeixa cor de ouro sob um xale. George achava que era uma recordação do seu passado. Mas, diabos o carreguem, não faz sentido! Você nunca haveria de ir procurar Ricky de madrugada para cortar o cabelo, menino!

— Não, mas ele disse que eu usava o cabelo muito comprido e que ele não ia andar por aí comigo com *aquela* aparência — disse Pen, desesperada. — E ele também não gostou da minha gravata. Ele estava embriagado, o senhor sabe.

— Ele não estava tão embriagado assim — falou Cedric. — Não sei quem é você, mas não é primo de Ricky. Na verdade, nem mesmo acredito que você seja um rapaz! Diabos, você pertence ao passado de Ricky, é isso que você é!

— Não sou! — negou Pen, indignada. — É bem verdade que não sou rapaz, mas nunca tinha visto Richard até aquela noite!

— Nunca o vira até aquela noite? — repetiu Cedric, aturdido.

— Não! Foi tudo acaso, não foi, Richard?

— Foi — concordou Sir Richard, que parecia se divertir. — Ela despencou de uma janela nos meus braços, Ceddie.

— Ela despencou de... dê-me mais borgonha! — falou Cedric.

XIII

Tendo se reconfortado com a garrafa, Cedric suspirou e balançou a cabeça.

— Não adianta, ainda me parece diabolicamente estranho. Mulheres não pulam pelas janelas.

— Bem, não pulei exatamente. Eu saí pela janela porque estava fugindo dos meus familiares.

— Muitas vezes quis fugir dos meus, mas nunca pensei em pular de uma janela.

— Claro que não! — disse Pen desdenhosamente. — O senhor é homem.

Cedric não parecia satisfeito.

— Só mulheres é que pulam pelas janelas? Há alguma coisa errada aí.

— Acho que o senhor é excessivamente idiota. Fugi pela janela porque era perigoso fazê-lo pela porta. E aconteceu que Richard estava passando naquele momento, o que foi um acaso muito feliz porque os lençóis não eram compridos o suficiente, e eu não podia pular.

— Você quer dizer que desceu usando uma corda de lençóis? — inquiriu Cedric.

— É, claro. De que outra maneira eu podia sair, ora?

— Bem, se isso não é invenção! — exclamou, admirado.

— Ah, isso não foi nada. Só que quando Sir Richard percebeu que eu não era homem achou que não seria apropriado que eu viajasse para este lugar sozinha, por isso ele me levou para a casa dele, cortou meu cabelo mais corretamente na nuca e deu o laço na gravata para mim, e... e foi por *isso* que o senhor encontrou aquelas coisas na biblioteca!

Cedric olhou para Sir Richard com atenção.

— Que me dane, sabia que tinha exagerado, mas nunca pensei que você estivesse tão bêbado assim!

— É — disse Sir Richard, refletindo —, imagino que devia estar mais louco do que suspeitava.

— Louco! Meu velho amigo, você devia estar fora de si! E agora como, com os diabos, você veio parar aqui? Porque lembro que George disse que todos os cavalos estavam nos estábulos. Você nunca viajou numa carruagem de aluguel, Ricky!

— Claro que não — falou Sir Richard. — Viajamos de diligência comum.

— De... de... — Cedric não tinha palavras.

— Foi ideia de Pen — explicou Sir Richard com afabilidade. — Devo confessar que não fui muito favorável, e ainda considero diligências comuns veículos abomináveis, mas não há como negar que tivemos uma viagem bastante cheia de aventuras. Realmente, ter vindo na diligência do correio teria sido tristemente aborrecido. Viramos numa vala; ficamos... hã... intimamente conhecidos de um ladrão; nos vimos envolvidos com objetos roubados; assistimos a uma fuga; e descobrimos um assassinato. Nunca sonhara na vida que pudesse conseguir tanta emoção.

Cedric, que o estivera olhando boquiaberto, começou a rir.

— Senhor, nunca vou me recuperar do choque! Você, Ricky! Ah, meu Deus, e lá estava Louisa pronta para jurar que você jamais faria alguma coisa que não fosse própria de um homem elegante, George pensando que você estava no fundo do rio e Melissa fincando pé que você tinha sumido a fim de examinar alguma propriedade! Deus, ficará tão irada quanto uma jararaca! Fora de posição, por Júpiter! Ofendida, duas vezes ofendida, vencida e desprezada! — Enxugou os olhos mais uma vez com o lenço Belcher. — Você terá de comprar para mim aquele par de patentes, Ricky! Diabo, você me deve isso, porque eu lhe disse para fugir, agora, não disse?

— Porém ele não fugiu! — observou Pen ansiosamente. — Fui *eu* que fugi. Não foi Richard.

— Ah, fugi! — argumentou Sir Richard, aspirando rapé.

— Não, não, você só veio para tomar conta de mim; você disse que eu não podia vir sozinha!

Cedric olhou-a de modo confuso.

— Sabe, não consigo imaginar tudo isso! Se vocês se conheceram há apenas três noites, não podem estar fugindo para casar!

— Claro que não estamos fugindo para casar! Eu vim aqui por causa... por causa de negócios particulares, e Richard fingiu ser meu professor particular. Não existe nada de fuga para casar!

— Professor particular? Meu Deus! Pensei que você tinha dito que era seu primo.

— Meu caro Cedric, por favor, tente não ser tão cheio de preconceitos! — suplicou Sir Richard. — Fiz papel de professor particular, de tio, de curador *e* de primo.

— Para mim você parece ser uma garota triste e levada! — falou Cedric para Pen, com severidade. — Quantos anos você tem?

— Tenho dezessete anos, mas não vejo por que seja absolutamente de sua conta.

— Dezessete! — Cedric lançou um olhar desolado para Sir Richard. — Ricky, seu doido! Agora foi fisgado, vocês dois foram! E o que sua mãe e Louisa hão de dizer, quanto mais aquela minha irmã amarga...! Quando vai ser o casamento?

— Isso — disse Sir Richard — era o assunto que estávamos discutindo quando você nos interrompeu.

— É melhor casar imediatamente em algum lugar onde você não seja conhecido. Você sabe como são as pessoas! — falou Cedric, balançando a cabeça. — Que me dane, se eu não for o padrinho!

— Bem, você não vai ser — atalhou Pen, ruborizando. — Nós não vamos nos casar. É absurdo pensar numa coisa dessas.

— Eu sei que é absurdo — replicou Cedric com franqueza. — Mas você deveria ter pensado nisso antes de começar a sarandar pelo interior deste modo doido. Agora não há nada a fazer... você terá de se casar!

— Eu não me caso! — declarou Pen. — Ninguém jamais precisa saber que eu não sou rapaz, exceto você, e uma outra pessoa que não tem importância.

— Mas minha cara menina, não vai adiantar! Acredite em mim, não vai adiantar! Se você não sabe disso, aposto que Ricky sabe. Ouso afirmar que você ainda não se deu conta, porém ele é uma presa diabolicamente excelente, você sabe. Diabo, estávamos atrás dele a fim de restaurar a fortuna da família, era isso que estávamos fazendo! — acrescentou ele, com um risinho irreprimível.

— Eu acho você vulgar e detestável! — observou Pen. — Eu mesma sou muito rica; na realidade, sou herdeira e tenho muito boa cabeça para não me casar com ninguém!

— Mas veja só que desperdício! — protestou Cedric. — Se você é herdeira, e não pode suportar a ideia de se casar com Ricky, pela qual não a condeno, pois Deus sabe como é mulherengo!... um caso grave, minha cara: ele nunca olhou seriamente para uma mulher na vida!... suponho que você não vá desprezar este humilde servo!

— Sua conversa, meu caro Cedric, é sempre edificante — comentou Sir Richard, friamente.

Mas Pen, em vez de se sentir ofendida, deu uma risadinha.

— Não, obrigada. Não me casaria com você de maneira nenhuma.

— Temia que você não se casasse. Você terá de aceitar Ricky! Ou então nada feito! Mas você é jovem demais para ele: não nos esqueçamos disso! Que me dane, se eu sei que loucura se enfiou nas suas cabeças para partirem nesta aventura maluca!

— Você está cometendo um grave engano, Cedric — falou Sir Richard. — Não há nada que eu deseje mais do que me casar com Pen.

— Bem, ainda por cima isso! — arfou Cedric. — E aqui estava eu achando que você era um caso sem esperanças!

— Eu vou para a cama — declarou Pen.

Sir Richard dirigiu-se à porta a fim de abri-la para ela.

— É, minha menina: vá para a cama. Mas por favor não deixe que a conversa maliciosa de Cedric a impressione! Para loucuras idiotas nunca vi ninguém igual a ele. — Tomou-lhe a mão enquanto falava e levou-a aos lábios. — Tenha sonhos agradáveis, pirralha — disse suavemente.

Ela sentiu um bolo subir-lhe à garganta, esboçou um sorriso trêmulo e fugiu, mas não sem antes ouvir Cedric exclamar em tom da mais viva surpresa:

— Ricky, você não está realmente apaixonado por aquela coisinha, está?

— Acho — falou Sir Richard, fechando a porta — que será mais proveitoso se nos empenharmos na discussão dos fatos que o trouxeram aqui, Cedric.

— Ah, sem dúvida! — disse Cedric apressadamente. — Desculpe-me! Não tinha a intenção de interferir nos seus assuntos particulares, caro rapaz; nem um pouco! Agora, não se aborreça! Você sabe como eu sou! Jamais consegui guardar um segredo sem dar com a língua nos dentes!

— É disso que tenho medo — falou Sir Richard secamente.

— Minha boca é um túmulo! — assegurou-lhe Cedric. — Mas havia de ser você entre todos os homens, Ricky...! Isso é que me deixa embatucado! Entretanto, não é da minha conta! O que vem a ser tudo aquilo que você estava me dizendo a respeito de Bev?

— Ele está morto. Parece que isso é o mais importante.

— Bem, não adianta você esperar que vá me desesperar por causa disso. Ele era ruim, posso afirmar! O que estava fazendo naquele bosque de que você falou?

— Para falar a verdade, ele foi lá para me encontrar — revelou Sir Richard.

Cedric franziu-lhe as sobrancelhas.

— Há muito mistério nisso aí. Por que, Ricky?

— Para ser franco com você, ele botou na cabeça a ideia de me extorquir dinheiro ameaçando tornar público o fato de meu suposto primo ser uma moça travestida.

— É, isso é bem característico de Bev — assentiu Cedric, sem demonstrar muita surpresa. — Você lhe propôs pagar as dívidas, não foi?

— Ah, isso tinha oferecido antes, naquele dia! Infelizmente o capitão Trimble soube do meu encontro com Beverley no bosque e foi lá antes de mim. Calculo que ele não pensasse em mais nada além de roubar. Havia uma testemunha do encontro, que descreveu como surgiu a discussão, como Trimble golpeou Beverley, procurou nos bolsos e fugiu. Possivelmente ele pensou que tinha apenas estonteado Beverley. Quando o encontrei estava com o pescoço quebrado.

— Júpiter! — exclamou Cedric, assoviando, consternado. — É pior do que eu pensava, então! Não suspeitam de que você tenha tomado parte nisso, não é, Ricky?

— Estou adquirindo rapidamente uma reputação bastante incômoda nestas redondezas, mas até então não fui preso por assassinato. Qual é exatamente seu objetivo ao vir aqui?

— Ora, arrancar a verdade de Bev, claro! Não podia tirar da cabeça a ideia de que ele estava por trás deste roubo. Ele estava muito endividado, você sabe. Meu pai também quer que eu tire o detetive disso, mas estarei desgraçado se conseguir descobrir qualquer vestígio dele. Se você encontrou o camarada na estrada de Bristol, foi por isso que o perdi de vista, eu fui para Bath. A última vez que tive notícias de Bev ele estava lá, com Freddie Fotheringham. Freddie disse-me que Bev tinha partido para encontrar-se com umas pessoas cujo sobrenome era Luttrell, que moravam num lugar perto daqui. Por isso estive com minha mãe, ouvi o relato completo do roubo, então vim para cá. Agora, o que devo fazer?

— É melhor você se aproximar do magistrado local. Foi preso hoje em Bath um homem que pode muito bem ser Trimble, mas se o colar estava com ele eu não sei.

— Tenho de agarrar aquele maldito colar! — falou Cedric, fechando o rosto. — Não vai adiantar se a verdade sobre ele vier a ser conhecida. Mas o que vamos fazer, Ricky? Parece-me que você também está numa enrascada.

— Sem dúvida serei capaz de responder essa pergunta amanhã, quando acertar o assunto com Pen — replicou Sir Richard.

Mas o destino de Sir Richard não era ter a oportunidade de conversar qualquer assunto com a Srta. Creed no dia seguinte. A Srta. Creed, indo desanimadamente para a cama, sentou-se por longo tempo diante da janela aberta do quarto e olhou cegamente para o luar. Chegou à conclusão de que tinha passado o dia mais infeliz de sua vida, e a chegada repentina de Cedric Brandon não tinha feito nada para aliviar-lhe o peso do coração. Ficou evidente que Cedric considerava a aventura um pouco menos fantástica do que a ideia de que estava para se casar com Sir Richard. De acordo com suas próprias palavras, conhecia Sir Richard desde o berço, de modo que era justo presumir que eram amigos muito íntimos. Na opinião dele, ela devia casar-se com Sir Richard, o que era equivalente a dizer, refletiu, que tinha colocado Sir Richard numa posição desconfortável de se ver obrigado a pedi-la em casamento. Era injusto demais, pensou Pen, porque Sir Richard não estava sóbrio quando insistira em acompanhá-la a Somerset, e, além do mais, fizera aquilo por puro cuidado com sua segurança. Não lhe ocorrera que um cavalheiro tantos anos mais velho pudesse comprometê-la, ou envolver a própria honra tão desastrosamente. Desde o momento em que o vira pela primeira vez, gostara dele; mergulhara em termos de intimidade com ele no menor espaço de tempo possível; e, na realidade, tivera a impressão de que o conhecera a vida inteira. Achou-se mais idiota do que Lydia Daubenay por não se ter dado conta, antes de terem chegado a Queen Charlton, de que se apaixonara impetuosamente por ele. Recusara-se a enxergar além do encontro com Piers, ainda que não tivesse nada a fazer a não ser admitir para si mesma, agora, que não estivera de modo algum ansiosa por trazer Piers para seu lado quando tinham chegado à hospedaria The George. No momento em que estiveram frente a frente, na verdade, ele teria de ser um modelo para afastá-la de Sir Richard.

A conduta dele fora tudo menos um modelo. Estragara tudo, pensou Pen. Acusara-a de inconveniente e forçara Sir Richard a fazer uma declaração que, com certeza, não desejava fazer.

Porque acho que ele não me ama absolutamente, argumentou Pen para si mesma. Nunca disse isso antes de Piers ter sido tão detestável; na realidade, tratou-me como um tutor, ou um tio, ou alguém anos mais velho do que eu, que ouso afirmar foi o que fez tudo parecer tão adequado para mim, e nem um pouco escandaloso. Só que nos metemos em muitas aventuras, e foi obrigado a enganar tia Almeria, e então o gago pensou que eu fosse uma moça, e Piers foi desagradável, e me envolvi na loucura de Lydia, e o major veio, e agora este outro Sr. Brandon sabe a meu respeito, e o fim disso é que coloquei o pobre Richard na situação mais horrível que se possa imaginar! Só há uma coisa a fazer: terei de fugir.

Entretanto essa decisão fez com que se sentisse tão melancólica que várias lágrimas encheram-lhe os olhos e rolaram-lhe pelo rosto. Enxugou-as, dizendo a si mesma que chorar era bobagem. Pensou

"Porque se ele não quer se casar comigo, eu não quero também... tanto assim; e se ele quiser, ouso afirmar que irá me visitar na casa da minha tia. Não, não irá. Há de esquecer tudo a meu respeito ou, muito provavelmente, ficará satisfeito de se ver livre de um encargo tão mal-comportado, cansativo! Ah, querido!"

Ficou tão ensimesmada em suas reflexões desalentadoras que levou muito tempo até que conseguisse levantar-se o suficiente para preparar-se para a cama. Chegou até a esquecer a fuga que ajudara a preparar, e ouviu o relógio da igreja bater as doze badaladas sem se lembrar muito de que Lydia devia estar agora subindo na carruagem de aluguel, com ou sem os periquitos.

Passou uma noite horrível, perturbada por sonhos agitados, e virando-se tanto de um lado para outro que logo desfez os lençóis e cobertores, e tornou a cama tão desagradável que às seis horas da manhã, quando finalmente acordou para ver o quarto inundado pela luz do sol, ficou muito contente por abandoná-la.

Uma parte considerável das horas de vigília foi gasta pensando como podia fugir sem deixar rastro. Um portador costumava ir a Bristol em certos dias, lembrou, e decidiu ou comprar uma passagem na carroça, ou, se não fosse um dos seus dias, caminhar até Bristol e lá reservar uma passagem na diligência para Londres. Bristol não ficava a mais de dez ou doze quilômetros de Queen Charlton, e além do mais havia uma esperança razoável de que lhe oferecessem carona em qualquer veículo que fosse para aquela cidade.

Vestiu-se e ficou à beira das lágrimas novamente quando lutava com as pregas da gravata de musselina engomada, porque era uma das de Sir Richard. Depois de aprontar-se, guardou na mala que Sir Richard lhe emprestara seus poucos pertences e desceu a escada para a sala de visitas na ponta dos pés.

Os criados, podia ouvi-los no restaurante e na cozinha, ainda não tinham entrado para abrir as cortinas e arrumar a sala. Esta desarrumação da manhã seguinte dava impressão deprimente. Pen afastou as cortinas e sentou-se à escrivaninha para escrever uma carta de despedida a Sir Richard.

Era uma carta muito difícil de escrever, e parecia provocar muito assoar de nariz e muitas fungadas lacrimosas. Quando finalmente acabou, Pen leu-a do início ao fim, cheia de dúvidas, e tentou apagar um borrão. Não era uma carta satisfatória, mas não havia tempo para escrever outra. Por isso, dobrou-a, selou-a, endereçou a Sir Richard e colocou-a no consolo da lareira.

Na entrada da sala de visitas, encontrou o garçom pessimista que os tinha servido na noite anterior. Os olhos mostravam-se ainda mais deprimidos do que o normal, e além de encararem de modo indagador a maleta, não demonstraram interesse por Pen ter levantado cedo.

Ela lhe explicou desembaraçadamente que se via obrigada a ir a Bristol e perguntou se o portador passaria pela hospedaria. O garçom disse que não, porque sexta-feira não era dia.

— Se o senhor quisesse ontem, seria diferente — acrescentou ele com reprovação.

Ela suspirou.

— Então serei obrigado a ir a pé.

O garçom aceitou isso sem interesse, mas, assim que ela alcançou a porta, ele lembrou de alguma coisa e disse, numa voz de desânimo inquebrantável:

— A patroa vai a Bristol no fáeton.

— Você acha que ela me levaria?

O garçom recusou-se a dar opinião, mas ofereceu-se para ir perguntar à patroa. Contudo, Pen resolveu ir sozinha, e, ao chegar nos fundos da hospedaria, encontrou a mulher do hospedeiro colocando uma cesta no fáeton e preparando-se para subir.

Ficou surpresa com o pedido de Pen e olhou a maleta com suspeita, mas era uma mulher corpulenta, afável, e diante da afirmação mentirosa de Pen de que Sir Richard estava a par da viagem projetada, permitiu que ela subisse no fáeton e colocasse a maleta sob o assento. Seu filho, um jovem fleugmático que mastigava uma palha durante toda a viagem, pegou as rédeas, e em poucos minutos o grupo todo seguiu pela rua da aldeia num trotar calmo mas firme.

— Bem, só espero, senhor, que não esteja agindo mal — falou a Sra. Hopkins, assim que se recuperou do esforço de acomodar o corpo volumoso no fáeton. — Tenho certeza de que não sou de me meter nos assuntos de outras pessoas, mas se o senhor *estiver* fugindo do cavalheiro que o tem sob seus cuidados, me meteria em encrenca, é isso que eu queria dizer.

— Ah, não, na verdade não vai se meter em encrenca! — assegurou-lhe Pen. — Sabe, nossa carruagem não está conosco, ou... ou eu não teria sido obrigado a perturbá-la assim.

A Sra. Hopkins disse que não era de se importar com perturbações e acrescentou que estava satisfeita com a companhia. Quando descobriu que Pen não tinha tomado o café da manhã, ficou muito chocada, e depois de muito remexer e revirar, alcançou uma cesta que estava sob o assento e tirou um vasto pacote de sanduíches, uma torta embrulhada num guardanapo e uma garrafa de chá frio. Pen aceitou um sanduíche mas recusou a torta, circunstância que fez a Sra. Hopkins dizer que, embora o jovem cavalheiro pudesse se servir à vontade, para falar a verdade, era um presente para a tia, que morava em Bristol. Mais adiante, revelou que se dirigia à cidade a fim de se encontrar com a segunda filha da irmã, que vinha na diligência de Londres para trabalhar como arrumadeira na hospedaria. A conversa tendo-se iniciado de maneira fácil, a viagem passou-se agradavelmente o bastante. A Sra. Hopkins fornecendo a Pen um relato tão exaustivo das várias provações e vicissitudes que tinham acontecido a cada integrante da família, que no momento em que a aranha parou numa hospedaria no centro de Bristol, Pen achava que havia muito pouco que não soubesse a respeito dos parentes da boa senhora.

A diligência não devia chegar a Bristol antes das nove horas, hora em que partia a que ia para Londres saindo da hospedaria. A Sra.

Hopkins foi visitar a tia, e Pen, tendo reservado lugar na diligência e guardado a maleta na hospedaria, partiu para gastar as últimas moedas que lhe restavam em provisões para sustentá-la durante a viagem.

As ruas estavam bastante vazias àquela hora, pois era muito cedo e algumas das lojas ainda não tinham aberto, mas depois de andar durante alguns minutos e observar com interesse as mudanças que, em cinco anos, tinham ocorrido à cidade, Pen encontrou um restaurante que estava aberto. O cheiro de empadões recém-assados deixou-a com fome. Entrou na loja e fez uma escolha cuidadosa do que ofereciam para vender.

Quando saiu, ainda tinha uma hora para esperar pelo momento de partir, então perambulou pelo mercado. Ali já havia um bocado de gente ocupada com os negócios do dia. Pen vislumbrou a Sra. Hopkins pechinchando com um vendedor o preço de uma peça de morim, mas como não tinha vontade de saber mais detalhes a respeito da família Hopkins, evitou-a, fingindo estar interessada numa relojoaria. Estava tão atenta em evitar os olhos maternais da Sra. Hopkins, que ficou alegremente descuidada, sem saber que ela mesma estava sendo cuidadosamente observada por um homem muito gordo que usava um paletó de baeta e chapéu de aba larga, que, depois de olhá-la fixamente durante certo tempo, avançou na sua direção e, colocando-lhe a mão pesada no ombro, falou, com voz profunda:

— Apanhei você!

Pen saltou, com a consciência pesada, e olhou em torno, subitamente alarmada. A voz parecia conhecida; para seu desapontamento encontrou-se encarando o rosto do detetive de Bow Street que tinha sido enganado por Jimmy Yarde na hospedaria perto de Wroxham.

— Ah! — exalou ela fracamente. — Ah! O senhor não é o... o homem que eu encontrei no outro dia? Bom... bom dia! Está um dia lindo, não... não é?

— Está sim, meu jovem — falou o detetive num tom sombrio. — E vou prender o senhor, e sem erro! Vinha desejando um novo encontro com o senhor. Ah, quando Nat Gudgeon quer pegar um larápio, ele pega, e sem erro também! Venha comigo!

— Mas eu não fiz nada errado! Na verdade, não fiz! — disse Pen.

— Se não fez, então não há motivo para ficar com medo de mim — falou o Sr. Gudgeon, com o que lhe parecia um olhar de esguelha inamistoso. — Mas o que venho pensando, jovem senhor, é que o senhor e o bom cavalheiro que estava com o senhor fugiram muito depressa daquela hospedaria. Ora, qualquer um poderia ter pensado assim, poderia, já que o senhor tomou um horror enorme de mim!

— Não, não, não tomamos! Mas não havia mais nada que nos obrigasse a ficar, e já estávamos muito atrasados.

— Bem — disse o Sr. Gudgeon, mudando o aperto do braço, e agarrando-a firmemente acima do cotovelo —, desejava muito interrogá-lo mais em particular, jovem senhor. Agora, não cometa o grande erro de tentar lutar comigo, porque não lhe vai fazer bem. Talvez nunca tenha ouvido falar de um ladrão chamado Yarde: da mesma maneira não reconheceria um conjunto de brilhantes se visse um. Meu Deus!, se eu tivesse um reforço de uns guinéus por rapazinhos como você que eu peguei e... trancafiei na Prisão de Newgate, tão aconchegante quanto lhe agrada!... estaria rico, ah, se estaria. O senhor vem comigo e nem tente me engabelar, porque tenho uma ideia muito segura de que você sabe um bocado a mais a respeito de um certo conjunto de brilhantes do que você deseja que eu saiba.

Nesse momento, a atenção de várias pessoas tinha sido atraída, e uma pequena multidão estava começando a se juntar. Pen lançou um olhar perquiridor à sua volta. Viu o rosto aterrorizado da Sra. Hopkins, mas nenhum jeito de fugir, e deu-se por vencida. O Sr. Gudgeon evidentemente pretendia levá-la para a cadeia, ou de qualquer maneira para um lugar seguro a fim de vigiá-la, onde seu sexo, suspeitava, seria descoberto. Nesse meio-tempo, a multidão crescia, várias pessoas exigiam aos gritos saber o que o jovem cavalheiro tinha feito, e um dos indivíduos, culto, explicava aos vizinhos que aquele era um dos detetives de Bow Street, de Londres. Nada a ajudaria, Pen concluiu, além de uma certa dose de franqueza. Adequadamente não fez nenhum esforço para se soltar do detetive, mas disse num tom calmo quando foi capaz de assumi-lo:

— Na verdade, não me importo nem um pouco de ir com o senhor. Na realidade, sei exatamente o que o senhor deseja, e ouso afirmar que posso fornecer-lhe informações valiosas.

O Sr. Gudgeon, que não estava habituado a ser enfrentado com qualquer indício de sangue-frio, não ficou nem um pouco amaciado por esse discurso. Disse com voz engasgada:

— Isto é peta! Ai, você é um inventador de histórias, jovem como é! Ora, seu jovem vigarista, que ainda nem saiu dos cueiros! Venha comigo, e nada de tapeação agora!

Uma parte da multidão demonstrou disposição de acompanhá-los, mas o Sr. Gudgeon dirigiu-se a estes camponeses com modos tão severos que dispersaram em disparada, e deixaram-no escoltar sozinho o preso para fora do mercado.

— O senhor está cometendo um grande erro — disse Pen ao detetive. — O senhor está procurando os brilhantes Brandon, não é? Bem, sei tudo a respeito deles, e, para falar a verdade, o Sr. Brandon quer que o senhor pare de procurá-los.

— Ah! — disse o Sr. Gudgeon, com significado profundo. — Ele quer, não é? Que me enforquem, se algum dia eu vir um vigarista como você!

— Gostaria que o senhor me escutasse! Eu sei quem está com os brilhantes e, o que é mais importante, ele assassinou o outro Sr. Brandon para obtê-los.

O Sr. Gudgeon balançou a cabeça com espanto e sem palavras.

— Ele *assassinou*, eu lhe digo — falou Pen desesperadamente. — O nome dele é Trimble, e ele estava de conchavo com Jimmy Yarde a fim de roubar o colar! Só que não deu certo, o colar foi restituído ao Sr. Beverley Brandon, e depois o capitão Trimble o assassinou e fugiu com os brilhantes. E o Sr. Cedric Brandon está procurando o senhor por toda parte, e se ao menos o senhor for para Queen Charlton há de encontrá-lo lá, e ele lhe dirá que o que eu falei é verdade!

— Nunca ouvi nada parecido! — arfou o Sr. Gudgeon, afrontado. — Um menino como você tornando-se um patife, e não me engano sobre isso! E como pode saber uma história tão certa sobre esses brilhantes, posso tomar a liberdade de perguntar?

— Eu conheço bem o Sr. Brandon — respondeu Pen. — Os dois Srs. Brandon! Eu estava em Queen Charlton quando o assassinato foi cometido. O Sr. Philips, o juiz, sabe tudo a meu respeito, posso assegurar-lhe!

O Sr. Gudgeon ficou um pouco abalado com esta declaração, e disse com menos severidade:

— Não digo que não acredito, nem que acredito tampouco; mas a história que está me contando é bastante inverossímil e estranha, jovem senhor, isso é um fato.

— É, arrisco dizer que pode parecer assim para o senhor — concordou Pen. Sentiu que a mão que lhe envolvia o braço afrouxava e resolveu tirar mais vantagem: — É melhor o senhor vir comigo a Queen Charlton imediatamente porque o Sr. Brandon quer vê-lo, e eu presumo que o Sr. Philips ficará muito satisfeito se o senhor o ajudar a descobrir o capitão Trimble.

O Sr. Gudgeon olhou-a de soslaio.

— Ou eu me enganei — falou devagar —, ou você é o mais precioso jovem vigarista que já conheci. Talvez eu vá a este lugar de que você fala, e talvez enquanto eu estiver indo você vá ficar me esperando aqui onde não prejudicará ninguém.

Desembocaram numa rua larga cortada por várias ruas transversais. Pen, que não tinha intenção de voltar a Queen Charlton, ou de ser trancada na cadeia de Bristol, chegou a uma conclusão, agora que a mão do Sr. Gudgeon tinha suavizado a pressão no seu braço, que se tornara perfunctória, e tentou a oportunidade de fugir. Disse aereamente:

— Só para sua orientação, por favor, é só um aviso, o Sr. Brandon ficará muitíssimo aborrecido se souber que o senhor me molestou. Naturalmente, eu não desejo... Ah, olha, olha! Depressa!

Estavam bem ao lado de uma das ruas laterais desta vez, e o susto admirável de Pen levou o detetive a uma parada imediata. Cruzou os braços com a mão livre e exclamou:

— Ali, virando logo aquela rua! Era ele! O capitão Trimble! Ele deve me ter visto, pois começou a correr imediatamente, seja rápido!

— Onde? — indagou o Sr. Gudgeon, abrindo a guarda e olhando em torno agitadamente.

— *Lá!* — gritou Pen, e se libertou do aperto, correndo como um gamo pela rua lateral.

Ouviu um grito atrás dela, mas não perdeu tempo em olhar para trás. Uma mulher ocupada em esfregar os degraus da frente da casa lançou um grito de "Pega, ladrão!" e um garoto que entregava encomendas com uma grande cesta no braço deu um assovio agudo. Pen alcançou o fim da rua com o som de clamores públicos atrás dela, virou a esquina e viu um beco que conduzia a amontoados de casas desmazeladas, e entrou nele.

Levava a um labirinto de ruas estreitas, com sarjetas imundas, bangalôs esquisitos e quintais malcheirosos com o refugo que nelas apodrecia. Nunca penetrara naquela parte da cidade antes, e logo ficou perdida. Tal fato não a perturbou muito, entretanto, porque o barulho dos que a perseguiam tinha sumido na distância. Achava que ninguém vira quando entrou no beco, de modo que foi capaz de manter uma esperança razoável de se livrar da perseguição. Parou de correr e começou a andar bastante arfante no que confiava ser a direção leste. Depois de atravessar inúmeras ruas desconhecidas, chegou afinal à parte mais respeitável da cidade e aventurou-se a perguntar o caminho para a hospedaria onde tinha deixado a maleta. Descobriu que tinha ultrapassado e, mais ainda, que passava poucos minutos das nove. Parecia tão desapontada que o informante, um homem corpulento com calças de veludo cotelê e paletó frisado, que estava se preparando para subir num cabriolé, perguntou-lhe se ela queria pegar a diligência de Londres. Quando admitiu que queria, disse filosoficamente:

— Bem, o senhor perdeu.

— Ah, meu Deus, o que vou fazer? — disse Pen, prevendo um dia passado esgueirando-se pela cidade a fim de evitar que o Sr. Gudgeon a descobrisse.

O fazendeiro, que a estivera olhando com jeito de quem ruminava, perguntou:

— O senhor está com pressa?

— Estou, estou! Quer dizer, comprei uma passagem, entende.

— Bem, eu mesmo estou indo para Kingswood — disse o fazendeiro. — O senhor pode vir comigo no cabriolé, se quiser. É provável que pegue a diligência lá.

Aceitou com gratidão a oferta, porque achou que mesmo que não conseguisse ultrapassar a diligência estaria mais segura contra o Sr. Gudgeon em Kingswood do que em Bristol. Felizmente, entretanto, o fazendeiro estava dirigindo num trote rápido o cavalo novo, e alcançaram a estrada principal para Londres antes que a pesada diligência tivesse saído da cidade. O fazendeiro deixou Pen em Kingswood, na porta da hospedaria, e tendo se certificado de que a carruagem ainda não tinha aparecido ali, desejou-lhe alegremente boa viagem e partiu.

Sentindo que escapara do desastre por um triz, Pen sentou-se no banco do lado de fora da hospedaria a fim de esperar a chegada da diligência. Demorou a chegar, e o guarda, quando Pen lhe entregou a passagem, deu a impressão de tomar isso como afronta pessoal por ela não ter embarcado em Bristol. Disse-lhe com satisfação malvada que sua maleta tinha ficado na cidade na hospedaria Talbot, mas depois de um bocado de resmungos admitiu que Pen tinha direito a um lugar na diligência e baixou os degraus para que ela entrasse. Ela se espremeu num lugar entre um homem gordo e uma mulher que acalentava um bebê impertinente; a porta foi fechada, os degraus recolhidos outra vez, e o veículo retomou a viagem tediosa para Londres.

XIV

Sir Richard Wyndham não era madrugador, mas foi acordado irracionalmente cedo, no dia em que Pen fugiu às escondidas, pelo criado que trazia uma pilha de roupas brancas lavadas na hospedaria e as botas de cano alto, e lhe disse timidamente que era solicitado lá embaixo.

Sir Richard gemeu e indagou as horas. Com timidez ainda maior, o criado disse que ainda não eram oito horas.

— Quem diabo está esperando por mim? — exclamou Sir Richard, lançando um olhar doloroso para o rapaz.

— É, senhor — concordou o criado, com sentimento —, mas é aquele major Daubenay, senhor, com tanta raiva como eu nunca vi!

— Ah! — disse Sir Richard. — É isso, não é? Que o major Daubenay vá para o diabo que o carregue.

O criado sorriu, mas esperou instruções mais exatas. Sir Richard gemeu de novo e sentou-se.

— Você acha que eu tenho de levantar, não é? Traga-me água para eu fazer a barba, então.

— Pois não, senhor!

— Ah, ah! Apresente meus cumprimentos ao major e informe-lhe rapidamente que irei a seu encontro!

O criado saiu para cumprir estas ordens e Sir Richard, examinando a beleza da manhã com olhos apaixonados, saiu da cama.

Quando o criado voltou trazendo uma jarra de água quente, encontrou Sir Richard de calças e camisa e relatou que o major andava de um lado para o outro na sala de visitas parecendo mais uma fera enjaulada do que um cavalheiro cristão.

— Você me deixa estarrecido — falou Sir Richard, sem emoção. — Passe-me as botas, por favor. Ai de mim! Biddle, nunca me dei conta do seu valor a não ser quando o perdi!

— O senhor falou alguma coisa, senhor?

— Nada — respondeu Sir Richard, enfiando o pé numa das botas e puxando com força.

Meia hora mais tarde, entrou na sala de visitas a fim de encontrar o visitante matutino andando de um lado para o outro pelo assoalho com um relógio enorme na mão. O major, cujas faces estavam impropriamente ruborizadas, ofendido apontando o tempo decorrido com dedo trêmulo, falou num rugido contido:

— Quarenta minutos, senhor! Quarenta minutos desde que entrei nesta sala!

— É, até eu mesmo me surpreendi — observou Sir Richard, com indiferença enlouquecedora. — Houve tempo em que não conseguia ter alcançado este resultado em menos de uma hora, mas prática, meu caro senhor, prática, o senhor sabe, é tudo!

— Uma hora! — grugulejou o major, com desprezo. — Prática! Bah, digo eu! Está me ouvindo, senhor?

— Estou — disse Sir Richard tirando o pó da manga. — E imagino que não sou o único privilegiado a ouvi-lo.

— O senhor é um dândi! — proferiu o major com desprezo. — Um janota, senhor! É o que o senhor é!

— Bem, fico satisfeito porque a pressa com que me vesti não tenha obscurecido esse fato — replicou Sir Richard amavelmente. — Mas o termo correto é elegante.

— Pouco me importa o termo correto! — rugiu o major, esmurrando a mesa. — É tudo a mesma coisa para mim dândi, elegante, ou simplesmente janota!

— Se eu me enfurecesse com o senhor, o que em todo caso, a esta hora da manhã, seria de lamentar, o senhor descobriria que está errado — retrucou Sir Richard. — Nesse meio-tempo, suponho que o senhor não me tirou da cama para trocarmos elogios. O que deseja?

— Não use esse tom arrogante comigo, senhor! — falou o major. — Aquele seu fedelho malcriado fugiu com a minha filha!

— Absurdo! — disse Sir Richard calmamente.

— Absurdo, não é? Então deixe que eu lhe diga que ele se foi, senhor! Fugiu, está me ouvindo? E a criada com ela!

— Aceite meus sentimentos — falou Sir Richard.

— Seus sentimentos! Não preciso de suas malditas condolências, senhor! Quero saber o que o senhor pretende fazer!

— Nada absolutamente — respondeu Sir Richard.

Os olhos do major saltaram literalmente, e uma veia estofou na testa esquentada.

— O senhor fica aí, dizendo que não pretende fazer nada, quando o patife do seu primo fugiu para casar-se com minha filha?

— Nada. Não pretendo fazer nada porque meu primo não fugiu a fim de se casar com sua filha. O senhor deve me perdoar se lhe chamo a atenção por estar um tanto cansado de suas dificuldades paternas.

— Como ousa, senhor? Como ousa? — arfou o major. — Seu primo encontra minha filha às escondidas em Bath, induz a moça a sair a altas horas da noite, engana-a com falsas promessas e agora... *agora*, para rematar tudo, foge com ela, e o senhor... *o senhor* diz que está cansado das *minhas* dificuldades!

— Muito cansado delas. Se sua filha abandonou-lhe o teto... e quem a condenaria?... aconselho-o a não desperdiçar seu tempo nem minha paciência aqui, mas a perguntar em Crome Hall se o Sr. Piers Luttrell está em casa ou também desapareceu.

— O jovem Luttrell! Por Deus, se fosse isso deveria ficar satisfeito! Ai, satisfeito com isso, e satisfeito que qualquer homem menos aquele patife, corrompido, fedelho malcriado do seu sobrinho tenha fugido com Lydia!

— Bem, é um acaso feliz — observou Sir Richard.

— Não é nada disso! O senhor sabe muito bem que não é o jovem Luttrell! Ela mesma confessou que tinha o hábito de encontrar-se com seu primo, e o jovem cachorro nesta mesma sala... nesta mesma sala, preste atenção, com o senhor a seu lado...

— Meu bom senhor, sua filha e meu primo contaram uma grande quantidade de disparates, mas asseguro-lhe que eles não fugiram juntos.

— Muito bem, senhor, muito bem! Então onde está seu primo neste momento?

— Na cama, calculo.

— Então mande chamá-lo! — vociferou o major.

— Como o senhor desejar — disse Sir Richard, e dirigiu-se para a campainha e tocou-a.

Mal tinha soltado a campainha quando a porta abriu, e o honorável Cedric entrou, magnificentemente vestido com um roupão de brocado de desenho vivo e espalhafatoso.

— O que, diabos, está acontecendo? — perguntou melancolicamente. — Nunca ouvi uma balbúrdia tão horrível assim em minha vida! Ricky, meu caro rapaz, você não está *vestido*?

— Estou — suspirou Sir Richard. — Contudo, é um grande aborrecimento.

— Mas, meu caro camarada, ainda não são nove horas! — comentou Cedric, em tom horrorizado. — Que me dane se sei o que aconteceu com você! Não pode começar o dia a esta hora: é imoral!

— Eu sei, Ceddie, mas, quando estamos em Roma, sejamos... hã... sejamos romanos. Ah, permita que apresente o major Daubenay... Sr. Brandon!

— Seu criado! — Apressou-se o major, com a reverência mais dura.

— Ah, muito prazer — falou Cedric vagamente. — Que horas mais desgraçadamente estranhas vocês usam no campo!

— Não estou aqui em visita de cortesia! — disse o major.

— Agora, não me diga que vocês estavam discutindo, Ricky! — suplicou Cedric. — Tive a ideia diabólica de que era isso. Realmente, meu caro, deveria ter-se lembrado de que eu estava dormindo acima de você. Nunca estou na melhor forma antes do meio-dia, você sabe. Além disso, não é próprio de você!

Encaminhou-se, bocejando, até a poltrona do outro lado da sala junto à lareira e deixou-se cair nela, esticando as pernas compridas diante de si. O major encarou-o e disse claramente que tinha vindo falar com Sir Richard sobre um assunto estritamente particular.

A insinuação entrou-lhe por um ouvido e saiu pelo outro.

— O que precisamos é de café... café forte! — disse ele.

Uma criada com uma touca amassada entrou neste momento e deu a impressão de estar espantada por encontrar a sala ocupada.

— Ah, desculpe-me, senhor! Achei que tinha escutado a campainha tocar!

— Eu toquei — falou Sir Richard. — Tenha a bondade de bater na porta do quarto do Sr. Brown e pedir-lhe que desça assim que estiver vestido. O major Daubenay deseja falar com ele.

— Ei, espere um momento! — ordenou Cedric. — Primeiro, seja boazinha e traga-nos café!

— Sim, senhor — disse a arrumadeira, parecendo ruborizada.

— Café! — explodiu o major Daubenay.

Cedric entortou uma sobrancelha inteligente.

— Não gosta da ideia? O que deve ser? Eu, por mim, acho que é muito cedo para conhaque, mas se o senhor desejar uma caneca de cerveja, é só pedir.

— Eu não quero nada, senhor! Sir Richard, enquanto perdemos tempo com essas frivolidades, aquele jovem cão está fugindo com minha filha!

— Vá chamar o Sr. Brown — disse Sir Richard à criada.

— Sequestro, por Júpiter! — falou Cedric. — Quem é o jovem cão?

— O major Daubenay está cometendo um engano, acha que meu primo fugiu ontem à noite a fim de casar-se com a filha dele.

— Hã? — Cedric piscou. Um brilho malicioso passou-lhe pelos olhos enquanto olhava de Sir Richard para o major; disse sem convicção: — Não, por Júpiter, você não quer dizer isso? Você deveria mantê-lo mais vigiado, Ricky.

— É — falou o major. — Na verdade deveria! Mas em vez disso ele tem... Não direi que tenha *apoiado* o jovem patife... mas adotou uma atitude que eu só posso descrever como insensível, senhor, e passiva!

Cedric balançou a cabeça.

— Isso é bem próprio de Ricky. — A gravidade foi por terra. — Ah, meu Deus, por que, diabo, o senhor enfiou na cabeça que sua filha fugiu com o primo dele? Vou lhe contar uma coisa, é o maior chiste que escuto há meses! Ricky, se eu não o ridicularizar por isto no futuro!

— Você vai para a Península, Ceddie — disse Sir Richard, com um sorriso furtivo.

— Está se divertindo, senhor! — falou o major, encolerizando-se.

— Senhor, estou, e o senhor também estaria se soubesse tanto a respeito do primo de Wyndham quanto eu sei!

A arrumadeira voltou à sala.

— Ah, desculpe-me, senhor! O Sr. Brown não está no quarto — informou ela, fazendo uma reverência.

O efeito desta afirmação foi espantoso. O major soltou um rugido como o de uma fera acuada; o riso de Cedric foi logo interrompido; e Sir Richard deixou o monóculo cair.

— Eu sabia! Ah, eu sabia! — vociferou o major. — E agora, senhor?

Sir Richard recuperou-se depressa.

— Por favor, não seja ridículo, senhor! — falou ele, com mais aspereza do que Cedric jamais lembrava de ter-lhe ouvido na voz antes. — Meu primo com toda a certeza saiu para apreciar a fresca da manhã. Ele é madrugador.

— Desculpe-me, senhor, o jovem cavalheiro levou a maleta.

O major dava a impressão de ter dificuldade considerável para manter a fúria dentro dos limites. Cedric, observando seus grugulejos com olhos experimentados, suplicou-lhe que tivesse cuidado.

— Certa vez conheci um homem que sofreu um golpe assim. Arrebentou uma artéria. Tão certo como estou sentado aqui!

A arrumadeira, em que as maneiras encantadoras do honorável Cedric não tinham deixado de causar impressão, escondeu um risinho e torceu uma das pontas do avental como um parafuso.

— Havia uma carta para Vossa Senhoria sobre o consolo da lareira quando arrumei a sala — informou ela.

Sir Richard se virou e foi até a lareira. O bilhete de Pen, que o apoiara no relógio, tinha caído e assim ele não o viu. Pegou-o, com o rosto um pouco pálido, e afastou-se para a janela.

> *Meu querido Richard,* escrevera Pen. *Escrevo para lhe dizer adeus e para agradecer toda a sua bondade. Resolvi voltar para tia Almeria, porque a ideia de você se ver obrigado a casar comigo é absurda. Eu lhe contarei alguma história que a satisfará. Prezado senhor, foi uma aventura realmente esplêndida. Sua criada, Penelope Creed.*
>
> *P.S. Eu lhe devolverei as gravatas e a maleta, e na verdade lhe agradeço, Richard querido.*

Cedric, vendo o rosto rígido do amigo, arrastou-se da cadeira e atravessou a sala a fim de colocar a mão no ombro de Sir Richard.

— Ricky, meu rapaz! Agora, o que é?

— Exijo ver essa carta! — vociferou o major.

Sir Richard dobrou a folha e enfiou-a no bolso interno.

— Fique satisfeito, senhor: meu primo não fugiu para casar com sua filha.

— Não acredito no senhor!

— O senhor quer dizer que eu sou mentiroso... — Sir Richard deteve-se e virou-se para a criada. — Quando o Sr. Brown deixou este lugar?

— Eu não sei, senhor. Mas Parks estava aqui embaixo... o garçom, senhor.

— Vá buscá-lo.

— Se seu primo não fugiu com a minha filha, mostre-me a carta! — exigiu o major.

O honorável Cedric tirou a mão do ombro de Sir Richard e caminhou para o meio da sala, com uma expressão de desdém no rosto aristocrático.

— Senhor... Daubenay, ou seja lá qual for seu nome... eu não sei que fantasia se meteu na sua cabeça, mas que me dane, estou cansado disso! Pelo amor de Deus, vá embora!

— Não me afastarei desta sala até que saiba a verdade! — declarou o major. — Não ficaria surpreso se descobrisse que os dois estão de conluio com aquele jovem fedelho presunçoso!

— Diacho, há alguma coisa diabolicamente estranha no ar deste lugar! — comentou Cedric. — Acredito que vocês estão todos loucos!

Neste momento, o garçom desanimado entrou na sala. A revelação de que Pen tinha ido para Bristol com a Sra. Hopkins fez com que o rosto de Sir Richard ficasse com uma expressão mais semelhante a uma máscara, mas não deixou de aplacar pelo menos um dos temores do major. Ele enxugou a testa e disse, mal-humorado, que via que tinha cometido um erro.

— Era isso que eu vinha lhe dizendo — apontou Cedric. — Vou lhe dizer outra coisa, senhor: quero meu desjejum, e que me dane se me sentar com o senhor sarandando pela sala e gritando nos meus ouvidos. Ainda não descansei!

— Mas eu não compreendo! — queixou-se o major, num tom mais suave. — Ela disse que tinha saído para encontrar seu primo, senhor!

— Já lhe disse, senhor, que sua filha e meu primo ambos contaram uma porção de disparates — falou Sir Richard, olhando para trás.

— O senhor quer dizer que ela fez isso para fingir... para jogar areia nos meus olhos? Por minha alma!

— Vamos, não comece com isso outra vez! — suplicou Cedric.

— Ela fugiu com o jovem Luttrell! — explodiu o major. — Juro por Deus, quebrarei todos os ossos do corpo dele!

— Bem, não temos nada com isso — observou Cedric. — Vá fazer isso, senhor! Não desperdice um minuto! Garçom, a porta!

— Santo Deus, é horrível! — exclamou o major, mergulhando numa cadeira e levando a mão à testa. — Deste modo, estão no meio do caminho para a fronteira com a Escócia a essa altura! Como se não fosse suficiente! Lá está Philips querendo que eu leve aquela menina maldita para Bath hoje de manhã, para ver se ela consegue reconhecer o camarada que eles prenderam lá! O que lhe vou dizer? O escândalo! Minha pobre mulher! Deixei-a prostrada!

— Volte para junto dela imediatamente! — insistiu Cedric. — O senhor não tem um minuto a perder! Contudo, diga-me, este camarada está com os brilhantes?

O major fez um gesto como se afastasse um bocado de comida.

— Por que haveria de me importar com isso? Estou pensando é na minha filha transviada!

— Posso dizer que não me importo, mas me importo. O homem que foi assassinado era meu irmão, e aqueles brilhantes pertencem à minha família!

— Seu irmão? Santo Deus, senhor, estou atarantado! — disse o major encarrando-o. — Ninguém... ninguém, creia-me!... acreditaria que o senhor tivesse sofrido uma perda assim! Sua leviandade, sua...

— Não me importo com minha leviandade, velho cavalheiro! Aquele maldito colar foi encontrado?

— Foi, senhor, soube que o prisioneiro tinha com ele um colar. E se é sua única preocupação neste caso estarrecedor...

— Ricky, tenho de botar as mãos naquele colar. Detesto deixar você, meu velho companheiro, mas não há nada a fazer! Onde, diabos, está aquele café? Não posso ir sem meu desjejum! — Botou os olhos no garçom, que tinha reaparecido na porta. — Você aí! Que diabos você pretende ficando aí embasbacado? Desjejum, seu tolo!

— Sim, senhor — disse o garçom, fungando. — E o que eu digo à dama, senhor, por favor?

— Diga-lhe que não estou recebendo...! Que dama?

O garçom apresentou uma bandeja com um cartão de visita.

— Para Sir Richard Wyndham — falou ele lugubremente. — Ela ficaria agradecida pelo favor de uma palavra com o senhor.

Cedric pegou o cartão e leu alto:

— Lady Luttrell. Quem diabos é Lady Luttrell, Ricky?

— Lady Luttrell! — exclamou o major, dando um salto. — Aqui? Rá, é alguma conspiração covarde?

Sir Richard voltou-se, com um olhar de surpresa no rosto.

— Faça a dama entrar! — ordenou.

— Bem, sempre soube que a vida no campo não me agradaria — observou Cedric —, mas que me dane, nunca me ocorreu que fosse até agora a metade do que é! Nem são ainda nove horas, e a melhor parte do campo fazendo visitas matinais! Horrível, Ricky, horrível!

Sir Richard afastara-se da janela e observava a porta, as sobrancelhas ligeiramente levantadas. O garçom introduziu uma senhora de boa aparência, entre quarenta e cinquenta anos, com o cabelo castanho salpicado de branco, olhos sagazes e alegres, e boca e queixo um tanto dominadores. Sir Richard adiantou-se para recebê-la, mas, antes que pudesse dizer qualquer coisa, o major explodiu num discurso.

— Então, minha senhora! Então! — disparou ele. — A senhora desejava ver Sir Richard Wyndham, não é? Não esperava me encontrar aqui, posso afirmar!

— Não — concordou a dama, com muita compostura. — Não esperava. Contudo, como seremos obrigados, compreendo, a nos encontrar no futuro com ao menos aparência de polidez, podíamos muito bem começar. Como tem passado, major?

— Dou-lhe minha palavra, a senhora é bastante calma, minha senhora. Por favor, a senhora está ciente de que seu filho fugiu para se casar com a minha filha?

— Estou — replicou Lady Luttrell. — Meu filho deixou uma carta antes de partir para me informar do fato.

A calma da dama deu a impressão de desconcertar o major. Ele falou, bastante atrapalhado:

— Mas o que devemos fazer?

Ela sorriu.

— Não temos nada a fazer a não ser aceitar o fato com tanta benevolência quanto nos for possível. O senhor não gosta da união, nem eu, mas perseguir o jovem casal, ou mostrar ao mundo nossa reprovação, só servirá para nos tornar ridículos. — Olhou-o de cima a baixo com uma luz bastante crítica nos olhos, porém ele dava a impressão de estar tão abalado que ela se compadeceu e estendeu a mão para ele. — Vamos, major! Podemos pôr um fim às hostilidades. Não conseguiria destruir o afeto de meu filho único; o senhor, tenho certeza, igualmente detestaria repudiar sua filha.

Apertaram-se as mãos, não muito satisfeitos.

— Não sei o que dizer! Estou completamente confuso! Eles se comportaram muito mal em relação a nós, muito mal mesmo!

— Ah, foi — suspirou ela. — Mas quem sabe se nós também não nos comportamos mal em relação a eles?

Era evidente que isso era demais para o major, cujos olhos começaram a esbugalhar novamente. Cedric interveio apressadamente:

— Não faça com que ele se exalte outra vez, minha senhora, pelo amor de Deus!

— Controle sua língua, senhor! — atalhou o major. — Mas a senhora veio para ver Sir Richard Wyndham, minha senhora! Como explica isso?

— Vim procurar Sir Richard Wyndham por causa de um assunto muito diferente — replicou ela. Seu olhar fixou-se por um instante em Cedric e passou para Sir Richard. — E o senhor, suponho, deve ser Sir Richard Wyndham — disse ela.

Fez uma reverência.

— Às suas ordens, minha senhora. Permita que lhe apresente o Sr. Brandon.

Ela voltou os olhos rapidamente para Cedric.

— Ah, achei seu rosto conhecido! Senhor, praticamente não sei o que lhe dizer, a não ser que estou muito mais profundamente abalada do que sou capaz de expressar.

Cedric pareceu assustado.

— De minha parte, não há nada para ficar abalada, minha senhora, nada no mundo! Peço desculpas pela minha aparência. O fato é que a essas horas, tão cedo, a senhora sabe, um homem fica fora do seu normal.

— Lady Luttrell refere-se, calculo, à morte de Beverley — falou Sir Richard secamente.

— Bev? Ah, claro, foi! Um caso chocante! Nunca fiquei tão surpreso em minha vida!

— Para mim, é fonte de abalo profundo que uma coisa dessas tenha acontecido enquanto seu irmão estava hospedado em nossa casa — comentou Lady Luttrell.

— Não se preocupe, minha senhora! — rogou Cedric. — A culpa não foi sua... sempre achei que teria um fim trágico... poderia ter acontecido em qualquer lugar!

— Sua insensibilidade, senhor, é repulsiva — declarou o major, pegando o chapéu. — Não permanecerei mais um instante para ficar revoltado diante de uma exibição de indiferença tão impiedosa!

— Bem, que se dane quem quiser que o senhor fique — comentou Cedric. — Por acaso não estive tentando mandá-lo embora na última meia hora? Nunca encontrei um camarada tão pouco suscetível em minha vida!

— Acompanhe o major Daubenay até a porta, Ceddie — falou Sir Richard. — Acho que Lady Luttrell deseja me falar a respeito de um assunto particular.

— Particular se lhe agrada, meu caro! Minha senhora, seu criado muito atento! O senhor primeiro, major! — Cedric curvou-se com um movimento extravagante para que o major passasse, piscou para Richard e saiu.

— Que patife insinuante! — observou Lady Luttrell, adiantando-se para o meio da sala. — Confesso que não gostava nada do irmão.

— Seus sentimentos eram compartilhados pela maioria de seus conhecidos, minha senhora. Não quer se sentar?

Ela aceitou a cadeira oferecida e olhou-o de alto a baixo de modo bastante penetrante.

— Bem, Sir Richard — disse ela, perfeitamente dona da situação —, o senhor deve estar conjecturando, posso afirmar, por que eu vim visitá-lo.

— Acho que sei por quê.

— Então não preciso usar de circunlóquios. O senhor está viajando com um jovem cavalheiro que diz ser seu primo, eu compreendo. Um jovem cavalheiro que, se se pode dar crédito à minha criada, atende pelo nome um tanto fora do comum de Pen.

— É — disse Sir Richard. — Nós deveríamos ter mudado isso.

— Pen Creed, Sir Richard?

— É, minha senhora! Pen Creed.

O olhar não se afastou do rosto impassível de Sir Richard.

— Um pouco estranho, não é, senhor?

— A palavra, minha senhora, deveria ser fantástico. Posso indagar como veio a saber dessa informação?

— Claro que pode. Há alguns dias recebi a visita da Sra. Griffin e do filho, que davam a impressão de esperar encontrar Pen comigo. Eles me contaram que ela abandonou-lhes a casa vestindo praticamente as melhores roupas do primo, saltando por uma janela. Isso me pareceu bem próprio de Pen Creed, porém ela não estava comigo, Sir Richard. Só esta manhã que minha criada me contou a respeito de um rapaz de cabelos dourados que estava hospedado aqui em companhia do primo... o senhor mesmo, Sir Richard. Foi assim que fiquei sabendo. Tenho certeza de que o senhor achará normal que eu sinta certa apreensão.

— Perfeitamente — falou ele. — Mas Pen não está mais comigo. Partiu para Bristol esta manhã, e está agora, devo supor, a caminho de Londres na diligência.

Ela levantou as sobrancelhas.

— Ainda mais surpreendente! Espero que o senhor pretenda satisfazer minha curiosidade, senhor.

— Evidentemente que devo fazer isso — disse ele numa voz fria, sem expressão. Contou-lhe o que acontecera desde que Pen caíra da corda de lençóis nos braços dele.

Ela ouviu em silêncio, atenta, e o tempo todo ficou observando-o. Quando acabou, ela não disse nada por um momento, mas olhou-o pensativa. Depois de uma pausa, falou:

— Pen ficou muito abalada ao descobrir meu filho completamente apaixonado por Lydia Daubenay?

— Acho que não.

— Ah. E meu filho, acho que o senhor disse, mostrou-se chocado diante da aparência imprópria da situação?

— Era natural, embora pudesse ter desejado que ele não tivesse demonstrado que desaprovava tão claramente. Ela é muito jovem, entende? Não ocorreu a ela que houvesse algo a perder.

— Piers nunca teve o menor tato — comentou ela. — Espero que ele lhe tenha dito que o senhor deveria se casar com ela por causa da honra.

— Ele disse, e não era nada menos do que a verdade.

— Perdoe-me, Sir Richard, mas o senhor pediu Pen em casamento por causa da honra?

— Não, pedi que se casasse comigo porque a amo, minha senhora.

— O senhor lhe disse isso, Sir Richard?

— Disse. Porém ela não acredita em mim.

— Quem sabe — sugeriu Lady Luttrell —, o senhor não lhe tenha dado razões anteriormente para supor que estava apaixonado por ela?

— Minha senhora — falou Sir Richard, com um toque de impaciência —, ela estava aos meus cuidados, numa situação da maior delicadeza! A senhora esperaria que eu abusasse de sua confiança fazendo amor com ela?

— Não — respondeu, sorrindo. — Pelo pouco que o conheço, o senhor deve tê-la tratado exatamente como eu imagino que tratou: como se na realidade fosse seu tio.

— Tendo como resultado — completou ele amargamente — ela me olhar desta maneira.

— O senhor tem certeza? — perguntou ela mordazmente. — Deixe que lhe diga, Sir Richard, que homens de vinte e nove anos, com sua aparência, feições e endereço não são vistos em geral por mulheres jovens como se fossem tios.

Ele ruborizou e sorriu um tanto obliquamente.

— Obrigado! Mas Pen não é como as outras mulheres jovens.

— Pen — disse Lady Luttrell — deve ser um tipo muito estranho de mulher, se passou todo esse tempo em sua companhia e não sucumbiu às maneiras encantadoras que o senhor sabe muito bem que tem, por isso não tenho escrúpulos de mencioná-las. Considero que sua conduta ao ajudá-la a fugir foi desgraçada, mas como o senhor estava embriagado na ocasião suponho que podemos passar por cima disso. Não o culpo por nada do que tenha feito desde que se viu na diligência: na verdade, o senhor comportou-se de uma maneira que, se eu fosse vinte anos mais jovem, teria muita inveja de Pen. Por fim, se ela não passou a melhor parte da noite de ontem chorando até não ter mais lágrimas, não conheço nada do meu próprio sexo! Onde está a carta que ela lhe deixou? Posso vê-la?

Ele a tirou do bolso.

— Leia, por favor, se quiser. Não contém nada, ai de mim, que não possa ser lido por outros olhos que não os meus.

Pegou-a, leu-a e devolveu.

— Exatamente como eu pensava! Com o coração partido e decidida a não permitir que o senhor soubesse disso! Sir Richard, para um homem experiente, que julgo que o senhor é, o senhor é um grande tolo! O senhor nunca a beijou!

Uma gargalhada indesejada foi-lhe arrancada diante desta acusação inesperada.

— Como é que eu podia, na situação em que nos encontrávamos? Ela fugia até da ideia de casamento!

— Porque achava que o senhor a pediria em casamento por piedade! Claro que tinha de fugir!

— Lady Luttrell, a senhora está falando sério? A senhora acha mesmo...

— Acho! Eu sei! — disse ela. — Seus escrúpulos são muito válidos, não tenho dúvidas, mas como uma menina da idade de Pen compreenderia o que o senhor estava pretendendo? Ela não se importaria nem um pouco com sua preciosa honra, e posso afirmar...

na verdade, tenho certeza!... que achou que o senhor se omitiu por pura indiferença. E para resumir, voltou para a tia, e será muito provavelmente forçada a se casar com o primo!

— Ah, não, não será! — falou Sir Richard, olhando para o relógio sobre o consolo da lareira. — Estou desolado por ter de deixá-la, minha senhora, mas tenho de ultrapassar aquela diligência deste lado de Chippenham, tenho de ir.

— Ótimo! — concordou ela, rindo. — Não perca tempo pensando em mim! Mas ao alcançar a diligência, o que o senhor pretende fazer com Pen?

— Casar-me com ela, minha senhora. O que mais poderia fazer?

— Ai de mim! Espero que não pretenda se juntar a meu filho tolo em Gretna Green! Acho melhor o senhor trazer Pen para Crome Hall.

— Obrigado, eu trarei! — falou ele, com o sorriso que em particular ela achou irresistível. — Eu lhe devo muito, minha senhora.

Levou a mão dela aos lábios, beijou-a e saiu da sala, chamando Cedric.

Cedric, que estava tomando café da manhã no restaurante, encaminhou-se para o vestíbulo.

— Que diabo tomou conta de você, Ricky, você está tão irrequieto quanto aquele seu maldito amigo! O que aconteceu agora?

— Ceddie, você estava usando seus próprios cavalos ontem?

— Meu velho camarada, claro que estava, mas o que isso tem a ver com alguma coisa?

— Preciso deles — disse Sir Richard.

— Mas, Ricky, tenho de ir a Bath para tomar posse daquele colar antes que descubram que é imitação!

— Pegue o cabriolé do dono da hospedaria. Preciso de uma parelha rápida imediatamente!

— O cabriolé do dono da hospedaria! — arfou Cedric, cambaleando com o choque. — Ricky, você *deve* estar maluco!

— Não estou nem um pouco maluco. Vou atrás da diligência de Londres, para reaver aquela minha pirralha. Seja um bom amigo, agora, e diga-lhes para atrelarem os cavalos imediatamente!

— Ah, muito bem — falou Cedric. — Se é assim que é! Mas lembre-se de que não me satisfarei com coisa alguma que não seja um regimento de cavalaria!

— Você há de ter qualquer coisa que deseje! — prometeu Sir Richard, já no meio da escada.

— Maluco, muito maluco! — observou Cedric, desesperado, e chamou um cavalariço.

Dez minutos depois, os baios estavam atrelados ao fáeton, e Sir Richard saía para o pátio, calçando as luvas.

— Extraordinário! — disse ele. — Esperava que você estivesse conduzindo com os baios.

— Se você os estropiar...

— Ceddie, você vai... será possível que você vai me ensinar a conduzir? — indagou Sir Richard.

Cedric, que ainda vestia o roupão exótico, encostado no portal, sorriu.

— Você os disparará. *Eu* conheço você!

— Se eu os estropiar, hei de lhe dar de presente os meus próprios cavalos cinza! — falou Sir Richard, pegando as rédeas.

— Há de se separar dos seus cavalos cinza? — duvidou Cedric. — Não, não, você nunca faria uma coisa dessas, Ricky!

— Não se preocupe: não terei de fazer isso.

Cedric produziu um som escarninho e inclinou-se para vê-lo subir no assento. Uma confusão atrás dele distraiu-lhe a atenção, e ele se voltou a tempo de ver a Sra. Hopkins entrar na hospedaria pela porta da frente, seguida bem de perto por um homem de sobretudo e um chapéu de aba larga. A Sra. Hopkins, dominada por grande agitação, deixou-se cair imediatamente numa cadeira, explicando nervosamente ao dono da hospedaria, espantado, que ela nunca havia passado por uma provação assim na vida, e não esperava se recuperar das palpitações nem em um ano.

— Capturado por um detetive de Bow Street, Tom! — exclamou ela. — E ele que parecia tão inocente como nunca foi!

— Quem? — indagou o marido.

— Aquele pobre jovem cavalheiro que é primo de Sir Richard! Bem debaixo dos meus olhos, Tom, e eu não estou sonhando com uma coisa dessas! E depois, ele fugiu, o que me deixa mais do que satisfeita, digam o que quiserem, inclusive o Sr. Gudgeon. Porque eu nunca vi um jovem cavalheiro tão bem articulado... eu mesma sou mãe e tenho coração, mesmo que outros não tenham... sem ofensas!

— Meu Deus, que grande trapalhada! — exclamou Cedric, apreendendo com rapidez notável a disparada de suas observações. — Ei, Ricky, espere!

Os baios pateavam com impaciência.

— Afaste-se da cabeça deles! — ordenou Sir Richard.

— E aqui está o Sr. Gudgeon, desejando falar com Sir Richard e com o Sr. Brandon muito especialmente, o que me fez trazê-lo no fáeton, embora eu não quisesse detetives de Bow Street, ou coisa semelhante, em minha casa, como você sabe muito bem, Tom!

— *Ricky!* — gritou Cedric, correndo para o pátio. — Espere, homem! Aquele cão de caça que contratei está aqui, e há o diabo para pagar!

— Livre-se dele, Cedric, livre-se dele! — gritou Sir Richard para trás, e disparou pelo pátio para a rua.

— Ricky, seu maluco, espere um minuto! — rugiu Cedric.

Mas o fáeton já tinha desaparecido na poeira. O cavalariço perguntou se devia correr atrás dela.

— Correr atrás dos meus baios? — perguntou Cedric desdenhosamente. — Você precisaria de asas, não de pernas, para alcançá-los, meu grande tolo!

Voltou para a hospedaria, encontrando-se no portal com Lady Luttrell, que viera ver o motivo daquela gritaria.

— O que aconteceu, Sr. Brandon? — indagou. — O senhor parece muito nervoso.

— O que aconteceu, minha senhora! Ora, eis que Richard partiu atrás da diligência de Londres, e aquela menina doida foi apanhada pelo detetive de Bow Street em Bristol!

— Santo Deus, que horrível! — exclamou. — Sir Richard deve ser trazido de volta a todo custo! A menina tem de ser solta!

— Bem, segundo tudo o que ouvi, parece que ela se libertou sozinha — falou Cedric. — Mas onde pode estar agora, só Deus sabe! Contudo, estou satisfeito porque o detetive chegou: estava morto de cansado de procurar por ele.

— Mas será que é impossível parar Sir Richard? — perguntou ela insistentemente.

— Meu Deus, minha senhora, agora já deve estar a meio caminho da estrada de Londres! — disse Cedric.

Essa afirmação não era exatamente precisa. Sir Richard, que estava saindo de Queen Charlton ao mesmo tempo que a Srta. Creed embarcava na carruagem da Accommodation em Kingswood, preferiu tomar a estrada para Bath em vez de pegar aquela que levava a Keynsham, e portanto, para o norte, através de Oldland, para chegar à estrada de Bristol, em Warmley. Sua experiência com diligências da Accommodation não era do tipo que o induzisse a confiar muito na probabilidade de cobrirem mais do que doze quilômetros por hora, e calculou que se a diligência partira de Bristol às nove horas, o que parecia provável, ia atingir o entroncamento das estradas de Bristol e Bath no mínimo ao meio-dia. Com os baios do honorável Cedric puxando uma carruagem leve, era possível considerar que chegassem a Chippenham consideravelmente antes desta hora, e a estrada de Bath tinha a vantagem de ser bem conhecida por Sir Richard.

Os baios, que davam a impressão de ter sido alimentados exclusivamente de aveia, estavam em excelentes condições, e os quilômetros encurtavam. Talvez não fossem uma parelha fácil de manejar, mas Sir Richard, notável cavaleiro, não tinha muitos problemas com eles, e estava tão satisfeito com a andadura e a energia deles que começou a brincar seriamente com a ideia de fazer uma oferta irrecusável pelos animais ao honorável Cedric. Foi obrigado a recolher as rédeas numa andadura calma enquanto abria caminho pelas ruas apinhadas de Bath, mas uma vez livre da cidade foi capaz de afrouxar o controle no longo estirão até Crosham, e chegou finalmente a Chippenham para saber que a carruagem da Accommodation que vinha de Bristol não era esperada a não ser dentro de praticamente uma hora. Sir Richard hospedou-se na melhor hospedaria de posta, supervisionou os cuidados proporcionados aos baios suados e pediu o desjejum. Depois de consumir uma travessa de ovos com presunto e beber duas xícaras de café, mandou atrelarem os baios e se dirigiu para o oeste ao longo da estrada de Bristol, uma andadura lenta, até que chegou a uma encruzilhada, onde uma tabuleta gasta pelo tempo apontava para o norte para Nattleton e Acton Turville e para oeste para Wroxham, Marshfield e Bristol. Ali ele parou, a fim de esperar a diligência que estava para chegar.

Não demorou muito a surgir. Contornou uma curva na estrada deserta à frente, uma monstruosidade verde e dourada, oscilando e sacudindo pesadamente no centro da estrada, o cocheiro encarapitado lá em cima sobre bagagem empilhada e o guarda sentado por trás com uma vara de aço na mão.

Sir Richard colocou a carruagem atravessada na estrada, prendeu as rédeas e saltou com agilidade do assento. Os baios desta vez estavam bastante quietos e, a não ser por alguma agitação, não demonstravam nenhuma disposição imediata de disparar.

Encontrando o caminho barrado, o cocheiro da diligência estancou suas parelhas e indagou agressivamente que tipo de jogo Sir Richard achava que estava fazendo.

— Nenhum jogo, absolutamente! — respondeu Sir Richard. — Vocês estão com um fugitivo a bordo, e quando eu o tiver sob meus cuidados, vocês estarão livres para prosseguir seu caminho.

— Ah, estou, não é? — falou o cocheiro sem se embaraçar, mas de modo algum abrandado. — Bela coisa para fazer na King's Highway! Ah, e então o senhor achará antes que esteja muito mais velho!

Um dos passageiros do interior, homem de rosto vermelho com bigodes muito eriçados, botou a cabeça para fora da janela a fim de descobrir o motivo da parada inesperada; o guarda saltou do telhado para discutir com Sir Richard; e Pen, espremida entre o fazendeiro gordo e uma mulher que fungava sem parar, sentiu um medo súbito de que tivesse sido apanhada pelo detetive de Bow Street. O som da voz do guarda dizendo "Ora veja, se eu não suspeitei dele desde o momento em que lhe pus os olhos em Kingswood!" não fez nada para aliviar seus temores. Virou o rosto branco e amedrontado para a porta, exatamente quando era aberta e os degraus baixados.

No instante seguinte, a figura alta e imaculada de Sir Richard preencheu a abertura, e Pen, proferindo um som involuntário entre um guincho e um lamento, primeiro ficou vermelha e depois branca, e conseguiu dizer uma palavra:

— *Não!*

— Ah! — falou Sir Richard bruscamente. — Então você está aí! Saia, meu jovem amigo!

— Bem, nunca faria isso em toda a minha vida! — arfou a mulher ao lado de Pen. — Qualquer que seja, o que ele tem sido, feito e onde foi, senhor?

— Fugiu do colégio — replicou Sir Richard, sem um momento de hesitação.

— Não fugi! Não é v-verdade! — gaguejou Pen. — Não vou com você. N-não vou!

Sir Richard, inclinando-se para a carruagem e agarrando-lhe a mão, disse:

— Ah, não vem, por Júpiter? Não ouse me desafiar, seu... fedelho!

— Olhe aqui, chega, calma! — exortou bondosamente um homem no canto mais afastado. — Não sei quando senti mais simpatia por um rapaz, e não há jeito de você molestá-lo, tenho certeza! Posso afirmar que muitos de nós desejamos fugir do colégio no nosso tempo, hã!

— Ah — falou Sir Richard descaradamente —, mas o senhor não sabe da missa a metade! O senhor acha que ele parece um jovem inocente, mas podia contar-lhe histórias de sua depravação que o deixariam chocado.

— Ah, como o senhor ousa? — perguntou Pen indignadamente. — Não é verdade! Não é mesmo verdade!

A essa altura, os ocupantes da diligência se tinham dividido em dois grupos. Várias pessoas disseram que suspeitavam de que o jovem indesejável estava fugindo desde o princípio, e aqueles que apoiavam Pen quiseram saber quem era Sir Richard, e que direito tinha de arrancar o jovem cavalheiro da carruagem.

— Tenho todo o direito — respondeu Sir Richard. — Sou seu tutor. Para falar a verdade, ele é meu sobrinho.

— Não sou! — declarou Pen.

Sir Richard encarou Pen com tanta alegria que ela sentiu o coração dar um salto.

— Você não é? — perguntou ele. — Bem, se você não é meu sobrinho, pirralho, *o que você é?*

Consternada, falou, engasgada:

— Richard, seu... seu... *traidor!*

Até o homem bondoso no canto parecia achar que a pergunta de Sir Richard pedia uma resposta. Pen olhou desamparada à sua volta e não encontrou nada a não ser reprovação ou interrogação, e com ira nos olhos encarou o rosto de Sir Richard.

— Bem? — falou Sir Richard inexoravelmente. — Você *é* meu sobrinho?

— Sou... não! Ah, você é abominável! Você não *ousaria*!

— Ousaria, sim — replicou Sir Richard. — Você vai ou não vai saltar?

Um homem de paletó cor de ameixa recomendou a Sir Richard que escovasse o jovem patife por ele. Pen olhou para Sir Richard, percebeu a determinação por trás da satisfação em seu rosto, permitiu-se ficar de pé e saiu da diligência superlotada.

— Talvez quando tiver terminado, Vossa Senhoria seja delicado o suficiente para tirar aquela sua carruagem do caminho! — disse o cocheiro sardonicamente.

— Richard, não posso voltar! — disse Pen em voz baixa, nervosa. — Aquele detetive de Bow Street me pegou em Bristol, e apenas dei um jeito de escapar!

— Ah, devia ser isso que Cedric estava tentando me contar! — falou Sir Richard, encaminhando-se para os baios e levando-os para o lado da estrada. — Então você foi presa, não é? Que aventura esplêndida para você, minha queridinha!

— E deixei sua maleta lá, e não adianta tentar me arrastar com você, porque eu não vou! Não vou, não vou!

— Por que não vai? — perguntou Sir Richard, virando-se a fim de olhar para ela.

Ela se viu incapaz de falar. Havia uma expressão nos olhos de Sir Richard que fez com que as bochechas se ruborizassem outra vez e que tivesse a impressão de que o mundo estava rodando loucamente a seu redor. Por trás dela, o guarda, tendo levantado os degraus e fechado a porta, subiu resmungando para o teto outra vez. A diligência começou a andar pesadamente para a frente. Pen não prestou atenção àquilo, embora as rodas quase esbarrassem no seu paletó.

— Richard, você... você não me quer! Você *não pode* me querer! — falou ela, insegura.

— Minha querida! — disse ele. — Ah, meu amorzinho querido e tolo!

A carruagem prosseguiu pela estrada; quando atingiu a curva seguinte, os passageiros do telhado, voltando as cabeças curiosamente para ver o final de um par muito estranho, experimentaram um choque que quase os fez perder o equilíbrio. O rapazinho de cabelos dourados preso nos braços do dândi, sendo beijado apaixonadamente.

— Que o Senhor nos proteja! O que o mundo está se tornando? — arfou um passageiro, recuperando o assento. — Nunca fiz isso em toda a minha vida!

— Richard, Richard, eles podem nos ver da carruagem! — reprovou Pen, entre lágrimas e risos.

— Que vejam! — replicou o janota.

Este livro foi composto na tipografia Minion Pro,
em corpo 11,5/16, e impresso em
papel off-white no Sistema Cameron da
Divisão Gráfica da Distribuidora Record.